Une reine idéale

DU MÊME AUTEUR

Aux éditions De Borée

Le Pacte des gueux, 2020
La Mécanique de l'Ange, 2021
Pour les plaisirs du roi, 2021

45, rue du Clos-Four – 63056 Clermont-Ferrand Cedex 2

Philippe Hugon

UNE REINE IDÉALE

VENTS D'HISTOIRE

À Vanessa et Livia.

1

À Versailles, le vice aime à s'acheter une vertu en fourrageant dans les rangs des jeunes abbés. Et dans la nuit du 7 août 1724, j'étais en retraite avec une comtesse dont le tempérament de feu servait aimablement sa curiosité pour les mystères de la foi lorsque l'on toqua à la porte de ma soupente. Je négligeai d'abord l'importun, toutefois son insistance finit par m'obliger à m'enquérir de la raison de ce vacarme. Sur mon seuil, je trouvai la vilaine trogne d'un certain Bérard, valet de pied ordinaire de Son Excellence le ministre Fleury.

— Monsieur l'abbé, Son Excellence veut vous voir sans délai, lança-t-il.

— Maintenant ? m'étonnai-je.

— Sans délai, répéta Bérard d'un ton sec, qui, comme tous les domestiques, aimait à se prendre pour ceux qu'ils servent.

Et il tourna les talons d'un air de petit-maître. Il me passa alors par l'esprit, je l'avoue, de l'attraper au col pour lui rappeler son état, cependant l'étrangeté de la convocation épargna à ce butor une saine correction. Oui, voilà qui avait de quoi surprendre à 2 heures du matin, d'autant plus qu'après déjà une année au service de Son Excellence j'avais été assigné à de bien obscures tâches, noircissant du papier à longueur de journée à recopier d'austères notes ou rapports. Pour un jeune homme doué de mes qualités, la chose était assommante.

Bref, cette invitation nocturne ne pouvait s'ignorer et, le temps de passer un habit, je m'arrachai à ma belle, sans qu'elle ne m'eût avant fait promettre de l'entendre à nouveau en confession le lendemain soir. Et ce genre de serment engage un ministre de Dieu. Mais je vous choque, je le sens bien. Tranquillisez-vous, le Père éternel se chargera sûrement de me réclamer des comptes. Je conseille toutefois de ne pas miser gros jeu là-dessus : au cours de mon sacerdoce, rien n'est venu m'indiquer qu'il était raisonnable de tirer des lettres de change sur un autre monde. Vous voilà averti pour la suite.

L'appartement de Son Excellence était situé juste à côté de l'aile du Midi. En pressant le pas, je pouvais y être en moins de cinq minutes. À 2 heures du matin, Versailles est un pays d'ombres. Ceux que l'on croise avancent sans lanterne, inquiets sûrement d'être reconnus, car peut-être sur le chemin ou bien de retour d'un rendez-vous dont la publicité ferait scandale en pleine lumière. Dès minuit, princes, ducs, marquises, barons, commis ou domestiques se frôlent à pas pressés dans les galeries et les salons éteints, oublieux de l'étiquette, seulement animés du désir de vivre enfin. Nul ne s'épie plus, et l'obscurité délivre chacun du corset des postures comme des impostures du jour. Combien ai-je connu de respectables baronnes, comtesses ou duchesses qui portaient leur vertu en étendard au soleil avant de vicieusement baisser pavillon à la première lune. Ma conquête du soir n'en était pas le moindre des exemples, tandis que moi-même je puis sans peine m'ajouter au nombre de cette sombre cohorte d'hypocrites. Bref, aux esprits curieux de la nature humaine, je conseille la promenade nocturne dans Versailles, à condition bien sûr d'avoir un œil de chat.

Arrivé devant l'appartement de Son Excellence, où étrangement nul planton n'exerçait de faction, j'en poussai la porte. Derrière, un noir d'encre régnait. Ma seconde nature me souffla qu'il y avait là un bel endroit pour un traquenard mais, après un moment à fouiller des yeux les ténèbres, un faible rai de lumière m'indiqua le chemin. J'avançai presque à tâtons jusqu'à une nouvelle porte dont j'actionnai le loquet sans pouvoir l'ouvrir. Cela fut cependant suffisant pour avertir de ma présence puisque aussitôt le pêne joua dans la serrure et le visage d'un beau vieillard apparut dans l'entrebâillement des battants de la porte. Je reconnus Son Excellence. Et avant que j'aie pu dire le moindre mot, il m'engagea sans façon à entrer dans son cabinet. Je dois dire que la simplicité de l'accueil m'intimida plus que la solennité dont s'entoure d'ordinaire ce genre de personnage. Et maintenant que je le connais mieux, je soupçonne qu'il y avait là un dessein. Quoi qu'il en soit, imaginez la scène : un jeune abbé, moi, reçu au cœur de la nuit dans le cabinet d'un ministre en robe de chambre, membre du Conseil d'État, également ancien précepteur du roi et considéré par ce dernier comme un presque parent, voilà de quoi nourrir du trouble, voire une pointe d'inquiétude. D'autant que Son Excellence me considéra bientôt d'un air grave. Entré depuis peu dans sa soixante-onzième année, il n'en conservait pas moins une prunelle vive, dans un visage que la nature s'était plu à vieillir avec grâce. J'eus l'impression qu'il me jaugeait, ou même me jugeait. En ces lieux, la nuance est subtile, mais peut conduire à des conséquences bien différentes.

— Je vous réveille, monsieur Baptiste ? finit-il par me demander d'un ton amusé.

— Euh, certes non... balbutiai-je.

— Ah, je vous sors de votre bréviaire, alors ? Il m'arrive moi aussi de le dire la nuit, avoua-t-il en saisissant un petit livre de prières posé sur un guéridon.

Il le feuilleta.

— Pour nous ecclésiastiques, continua-t-il, Versailles n'est pas des plus propice au recueillement, je le reconnais, mais nos nuits viennent racheter nos jours, n'est-ce pas ?

Je ne trouvai rien à répondre et acquiesçai d'une mine qui m'aurait valu des sifflets au Théâtre-Français. Mon interlocuteur n'en fut d'ailleurs pas dupe. Lui qui avait été aumônier de Louis le

Grand, puis évêque de Fréjus et dont on murmurait qu'il serait bientôt cardinal savait au premier coup d'œil peser l'âme et la vocation d'un jeune prêtre. Il n'ignorait pas que je m'en doutais, et ce jeu du chat et de la souris augurait d'un dénouement qui ne tarda plus :

— Mais vous pensez bien que je ne vous reçois pas à cette heure pour un examen de conscience. Non, il m'est revenu récemment que votre ancien maître, feu le cardinal Dubois, se flattait de posséder en vous un homme discret et d'une grande loyauté.

Il s'interrompit, reposa son bréviaire, puis alla s'asseoir à son bureau avant de reprendre :

— Peut-être avait-il raison, mais il s'agit cependant là de qualités que l'on trouve sous le pas d'un bon cheval. En revanche, ce que le cardinal s'est toujours gardé de décrire, ce sont vos compétences rares en mauvaises manières.

Je crois bien que je dus rougir.

— Oui, j'ai connaissance de cela et d'autres choses encore, poursuivit-il d'un ton impassible en même temps qu'il prit sur son bureau une enveloppe bleue dont il tira un papier qu'il lut à voix haute : « L'abbé René Baptiste serait né à la fin du siècle dernier selon son acte de baptême, toutefois celui-ci aurait été rédigé postérieurement par le prêtre qui l'a recueilli à l'âge de quinze ans, puis envoyé dans un séminaire de province afin de recevoir l'ordination. Avant cela, il était connu dans la pègre du faubourg Saint-Marcel comme un orphelin surnommé “Renard”. Après avoir reçu les ordres mineurs, il passe grâce à son protecteur au service d'un secrétaire de Mgr Dubois, avant de promptement se hisser jusqu'au ministre lui-même pour qui il mènera des tractations secrètes avec les chefs de la pègre parisienne entre 1721 et 1723, notamment auprès du dénommé Cartouche. On le soupçonne d'avoir entretenu avec lui une amitié. En outre, il s'est distingué dans plusieurs autres affaires très délicates, s'attirant jusqu'à l'attention de Mgr le Régent. C'est un homme que la violence ne rebute pas et que sa connaissance de graves secrets d'État rend dangereux. À surveiller[1]. » Ceci n'est évidemment qu'un abrégé de vos talents, conclut Fleury en reposant délicatement la feuille sur son bureau.

Je restai pétrifié que cet homme fût si bien informé des détails de mon existence. Je tentai toutefois une défense :

— Mon maître, le cardinal Dubois, avait beaucoup d'ennemis, osai-je, et on a brodé quantité de fables sur lui et ses collaborateurs, et...

Fleury m'interrompit d'un geste de la main.

— Moi-même, dit-il, je n'étais pas au nombre de ses meilleurs amis, vous en êtes au courant mieux que personne de par la place que vous occupiez auprès de lui.

Il n'avait pas tort. Trois années durant, j'avais été mêlé à toutes les intrigues de cour du cardinal, et il ne servait à rien de le nier.

— Mais, ajouta Fleury, depuis qu'il y a à peine une année lui et Mgr le Régent ont quitté coup sur coup ce monde sans prévenir – les voies du Seigneur me resteront à jamais impénétrables –, j'ai médité qu'il serait dommage qu'un jeune homme tel que vous restât sans protecteur. Et pour être franc, je ne souhaitais pas que quelqu'un d'autre puisse profiter de vos méchantes manières. Voilà pourquoi vous êtes à mon service.

Que répliquer ? Rien. La rue m'avait appris très tôt la science des caractères et mon instinct m'avertit que j'avais en face de moi un vieillard qui dans sa magnifique robe de chambre n'était pas moins audacieux que moi. Et peut-être aussi rusé qu'un renard.

Après ce préambule où j'avais eu le soulagement de me voir accorder la rémission de mes péchés, Son Excellence m'invita cordialement à m'asseoir dans un des fauteuils qui faisaient face à son bureau. Là, il se montra égal à ce que je savais de lui. Il était de ces hommes de cour dont l'élégance de la conversation les signale à l'admiration autant qu'à la jalousie. Il me demanda

1. Voir *Le Pacte des gueux*, éditions De Borée.

force détails sur mes précédentes fonctions auprès du cardinal, mais sans que j'eusse jamais le sentiment d'être soumis à un interrogatoire. Nous évoquâmes aussi ma connaissance des arcanes de la cour, de ses coteries, autant que l'état de nos relations diplomatiques avec nos voisins. Au bout d'une heure de cette discussion de salon, il me parut que je donnais satisfaction à mon interlocuteur. Il aborda alors des sujets plus délicats, comme notamment la personne du roi, dont il était jusqu'à il y a peu le précepteur. Une charge qui l'avait rendu indispensable à un souverain que la mort de ses parents avait laissé orphelin à l'âge de deux ans. L'abbé Fleury était ainsi devenu une boussole pour ce jeune monarque de désormais quatorze ans, qui ne supportait pas de voir son vieux maître éloigné trop longtemps. Et de ce que j'avais appris chez le cardinal Dubois, cette intimité avait donné des idées à Fleury qui, sous un vernis de modestie, dissimulait une farouche ambition. En attendant mieux, il était ministre et membre du Conseil secret, où son ascendant moral sur Louis faisait de sa parole celle du roi. La chose exaspérait son rival, le duc de Bourbon, qui faisait désormais office de premier des ministres, après avoir été le chef du Conseil de régence jusqu'à la majorité du monarque.

La conversation roula bientôt sur la santé du roi, qui nourrissait les plus vives inquiétudes de la Cour. Depuis son enfance, sa majesté était sujette aux refroidissements et aux affections de poitrine, qui pouvaient le saisir à n'importe quel moment. Déjà, plusieurs fièvres avaient tenu en émoi Versailles, dont une très récente et particulièrement brutale. Le jeune monarque sortait de ces crises affaibli pour plusieurs semaines, autant par la maladie que par les prescriptions de ses médecins. Et dans sa courte vie, Louis avait vu plus de docteurs que certains d'entre eux n'avaient examiné de malades. En particulier deux ou trois charlatans de l'Académie que je ne nommerai pas mais qu'une saignée fait tourner de l'œil et qui ne dispensent leur médecine que dans les livres. Bref, une sombre hypothèque pesait sur la suite du règne. Fleury m'en parla beaucoup, ce qui me troubla.

Il était maintenant près de 4 heures du matin et j'ignorais toujours la raison de ma présence en ces lieux. Mais après tout, peut-être n'y en avait-il pas de précise. Lors de mes précédentes fonctions, j'avais été habitué à ce genre de tocades des puissants. Le sommeil commençait toutefois à harceler mes paupières. Fleury, lui, ne semblait pas fatigué, mais considéra enfin que l'essentiel avait été prononcé. Il replaça dans la fameuse enveloppe bleue la feuille dont l'on sait ce qu'elle contenait, se leva, puis me raccompagna jusqu'à l'entrée de son cabinet comme on le ferait avec un ami.

— Merci pour cet intéressant entretien, dit-il d'un ton toujours mondain en posant la main sur le loquet de la porte.

Il ouvrit et j'allais sortir quand il ajouta :

— Soyez ici demain à 8 heures précises. Nous nous rendrons ensuite ensemble chez Son Altesse le duc de Bourbon.

La foudre ne m'aurait pas plus figé. J'arrivai tout de même à balbutier :

— Et... pourquoi moi ?

Fleury eut un large sourire.

— Parce qu'à vos singuliers talents, vous ajoutez une fort belle mine qui pourrait être utile. À demain. Non... à tout à l'heure.

Et Son Excellence me laissa repartir à tâtons dans la nuit de Versailles.

2

Dans ce château, j'en suis certain, beaucoup n'hésiteraient pas à jouer du poignard ou du poison afin d'obtenir le peu que l'on m'a concédé pour me loger. Oui, en ce pays, même ma modeste soupente suscite les jalousies de la cohorte de courtisans qui n'ont trouvé qu'à habiter en ville. Car dormir sous le même toit que le roi est un privilège, quitte à ce que l'on s'entasse dans des placards. Du plus obscur noble de province aux plus grands noms de France, on passe ici une bonne partie de son temps à guigner un logement plus vaste. Pour ma part, c'était le cardinal Dubois qui avait souhaité sur la fin de sa vie que je le rejoigne en ce château. Une chambre sans fenêtre, dotée d'un lit, d'une armoire, de deux fauteuils et d'un cabinet de toilette était ainsi devenue mon pied-à-terre à Versailles. Mais pour ceux que cela intéresse, je précise que ma cassette personnelle me permet également d'avoir une demeure confortable à Paris, assortie de trois domestiques. Les services que j'ai rendus depuis quelques années ont toujours obtenu une juste rétribution et, quand ce ne fut pas le cas, j'ai pris soin de m'en rembourser le prix avec intérêt. Cette aisance, je n'ai pas peur de l'affirmer, fait positivement de moi l'un des jeunes abbés les plus élégants de Versailles. Et rien ne m'y distingue d'un courtisan car je ne revêts que rarement la tenue de mon sacerdoce. C'est d'ailleurs une habitude commune à la Cour, comme à Paris, pour nombre d'ecclésiastiques. Bref, depuis que je suis dans les ordres, j'ai bien peu souvent porté le petit collet. Cela me fait songer au passage que quelques-uns des lecteurs apprécieraient peut-être d'en apprendre un peu plus sur mon passé. Allez, avant de nous rendre au rendez-vous fixé par Son Excellence, voici de quoi étoffer un peu la méchante note de police citée plus haut par Son Excellence.

Je suis né à une date dont l'exactitude restera à jamais un mystère pour tous, et pour moi en particulier. Mes misérables parents ne se donnèrent pas la corvée de conserver auprès d'eux le fruit de leur accouplement. Et c'est curieusement dans une caisse, sous le Pont-Neuf, que l'on me trouva un peu avant le début de ce siècle. J'étais là, abandonné, promis à une mort certaine, quand un vaurien me découvrit et se proposa de faire quelque chose de moi avant que je ne quitte ce monde. Oh, pas quelque chose de reluisant, non, juste un appoint à ses louches affaires. Je devins ainsi un accessoire qu'il alloua à une bande de mendiants qu'il régentait d'une poigne de fer. Un nouveau-né attire en effet toujours la charité des braves gens. Hiver comme été, en toute saison, je fus ainsi trimbalé pour arrondir le pécule de ces truands. Toutefois, contre toute attente, je survécus à ce difficile rôle. Mieux, au bout de quelques années, il se fit jour en moi de vraies dispositions pour les usages de la haute pègre, dont certains maîtres me dispensèrent leur savoir, parfois à coups de trique, c'est vrai, mais ces rustiques pédagogues surent encourager ma vocation. Bref, je passerai sur les détails de mes apprentissages, cependant, que l'on sache qu'au bout de quinze années de ce régime dans le faubourg Saint-Marcel, j'avais gagné le nom de « Renard », et je me félicitais d'être expert en toutes sortes de doctes sciences : le vol, le recel, l'escroquerie, et également, si le besoin s'en faisait ressentir, l'assassinat. Je rassure le lecteur, je n'ai jamais usé de cette dernière discipline qu'en de légitimes circonstances. Enfin, je crois. Mais, me direz-vous, comment s'extirpe-t-on de ce cloaque pour devenir ce que je suis ? La question n'a qu'une réponse, ou plutôt deux :

le destin et la chance. Alors que j'avais quinze ans, une épidémie de variole dévasta en effet le faubourg, et je fus gravement atteint par la maladie. Un brave prêtre me recueillit, sut me soigner, et purifia aussi mon esprit et mes manières de toutes mes précédentes mauvaises habitudes. J'appris avec lui à lire, à écrire et à développer le goût pour les études. Sa méthode, toute de bonté et d'intelligence, fut si efficace qu'elle me poussa en moins de trois années vers le séminaire. Ah, j'oubliais, entretemps, ce brave curé m'avait donné un nom et un état civil : René Baptiste, né en 1697, le 6 janvier, jour de l'Épiphanie. Le symbole lui avait plu. Encore deux années plus tard, après avoir reçu les ordres mineurs, je sortais du séminaire afin de rejoindre une relation de mon bienfaiteur, qui travaillait auprès du cardinal Dubois, à Paris. Là, comme la note de police l'a décrit, je me hissai promptement dans le premier cercle du cardinal. Cet homme régnait sur les ministres avec l'aval du Régent et entretenait nombre d'intrigues d'État où j'eus bientôt l'occasion de faire valoir mes anciens talents. Je garderai le secret sur mes plus délicates missions car elles ne sont pas de celles que l'on écrit dans les livres d'histoire. Trop d'importants personnages y sont mêlés, et parfois à leur désavantage. Toutefois, que le lecteur veuille bien me faire crédit de croire que j'ai à ces diverses occasions toujours fait mon devoir avec loyauté. C'est d'ailleurs cette conviction qui avait engagé Son Excellence à me conserver à son service, comme il venait de me l'expliquer.

Ce matin du 7 août, après à peine trois heures de sommeil, je choisis donc dans ma garde-robe l'un de mes habits les mieux coupés, mais aux couleurs sans ostentation, afin de ne pas trop attirer l'attention sur ma personne. Les puissants aiment à voir de l'élégance autour d'eux, mais reprochent toujours l'orgueil chez leurs commis. Je gagnai ensuite les appartements de Son Excellence. Il me reçut avec la même grâce que quelques heures plus tôt et nous cheminâmes ensuite de concert vers les appartements du duc, dans l'aile du Midi. Tout du long, je pus mesurer combien cet homme avait d'entregent. On le salua à chaque pas, tandis qu'il répondait avec modestie. Ma présence à ses côtés me sembla d'ailleurs susciter quelques chuchotements. Son Excellence s'en rendit compte également, et cela parut le satisfaire. Enfin, nous arrivâmes devant les appartements du duc. Deux suisses, seulement, en gardaient l'entrée. Je me suis toujours étonné combien dans ce château l'on ne prend pas soin de la sûreté des lieux. On y pénètre de jour comme de nuit mieux que dans un moulin, et rien n'est plus facile avec un peu d'audace que de s'introduire jusque dans les appartements royaux. Mais ce sont certainement les mauvaises mœurs de mon passé qui me soufflent ces remarques, là où d'honnêtes gens verront dans cet endroit un sanctuaire inviolable.

Nous patientâmes quelques minutes dans un vaste salon, avant que trois autres personnages que je connaissais déjà ne nous rejoignissent. Ils s'adressèrent courtoisement à Fleury, eurent les civilités habituelles entre égaux et n'eurent pour moi qu'un simple regard, ce qui sous ces latitudes vaut comme un salut lorsque l'on est un inférieur. Dans ce trio figuraient M. Fleuriau de Morville, jeune secrétaire d'État aux Affaires étrangères, fils d'un financier, ainsi que le célèbre maréchal de Villars, encore vif lui aussi malgré ses soixante et onze ans, et le marquis d'Uxelles, du même âge que le précédent, mais décati par les excès de tout genre. Un autre homme se présenta bientôt dans le salon, toutefois celui-ci, je ne le reconnus pas. D'une quarantaine d'années, la mine mangée d'une ancienne vérole, il fit juste un signe de connivence à Fleuriau de Morville avant de se camper dans un coin du salon. Notre attente dura encore une bonne vingtaine de minutes, quand enfin un huissier vint nous avertir que Son Altesse le duc de Bourbon nous recevrait dans sa bibliothèque.

Dans ce genre de circonstances, il est utile à un élément rapporté, comme je pouvais le paraître parmi ce cénacle, de ne pas méconnaître certaines règles. La première est de toujours se tenir largement en retrait et de conserver une attitude neutre quoi qu'il arrivât ou que l'on entendît. Et s'il n'est pas possible d'être invisible, la transparence doit être recherchée. Je suis rompu à ce théâtre du pouvoir et, quand nous arrivâmes dans la bibliothèque du duc, je trouvai immédiatement un endroit où me tenir suffisamment loin des acteurs afin de ne pas attirer leurs regards, mais assez proche pour en entendre les dialogues. Le duc n'était pas encore là et les participants s'installèrent dans des fauteuils que l'on avait disposés en demi-cercle face à un magnifique canapé. Je notai que l'inconnu se plaça lui aussi à l'écart. Dix bonnes minutes passèrent à nouveau, puis deux laquais en livrée apparurent, suivis, côte à côte, de Son Altesse le duc et de la marquise de Prie, sa maîtresse. Tout le monde se leva. De là où j'étais, je pouvais voir le visage de Fleury, et je remarquai qu'une brève moue se peignit sur ses lèvres. Le duc et la marquise prirent place sur le canapé et la petite assemblée se rassit.

Avant que de relater ce qui allait se dire, que le lecteur me concède quelques secondes afin que je lui brosse un rapide portrait de ces deux personnages, ils en valent la peine. Ici encore, mon précédent service auprès du cardinal Dubois m'était utile, et je n'ignorais pas que le duc, prince du sang et cousin du roi, était dévoré par une ambition sans bornes, que son statut de chef du gouvernement satisfaisait à peine, bien qu'il tremblât chaque jour de le perdre. Jeune, plutôt assez bien fait de sa personne en regard de son père qui était l'être le plus méchant et le plus contrefait de la Cour, le duc s'avérait souvent un médiocre Premier ministre, surtout lorsqu'on le comparait à l'influent Fleury. De là un antagonisme entre les deux, que le duc ne voulait cependant jamais avouer, craignant que le roi n'en prît ombrage. Et à cette âme faible, prête à rompre à la première rafale, il fallait un tuteur solide, ce que la marquise de Prie était pour lui. Je ne sais si l'on retiendra d'elle sa rare beauté ou son intelligence, mais peu de femmes à la Cour rassemblaient ces deux qualités au service d'une ambition que même les plus influentes favorites de Louis le Grand n'eurent pas toujours. Mme de Prie existait, respirait, désirait, aimait pour le pouvoir. Lui retirer cette passion, c'était lui prendre la vie. Au physique, je ne la décrirai pas, les œuvres de M. van Loo l'ont fait mieux que les mots. Qu'il soit juste dit que la nature avait orné ce visage d'un regard d'ange tombé du ciel. Beaucoup s'y sont brûlés plus vite qu'en enfer.

Le duc s'adressa à ses invités sans préambule :

— Messieurs, vous n'ignorez pas pourquoi nous sommes réunis ce matin. La dernière fièvre du roi nous intime de ne plus tarder dans notre projet.

Tout le monde acquiesça, sauf Fleury qui restait imperturbable.

— Déjà, continua le duc d'un air agacé, il me revient que notre cousin d'Orléans dresse la liste de ses futurs ministres.

Fleuriau de Morville intervint :

— Je viens de recevoir un courrier de notre ambassadeur à Madrid qui m'écrit que l'on s'agite également là-bas.

— Peuh... bougonna le maréchal de Villars. Ces satanés Espagnols n'abdiqueront donc jamais à poser un jour sur leur tête la couronne de France.

— Oui, et c'est inacceptable, n'est-ce pas, monsieur de Fréjus ? reprit le duc en s'adressant à Fleury – à la Cour, on l'appelait souvent ainsi en référence à son ancien titre d'évêque de Fréjus.

— Il y a désormais une certaine urgence, j'en conviens, répliqua Son Excellence d'un ton doux. Toutefois, il nous faut continuer à avancer prudemment dans la voie que nous avons choisie.

— Pardonnez-moi, rétorqua aigrement Fleuriau de Morville, mais le temps presse et il n'y a plus un jour à perdre au risque que le pire nous surprenne. Si demain le roi meurt, alors tout est perdu.

La terrible hypothèse lancée si abruptement suspendit les échanges. Fleuriau de Morville lui-même blêmit un peu de son audace.

— Son destin est entre les mains de Dieu, dit Fleury d'un air grave, il ne nous appartient pas de spéculer sur ses décisions.

La marquise de Prie chuchota alors quelque chose à l'oreille du duc, qui opina. Elle prit la parole :

— Vous avez mille fois raison, monsieur de Fréjus, confirma-t-elle, et nous prions chaque jour le Très-Haut pour qu'Il conserve Sa Majesté à notre amour, cependant l'avenir du royaume, lui, regarde les hommes. Et vous comme nous savons qu'il échappera peut-être un jour aux Bourbons de France si le roi n'a pas promptement de descendance mâle.

— C'est vrai, madame, répliqua Fleury, l'avenir du trône appartient aux hommes.

Le sourcil du duc se releva mais, avant qu'il n'ait pu réagir à cette insolence envers la marquise, Fleury ajouta :

— Merci de nous le traduire en des termes si justes. Cependant, je maintiens que, pour que ce grave problème soit résolu de la moins mauvaise des manières, il faut de la prudence. La cour d'Espagne bruisse peut-être de ses envies de couronne de France, mais, pour l'heure, elle est toujours convaincue qu'une des siennes sera un jour la reine.

Je me souvenais combien le cardinal Dubois s'était donné de mal deux ans plus tôt pour fiancer la fille du roi d'Espagne, l'infante Marie Anne Victoire, à Louis.

Le marquis d'Uxelles, qui jusqu'alors n'avait rien dit et paraissait même somnoler, intervint :

— Cette fiancée de trois ans était une très mauvaise idée, il faudra encore une bonne dizaine d'années avant qu'elle ne puisse enfanter et mieux eût valu choisir une bonne jument allemande, lança-t-il d'un ton graveleux.

— Peut-être, mais avant de la renvoyer chez ses parents et d'engendrer à coup sûr une crise qui fera trembler l'Europe, il faudra être certain d'avoir une épouse qui convienne à un fils de France, insista Fleury.

— C'est bien pourquoi nous sommes ici aujourd'hui, je vous le rappelle, lança d'un ton sec Fleuriau de Morville en sortant une liasse de papiers d'un portefeuille qu'il tenait à ses pieds.

Tout au long de cette étonnante conversation, j'étais resté abasourdi par ce que j'entendais. Je suis un peu familier des intrigues de palais, toutefois celle-ci touchait au roi lui-même, et dans cette bibliothèque, à quelques cloisons des appartements de Louis, la raison d'État commandait d'imaginer des plans que le commun aurait jugé sacrilège. D'ailleurs, je m'inquiétais aussi un peu au passage d'en être le témoin, car on sait qu'en la matière ce sont toujours les plus humbles qui assument les écarts des puissants lorsque les choses tournent mal. Dans son coin, l'inconnu devait se dire la même chose, à en juger par sa pâleur. Mais pour l'heure, nous ne valions pas plus que du mobilier ou des bibelots devant qui l'on peut tout dire, et après que Fleuriau de Morville eut distribué plusieurs feuilles aux protagonistes de ce débat, il éclaira l'assemblée sur ce qu'elles contenaient :

— Mes services ont fait diligence depuis notre dernière rencontre, déclara-t-il avec fierté. Vous avez entre les mains l'état exact de toutes les princesses d'Europe qui sont sans époux. Elles sont exactement quatre-vingt-dix-neuf.

Chacun se plongea aussitôt dans la liste, sauf Fleury, qui la garda ostensiblement sur ses genoux. Le duc de Bourbon s'en aperçut.

— Cela ne vous intéresse pas, monsieur de Fréjus ? lança-t-il d'un air contrarié.

— Ce n'est point cela, Votre Altesse, mais je suis venu sans mes lorgnons, répondit-il. Toutefois, si cela ne vous gêne pas, je peux me les faire lire.

— Faites comme bon vous semble, maugréa le duc en retournant à sa lecture.

D'un geste, Fleury m'enjoignit alors de venir jusqu'à lui. Je m'avançai tel un automate, soucieux de ne croiser le regard de personne. Mais il en est souvent ainsi lorsque l'on longe un précipice : j'eus le coup d'œil de côté de trop. Il rencontra les ardentes pupilles de Mme de Prie, qui me suivirent, je le sentis, jusqu'à ce que j'eusse rejoint Son Excellence. Celui-ci me chuchota alors de commencer à égrener les noms.

On eût pu faire un atlas presque complet de l'Europe avec la liste des princesses à marier. Certains noms, les plus nombreux, étaient soulignés de rouge, d'autres de bleu, et deux, aussi, se trouvaient écrits en capitales. J'avais déjà lu à voix basse plus de la moitié de ce curieux inventaire quand le duc releva la tête.

— Je vois un peu trop de princesses de la religion prétendue réformée, grogna-t-il.

— Ce ne serait pas la première fois qu'une future reine abjurerait sa confession pour rejoindre le sein de l'Église catholique, rétorqua Fleury.

— Il est vrai que certains prélats se montrent parfois peu disposés à défendre la vraie foi, lança le duc, qui paraissait de plus en plus agacé par l'esprit de contradiction de Son Excellence.

Fleury ne réagit toutefois pas à cette méchante pique, tandis que le maréchal de Villars, en bon militaire, tenta une diversion :

— Outre leurs religions, les princesses de Galles ou la fille de Frédéric ne peuvent s'envisager sans un solide remaniement de nos alliances avec la couronne d'Angleterre ou la Prusse, ce ne sera pas simple.

— Ceci est une objection recevable, admit Fleury.

Le duc de Bourbon replongea le nez dans la liste.

— La candidature de l'infante du Portugal est exclue, estima Fleury. Sa famille produit trop d'individus maladifs. Et si nous rompons avec l'Espagne, ce mariage avec la fille de leur voisin serait un insupportable soufflet supplémentaire à Madrid.

— Nous en sommes d'accord, monsieur de Fréjus, se cabra Fleuriau de Morville, piqué de ce que l'on critiquât son recensement. C'est pour cela que vous remarquerez que certains noms sont soulignés de rouge. Ces princesses sont parfois trop jeunes, ou trop âgées, ou bien malades, ou encore d'une lignée médiocre.

— Voici une chose qu'il eût été utile d'expliquer, lâcha Fleury d'un ton badin. Je suppose alors que le bleu a vos préférences ?

— Ce ne sont pas mes préférences, se renfrogna le secrétaire d'État, mais un avis sur la possible concordance entre ces princesses et notre projet.

— Il y a beaucoup d'Allemandes, nota le marquis d'Uxelles, c'est une bonne chose.

La marquise de Prie montra alors du doigt un ou plusieurs noms au duc, qui affirma aussitôt :

— Ni la princesse du Danemark ni la fille de Pierre de Russie ne doivent s'envisager non plus. Leurs religions s'y opposent.

— Et surtout la politique, compléta Fleury à voix basse, mais tout le monde l'entendit.

— Quoi qu'il en soit, il est à craindre que le choix de la prétendante fasse cocu les trois quarts de l'Europe, résuma vertement le maréchal de Villars.

— C'est pour cela qu'il faut une princesse de bonne souche, mais qui ne soit pas d'une dynastie qui fasse ombrage à nos voisins, corrigea Fleuriau de Morville en jetant un regard appuyé au duc.

Fleury me parut le remarquer.

— Je n'ai pas de bons yeux, dit-il, mais il me semble que sur votre liste des noms sont en capitales. Qui est-ce ?

Le duc se raidit.

— J'allais y venir, répondit le secrétaire d'État. Nous l'avions déjà évoqué si vous voulez bien vous en souvenir, monsieur de Fréjus.

— Ah ? Rafraîchissez-moi la mémoire, alors ? dit Fleury d'un air désinvolte.

Après une nouvelle œillade vers le duc, Fleuriau de Morville expliqua :

— Deux princesses de France peuvent prétendre à devenir reine. Cela aurait l'avantage de ne heurter personne en Europe et de permettre une conclusion rapide de ce mariage.

— Ah oui, oui, bien certainement, feignit de réaliser Fleury, je vois. Il y a de la logique à cela. Cependant, vous oubliez que Mlle de Vermandois est actuellement au couvent et s'y trouve bien. Et pour sa cadette, Mlle de Sens, le même reproche pourrait nous être fait de vouloir, en la choisissant, satisfaire les ambitions d'un prince de France.

Le duc de Bourbon rosit. Mlle de Vermandois et Mlle de Sens n'étaient autres que ses propres sœurs.

— Ces préventions, croyez bien que nous les entendons, intervint alors la marquise de Prie. Toutefois, il convient pour autant de ne pas écarter ces princesses d'un trait de plume.

— Ah, certes non, j'ai même cru comprendre que leurs candidatures s'écrivent en lettres capitales, se permit Fleury.

Le marquis d'Uxelles pouffa sur son fauteuil. La marquise le foudroya du regard. Et si son amant, le duc, avait eu le quart de sa force d'âme, nul n'aurait pu le rudoyer comme c'était le cas depuis le début de la conversation. Le maréchal de Villars vint encore à la rescousse.

— Si je compte bien, déclara-t-il, il y a donc sur cette liste trente-quatre prétendantes dont l'une pourrait être un jour notre reine.

— C'est bien cela, confirma Fleuriau de Morville. Toutefois, il s'agit d'avoir maintenant sur elles des rapports sérieux et détaillés. Mais d'une autre musique que celle jouée par nos ambassadeurs. Je les connais bien, ces gens-là sont toujours trop empressés à vouloir flatter les princes dont ils sont les hôtes, surtout si ces derniers deviennent parents du roi de France. Cette décision exige une froide vérité, pas des portraits de courtisans. Je propose donc que nous envoyions un homme sûr auprès des candidates afin de s'enquérir d'ici cette fin d'année des éléments objectifs qui fonderont notre choix.

Le secrétaire d'État se tourna aussitôt vers l'inconnu qui se tenait dans un coin de la pièce.

— Le chevalier de Lozilières, présenta Fleuriau de Morville, est rompu aux arcanes de la diplomatie secrète et jouit de toute notre confiance. Il peut partir dès que nous le souhaiterons afin d'évaluer sous un prétexte quelconque les qualités et les défauts des princesses.

L'assemblée lorgna le chevalier, qui salua avec déférence.

— Voici une charmante tâche, s'égaya Fleury, et elle me semble frappée au coin du bon sens dans ses motivations.

Fleuriau de Morville se rengorgea de ce *satisfecit* de Son Excellence.

— Cependant, ajouta Fleury, chaque jour compte, disiez-vous en préambule. À un seul homme, la visite de cette charmante cohorte de princesses prendra un temps que nous n'avons pas.

Le secrétaire d'État tordit à nouveau le nez.

— C'est pourquoi, continua Fleury, il serait de bonne politique de partager l'ouvrage avec un autre envoyé. Et, voyez notre chance, il se trouve que nous tenons l'adjoint idéal à cette grave mission.

Et Son Excellence posa sans façon sa main sur mon bras. Le sang se glaça dans mes veines et mon teint dut trahir ma stupéfaction à tous les regards qui se portèrent sur moi. Fleuriau de Morville réagit :

— Pardonnez-moi, monsieur de Fréjus, mais cette mission de la plus haute importance pour le royaume exige des compétences éprouvées, se rebiffa-t-il en me toisant.

— Rassurez-vous, rétorqua Fleury, l'abbé Baptiste ici présent a déjà démontré en certaines affaires toute son habileté et, surtout, sa discrétion.

Les yeux de la marquise ne me lâchaient plus.

— En outre, badina Son Excellence, reconnaissez que sa belle mine gagnera à n'en pas douter les confidences les plus secrètes. C'est là un atout.

Le duc de Bourbon sembla alors vouloir intervenir, cependant Fleury ajouta aussitôt d'un ton plus grave :

— Enfin, l'abbé Baptiste dispose de la confiance du roi.

Le duc se tassa sur son canapé, tandis qu'un nuage assombrit l'adorable regard de sa maîtresse.

3

Presque une heure plus tard, j'escortais Son Excellence jusqu'à ses appartements comme un homme à qui l'on viendrait d'asséner un violent coup sur la tête. Oh, certes, je ne titubais pas, toutefois dans ma cervelle résonnait encore l'ahurissante proposition de Fleury. Elle semblait également avoir abasourdi Fleuriau de Morville, qui s'était entretenu en aparté presque trois quarts d'heure avec Son Excellence à la sortie de chez le duc.

Arrivé devant chez Son Excellence, il m'invita à le suivre dans son cabinet de travail. Au passage, je croisai son valet, Bérard, qui me jeta une vilaine œillade en coin. Il était accompagné de deux autres domestiques à qui j'eus l'impression qu'il chuchota quelque chose. Une fois dans le cabinet, Fleury passa aussitôt derrière son bureau et, sans plus se préoccuper de moi, se mit à ouvrir plusieurs courriers dans lesquels il se plongea. À un moment, il releva la tête pour me faire signe de m'asseoir. Une bonne demi-douzaine de lettres étaient déjà passées sous ses yeux quand je réalisai que Son Excellence les déchiffrait sans lorgnon. Il s'aperçut de ma surprise et repoussa alors le tas de courriers à un angle du bureau. D'un air espiègle, il me lança :

— À mon âge, Dieu m'a fait la grâce de me conserver des yeux de jeune homme.

— Pardonnez-moi, Votre Excellence, mais alors pourquoi avez-vous sollicité mon aide tout à l'heure ? m'étonnai-je.

— Parce que dans ce théâtre, c'était l'occasion de vous faire monter en scène, s'amusa Fleury. Tout acteur, même le meilleur, a besoin qu'on lui chauffe la salle. D'autant que ce public est exigeant, prompt à huer les inconnus.

— Veuillez encore excuser mon insistance, Votre Excellence, mais j'aime à comprendre et...

— C'est là une qualité, mais aussi souvent un défaut, me coupa Fleury.

Je me troublai et n'osai plus rien ajouter.

— Continuez, continuez... reprit toutefois Son Excellence.

— Euh... Eh bien, hésitai-je, vous saviez donc ce que M. le secrétaire d'État allait proposer ?

— Ne vous ai-je pas déjà démontré que j'étais bien renseigné ? dit-il en tapotant de l'index la fameuse enveloppe bleue qui se trouvait toujours sur le bureau. Oui, je n'en ignorais rien. Et en vous appelant près de moi pour me faire la lecture, j'avais également le dessein de signifier à tous ma confiance à votre égard.

— Vous ne me connaissez pourtant que d'hier soir, osai-je avancer.

— Bah, je n'ai pas pour habitude de tergiverser, balaya Son Excellence. Je sais jauger les hommes, comme Dubois avant moi, et comme vous, je crois.

Il s'interrompit, saisit l'enveloppe bleue.

— Et puis n'oublions jamais que j'ai là de quoi me garantir des mauvaises surprises. Lorsque l'on connaît comme vous certains secrets de l'État, la loyauté n'est plus un choix. Ou bien... Mais trêve de bavardages, passons à ce qui nous occupe.

Fleury saisit alors la liste des princesses, tandis que je venais de comprendre combien, dans l'art de la menace, cet homme n'avait rien à envier aux chefs de bande de ma jeunesse. Les bonnes manières en plus.

— D'abord, dit-il, un mot sur ce que vous venez d'entendre. Cette façon de choisir une reine de France me déplaît. Il y a là de la foire aux chevaux et le maquignonnage ne satisfait souvent que le vendeur. En outre, j'ai bien l'impression que ces contorsions ne sont qu'une diversion pour mieux pousser certaines candidates. Le duc veut une reine sur laquelle il aura barre. Lui et Mme de Prie. Pourtant, il y a aussi du vrai dans tout cela. La santé de Sa Majesté est fragile et l'infante est encore une petite fille. Elle ne pourra enfanter que dans une bonne dizaine d'années. Le royaume ne peut rester si longtemps sans héritier.

Fleury s'interrompit et consulta la liste des princesses en soupirant.

— Il y a donc peut-être là-dedans la mère d'un futur roi de France, reprit-il. Bref, écoutez bien maintenant ce que je vais vous dire. Votre véritable mission doit rester secrète. Pour les détails, certains sont encore à préciser, mais Fleuriau de Morville a déjà bien voulu m'en confier quelques-uns. Vous et le chevalier de Lozilières serez officiellement envoyés, y compris auprès de la plupart de nos ambassadeurs, sous le prétexte du mariage d'un prince du sang que l'on ne peut nommer. On pourra toutefois laisser penser qu'il s'agit du duc de Bourbon. Il est veuf, et Fleuriau me dit qu'il est d'accord pour ce stratagème. Croyons-le. Quoi qu'il en soit, il ne doit absolument jamais être question du roi. Par ailleurs, des lettres seront envoyées dès demain dans les cours que vous visiterez. Pour chacune des princesses, il faut juger, jauger, estimer, tout peser. La mine, la santé, les vices ou les vertus, je veux tout savoir. Les rumeurs aussi, bonnes ou mauvaises, car il y a toujours un début de vérité là-dedans. Ah, et aussi, notez la taille comme l'embonpoint. Vous m'enverrez régulièrement vos rapports par des courriers particuliers. Et uniquement à moi. J'en transmettrai ensuite le contenu au Conseil.

J'écoutais attentivement toutes ces recommandations. Mon passé m'a appris à toujours vite me remettre de mes surprises, c'est là une des règles de la survie dans la rue, et j'offrais désormais une contenance de garde suisse. Fleury continua à me peindre les contours de mon extravagante expédition :

— Je veux aussi vous mettre en garde sur d'autres points particuliers, précisa-t-il. Tout d'abord, les Espagnols soupçonnent déjà ce qui se trame, j'ai mes informations. S'il arrivait qu'ils en aient la certitude, ils ne vous laisseraient pas en paix. Je connais leur reine, elle sera folle de rage contre la France. Méfiez-vous. Craignez également quiconque se réclamera de l'entourage du duc d'Orléans. Je crois ce prince loyal, cependant, autour de lui, il y a beaucoup de bonnes âmes qui lui souhaitent un destin. En particulier des hommes de finance et quelques autres qui se verraient bien régner sur le pays, et qui pourraient chercher à troubler le jeu. Bref, gardez vos yeux toujours bien ouverts.

Enfin, après quelques autres recommandations de prudence, Son Excellence m'avisa que les cours d'Allemagne me seraient certainement dévolues, Fleuriau de Morville le lui confirmerait rapidement. Fleury avait également déjà convenu avec le secrétaire d'État que le chevalier de Lozilières m'accompagnerait un peu avant que nous ne nous séparions afin qu'il se rende dans le sud-est de l'Allemagne, puis l'Autriche et le nord de l'Italie. On le voit, Son Excellence savait mener rondement une affaire.

— Voici donc pour l'instant ce que je puis vous dire, reprit-il. Cet après-midi ou demain matin, Fleuriau me communiquera les détails qu'il nous manque. Il n'est pas très heureux de nous voir nous glisser dans son joli projet, mais il n'a pas le choix. En revanche, il m'a aussi transmis la demande de quelqu'un d'autre. Et nous ne pouvons pas non plus nous y soustraire sans risque. En l'occurrence, la marquise de Prie souhaite vous rencontrer au plus tôt.

— Moi ? m'étonnai-je.

— Oui, vous. Je n'ai pas pu m'y opposer, regretta Fleury.

— Mais... quand ? me troublai-je franchement.

— Présentez-vous chez elle à 2 heures, ce jour. Elle devrait vous y attendre. Je fais confiance à votre intuition, et je n'ai donc pas à vous mettre en garde quant à l'attitude à tenir avec la marquise. Ne dévoilez rien de vous. Ni de personne. Soyez aimable. Enfin, autant qu'on peut l'être lorsque l'on met le pied dans un nid de serpents.

Et Son Excellence me congédia après m'avoir demandé de revenir le lendemain sur les coups de midi.

La marquise recevait habituellement dans un vaste appartement situé à l'étage du château et qui avait précédemment abrité une vieille duchesse, maîtresse de Louis le Grand dans sa jeunesse. Mme de Prie logeait là, même si elle tenait également souvent salon chez le duc de Bourbon. Je m'y rendis à l'heure convenue, avec le ferme sentiment qu'on allait me faire patienter longtemps avant de me recevoir. Arrivé sur place, j'eus toutefois la surprise d'être conduit sans attendre par un magnifique laquais jusqu'à un petit salon de musique où la marquise était installée devant un clavecin dont elle tapotait négligemment les touches. Elle eut un bref regard pour moi, tandis que le domestique s'éclipsa en refermant les portes du salon derrière lui. Nous étions seuls. Le lecteur se doute sûrement déjà que ce genre d'intimité avec une personne de l'autre sexe n'était pas pour effrayer un jeune homme tel que moi, cependant Mme de Prie n'était pas une femme comme les autres. Ceux qui avaient le privilège de tant de proximité avec elle se comptaient sur les doigts d'une seule main, à moins qu'elle ne repérât chez un autre quelque chose qui pouvait servir sa folle passion du pouvoir. Je sentais bien que je me situais à la lisière de cette catégorie.

La marquise effleura encore les touches de son instrument avec grâce, ébaucha même quelques accords très réussis, puis se tourna vers moi.

— La gamme n'est rien sans une partition, dit-elle. La musique ne naît que d'une mécanique harmonieuse, comme pour un mariage.

Sans jeux de mots, le ton était donné. Je répliquai :

— Il est vrai que, si toutes les unions sonnaient comme vos accords, le mariage serait une bien douce mélodie.

— Ah, merci bien, monsieur l'abbé, sourit Mme de Prie, mais il m'arrive aussi de faire des fausses notes.

— C'est notre lot à tous, virtuoses ou amateurs, répliquai-je.

— Oui, pourtant, en certains registres, elles s'entendent bien plus que dans d'autres, lança-t-elle, tandis qu'elle produisit une volontaire dissonance sur le clavier du clavecin.

Elle se leva ensuite et passa très près de moi pour rejoindre un fauteuil, laissant dans son sillage les effluves d'un capiteux parfum à la bergamote. Sa silhouette était parfaite et, sous une mise étonnamment toujours assez simple, l'œil averti devinait un corps sans défauts, dont l'admirable gorge prévenait toutefois les distraits qu'il y avait là une perfection rare.

— Prenez donc un siège, monsieur l'abbé, me pria-t-elle aimablement.

Je m'exécutai en conservant de respectueuses distances.

— J'ai souhaité vous voir, continua-t-elle, car je voulais mieux connaître celui qui peut se vanter de posséder la confiance de M. de Fréjus…

Elle s'interrompit, me scruta, puis ajouta :

— … et de Sa Majesté.

Je ne répondis rien, comme m'y avait engagé Fleury.

— Ah oui, j'oubliais, vous êtes un homme discret, reprit-elle. Tant mieux, il faudra le rester durant votre mission. Vos rapports ne doivent s'adresser qu'à nous.

— Soyez rassurée, madame la marquise, dis-je, je n'aurai de correspondances qu'avec Son Excellence, mon maître.

Mme de Prie me détailla à nouveau.

— Son Altesse le duc doit également en être le destinataire, insista-t-elle.

— Je ne doute pas que mon maître les lui transmettra, répondis-je.

— La docilité ne semble pas une de vos vertus, répliqua-t-elle, tandis que je remarquai que l'une de ses jolies mains se crispait légèrement sur l'accoudoir de son fauteuil.

— Je m'en voudrais de vous donner ce sentiment, madame, m'excusai-je.

— Oui, d'autant que l'obéissance est une des qualités qu'il vous est réclamé d'observer chez les candidates, lâcha la marquise d'un air maintenant presque irrité.

— J'en suis informé, madame, protestai-je.

Mme de Prie n'était pas femme à s'embarrasser avec ceux dont elle jaugeait qu'ils ne pouvaient, ou ne voulaient, la servir.

— J'imagine que les préparatifs de votre voyage vous attendent, je ne vous retiens donc pas, monsieur l'abbé, écourta-t-elle alors, mais cette fois d'un accent de maîtresse à domestique.

Je me levais vivement, saluais, cependant Mme de Prie m'interpella encore :

— Un dernier conseil, monsieur l'abbé. Il vous sera utile dans notre quête, et peut-être au-delà : n'oubliez jamais qu'à Versailles, même la plus plaisante mine peut vite devenir antipathique à beaucoup.

Et la marquise retourna à ses gammes.

4

Pour un jeune homme qui s'ennuyait jusqu'alors derrière son pupitre, le tour que venait de prendre ma vie ne pouvait que me réjouir. Et cela ne surprendra pas ceux qui sont déjà avertis de mes aventures précédentes si je précise que je jubilais même de retrouver ce parfum si particulier des intrigues d'État. C'est ainsi, certains sont faits pour le commerce, la guerre, la menuiserie, la danse, la pêche ou je ne sais quoi d'autre, moi, je suis né pour les affaires louches. Oh, celle-ci ne relevait pas absolument de ce registre mais, à bien y réfléchir, une maquerelle n'use pas de procédés bien différents lorsqu'elle recrute des pensionnaires. Bref, à un abbé aussi dessalé que moi, la mission ne pouvait qu'offrir de vastes perspectives. Et ce soir-là, j'honorai le cœur léger la promesse faite à ma comtesse de la retrouver en confession. Notre entente fut parfaite. Elle mit d'ailleurs encore plus d'entrain à ses tendres manières quand je la prévins que, bientôt, nous devrions faire abstinence de longues semaines, peut-être plus.

Le lendemain, Son Excellence me reçut à midi dans son cabinet afin de m'entretenir des ultimes détails de ma mission. Il me confirma que je voyagerais à travers l'Allemagne. Mon itinéraire devait me mener de la Lorraine jusqu'au nord de Berlin, en passant par Darmstadt, Leipzig et une nuée de petits États allemands qui font ressembler les cartes de cette région à une dentelle. Quant à la date du départ, elle ne me laissa pas le temps de prévenir beaucoup de monde, car elle fut fixée au matin suivant. De toute façon, depuis longtemps, à Versailles ou à Paris, j'ai appris à ne pas nourrir de relations suffisamment intimes avec quiconque pour que l'on s'étonne de mon absence. On pourra cependant me faire remarquer que je ne semble pas user de cette philosophie avec les personnes de l'autre sexe. Je ne le nie pas, toutefois, les femmes qui se piquent de détourner les jeunes abbés de leur sacerdoce ont toujours intérêt à garder pour elles leurs interrogations, si elles en ont.

J'eus donc juste le temps de faire un saut chez moi à Paris afin de faire mes malles. Je n'y venais pas souvent, et je dois dire que la marche de ma maison laissait un peu à désirer sous la férule des trois domestiques à qui je l'avais confiée. J'ai un logement confortable, je l'ai déjà évoqué, mais lorsque le maître n'est pas là, rien ne va, c'est connu. Et mon départ n'allait rien arranger à l'affaire. Je résolus donc de sermonner vigoureusement l'échine du plus paresseux de ces trois pendards afin que les deux autres se le tiennent pour dit. Rien ne vaut l'exemple de la pénitence pour fortifier les vocations car mes malles furent ensuite bouclées prestement par mes valets. J'y ajoutai deux, trois babioles, dont une bible et une paire de pistolets, compagnons indispensables du voyageur avisé. Enfin, au chapitre de l'argent, Son Excellence avait obtenu que l'on me donnât dix mille livres en lettres de change et cinq mille livres en or, que j'augmentai de cinq mille livres supplémentaires en or sur ma cassette personnelle. Certaines expériences malheureuses me font préférer l'or au papier-monnaie. Ceux qui savent, comprendront.

Le matin du 9 août 1724, près du Vieux Louvre, j'embarquai en habits de voyage dans une solide berline en compagnie du chevalier de Lozilières et d'un médecin nommé Seyssac. Il devait discrètement prêter ses talents à l'évaluation des candidates. Dans une autre voiture, trois domestiques nous suivaient avec nos malles. Nous prîmes la direction de Nancy, plus précisément de Lunéville, chez le duc de Lorraine, dont la fille, Élisabeth-Thérèse, figurait sur la liste. En filant grand train, l'on pouvait espérer rejoindre cette première étape en une grosse semaine, à raison de quinze lieues par jour. Sur les cahots de nos mauvaises routes, cela nous laissait le temps de mieux nous connaître, mes compagnons de voyage et moi. Pour ma part, je me présentai comme l'ancien secrétaire du cardinal Dubois, ce en quoi je ne mentais pas, mais sans bien sûr m'étendre sur mes missions, et j'ajoutai avoir obtenu grâce à mes services un nouveau poste auprès de M. de Fréjus. On ne m'en demanda pas plus. Le chevalier de Lozilières, lui, nous expliqua avoir longtemps été en poste dans une ambassade à Turin puis en diverses villes d'Italie. C'était un gentilhomme somme toute cordial, à l'esprit fin, plein de cette onctuosité qui fait ressembler nos diplomates à des gens d'Église. Je me trouvais donc là en pays de connaissance, mais je savais aussi combien cette façade cache souvent des combinaisons moins franches. Au physique, les traits du chevalier n'étaient pas désagréables, toutefois une sévère vérole en gâtait le visage. De son côté, le Dr Seyssac, qui accusait la soixantaine, se présenta avec fierté comme l'un des anciens médecins du dauphin Louis de France, père de notre présent roi. Nous nous gardâmes bien sûr poliment d'évoquer la triste fin de ce prince et de son épouse d'une rougeole mal diagnostiquée. Quoi qu'il en soit, la chose ne semblait pas avoir entamé la confiance en lui du bonhomme, puisqu'il nous abreuva au début du voyage d'un flot de considérations sur les maladies féminines et sur les affections héréditaires, dont il se disait un spécialiste. Heureusement, le roulis de notre voiture vint bientôt le décourager de poursuivre ses péroraisons et il prit l'habitude de se caler dans un coin de la cabine dans un demi-sommeil, l'estomac retourné. À ce mal-là, il n'avait pas de remède.

Les trois premiers jours, rien de notable ne vint rompre la monotonie du voyage. Les routes de France sont très mauvaises, on le sait, et il faudrait en ce royaume qu'on se décidât enfin un jour à en tracer de moins médiocres. Malgré tout, nous avancions sans prendre de retard, nos chevaux étant changés prestement à chaque relais où nous ne nous attardions jamais que quelques heures pour un souper et une demi-nuit dans un lit. Il avait été décidé de mener une forte cadence jusqu'à Nancy afin d'ensuite pouvoir prendre plus de temps en Allemagne, où les étapes étaient plus proches les unes des autres. D'autant qu'en ce pays, lorsque l'on a de quoi payer dans ses malles, on vole, la poste y étant excellente. En attendant, nous mangions notre pain noir. Le quatrième matin, à Châlons, nous dûmes d'ailleurs rester quelques heures supplémentaires au relais afin de ménager un peu Seyssac, dont la mine trahissait les tourments. Nous en profitâmes avec le chevalier pour achever d'organiser nos deux périples. Nous devions rester ensemble le premier mois, puis il filerait vers l'Italie avec le docteur. Quant à moi, je remonterais le long du Rhin vers Francfort et, ensuite, j'obliquerais vers Leipzig puis j'irais à Berlin. À la lecture de la liste des princesses qui m'étaient dévolues, j'eus le sentiment que j'avais hérité des seconds rôles.

Ce même matin, il arriva quelque chose d'étrange. Tandis que nous attendions dans la grande salle de l'auberge du relais le pauvre Seyssac qui traînait dans son lit, je remarquai deux drôles de personnages attablés au fond de la pièce. Vêtus de grands manteaux de voyage, ils n'avaient pas retiré leurs capuchons et, surtout, je croisai à plusieurs reprises le regard de l'un des deux. Je suis né dans la rue puis j'ai grandi dans le faubourg Saint-Marcel avec la pègre, bref, ma nature se met toujours en alerte devant certains comportements. Je puis également travestir mon attitude pour ne pas signaler que je me sais surveillé. Et c'est bien le sentiment que j'eus quelques minutes plus tard quand un troisième personnage dont la mise ressemblait aux deux autres s'installa à l'autre bout de la salle. À son tour, il lorgna discrètement vers moi et le chevalier, mais, plus intéressant encore, je le vis échanger un léger signe du menton avec ses deux vis-à-vis. Ce petit manège dura un bon quart d'heure avant que l'arrivée de Seyssac ne semblât agir comme un signal. Les deux premiers inconnus se levèrent aussitôt, tandis que le troisième personnage parut ne plus s'intéresser à nous. Je ne m'ouvris pas de tout ceci à mes compagnons pour ne pas les inquiéter. Après tout, il est fréquent que, dans ces auberges, des gaillards mal intentionnés soupèsent leur possible clientèle sans que pour autant ils ne passent à l'acte. Il n'empêche, je résolus de me tenir sur mes gardes. J'avais beaucoup d'argent sur moi, le chevalier aussi, et il ne s'agissait pas de s'en faire délester.

Notre journée se passa ensuite de façon ordinaire, en voyageurs ballottés par les désordres de la route. Nous ralliâmes toutefois Saint-Dizier à belle allure, puis nous couchâmes dans cette ville. Mais le lendemain matin, alors que j'étais le premier descendu de ma chambre et que je surveillais le chargement des bagages par l'un de nos domestiques, j'aperçus à quelques dizaines de pas de nous l'un des inconnus de la veille. Il était toujours vêtu de son long manteau, chaussé de bottes fortes, et se tenait à l'entrée des écuries du relais. Il ne se tourna jamais dans ma direction, cependant je sais repérer ceux qui me voient sans me regarder : j'eus très vite la certitude qu'il m'épiait. Cette fois, dès que le chevalier me rejoignit, je lui confiai mes soupçons. Ce dernier ne sembla pas prendre la chose au sérieux, arguant qu'il y avait sur les routes beaucoup de gens qui allaient dans la même direction que nous. Je convins mollement qu'il avait peut-être raison et notre équipée reprit de plus belle.

Des orages éclatèrent bientôt sur notre chemin. Les routes déjà passables se transformèrent par endroits en véritable fondrière et, à hauteur de Ligny, la voiture de nos domestiques resta coincée jusqu'aux essieux. Il fallut faire venir du monde d'un village voisin afin de la sortir de là. Nous y perdîmes presque une demi-journée, tandis que la pluie ne cessa plus de nous contraindre à faire des haltes. Cette marche d'escargot nous amena enfin à Toul au soir du sixième jour après notre départ. Nous avions près d'une journée de retard sur ce qui avait été prévu, mais nous dûmes encore prolonger notre halte à cause de la santé de l'infortuné Seyssac. Son teint, plus verdâtre que jamais, laissait augurer une issue possiblement fatale si nous insistions à le mener de ce train, craignit même Lozilières. Bref, il fut décidé lors du souper que l'on se séparerait en deux équipages. Le premier composé de Lozilières et de deux domestiques rallierait rapidement Lunéville, tandis que la seconde voiture, avec le docteur, un domestique et moi, irait d'une allure plus douce. La chose ne m'enchanta guère, cependant Lozilières avait en quelque sorte la gouvernance de notre petite expédition et je me soumis de bonne grâce.

Le lendemain, je restai donc quelques heures de plus à l'étape avec le Dr Seyssac, qui se confondit en remerciements pour ce répit. L'auberge était confortable, sa table excellente, ce qui me consola de l'attente. Autour de moi, il n'y avait que d'honnêtes voyageurs, au moins en apparence, de ces figures ordinaires qui peuplent les relais. Je ne remarquai qu'un élégant gentilhomme dont la belle mine tranchait dans ce cadre et qui semblait surtout s'intéresser à la cadette des aubergistes. Je suivis leur badinage à distance, en amateur. Enfin, il fut temps de reprendre la route en direction de Nancy, mais au pas, ce qui devait nous faire arriver à la tombée de la nuit dans cette ville. Ensuite, il resterait une demi-journée pour rejoindre Lunéville. Cette allure de promenade eut au moins l'air de raviver un peu les couleurs de Seyssac. Tellement qu'il recommença même bientôt à m'entretenir de médecine, tandis que le domestique que nous avions avec nous s'endormit dans un coin. Nous voguions ainsi, entre clystères, abcès, lavements, saignées et ronflements, quand notre voiture s'immobilisa. Je sortis afin de m'informer auprès du cocher, qui m'avisa que depuis deux bonnes heures il avait observé trois cavaliers semblant nous accompagner, tantôt à bonne distance, tantôt plus près. Ce qui le surprenait, ajouta-t-il, c'est qu'ils étaient parfois derrière nous, mais à d'autres moments en avant, et qu'ils disparaissaient à notre approche. C'est ce qui venait d'arriver une nouvelle fois. Voilà pourquoi le cocher avait préféré s'arrêter car nous allions aborder une forêt. La chose était prudente et je réveillai le domestique d'un coup de botte afin qu'il descende une de mes malles, dans laquelle je récupérai mes pistolets. Je les chargeai sous les yeux médusés du docteur, avant de donner l'ordre de repartir.

5

Ma jeunesse dans le faubourg Saint-Marcel m'a enseigné la science du guet-apens. Cette noble discipline se fonde sur une loi universelle : toujours surprendre son client par là où il ne vous attend pas. La chose peut paraître simple, toutefois, elle fait appel à l'imagination autant qu'à la fermeté dans l'exécution. Il faut d'abord considérer l'environnement du traquenard projeté afin d'utiliser au mieux la disposition des lieux. Et en la matière, le guet-apens en ville ressemble à celui dans une forêt en cela que le ou les agresseurs bénéficient d'une infinité de cachettes, en même temps que prendre dans une nasse les victimes y est très simple. En l'occurrence, nous venions de nous engager dans un chemin, pas trop étroit certes, mais bordé de haies dont je redoutai vite qu'elles nous empêchent toute tentative de fuite ou de demi-tour. Mes deux pistolets posés sur la banquette, j'observais donc les alentours par les fenêtres des portières, tandis que le docteur et le domestique n'en menaient pas large de me voir ainsi sur le pied de guerre. J'avais également donné des instructions simples au cocher. Au cas où il verrait devant lui réapparaître les cavaliers, il devait aussitôt mettre en travers notre berline, ce qui me permettrait de les ajuster depuis une fenêtre le cas échéant. En revanche, si le danger arrivait par l'arrière, il fallait qu'il commande le galop aux bêtes pendant que je m'aviserais de quelques coups de semonce, toujours depuis la portière. Malheureusement, il en va des plans les mieux réglés qu'il se trouve souvent un exécutant maladroit pour les transformer en déroute.

Je ne saurai jamais ce qui se passa dans la cervelle de notre cocher lorsqu'au bout d'une petite demi-heure, au détour d'un virage, la silhouette des trois cavaliers se dessina à deux cents pas devant nous. Le bougre fit l'exact contraire de mes ordres et lança ses chevaux dans une course effrénée. Ceux qui ont l'expérience de ce genre de choses sauront que depuis une cabine il devient alors impossible de tirer, au risque d'abattre les bêtes de l'attelage, en plus de n'avoir aucune chance de toucher les assaillants. Bref, il ne nous restait qu'à nous agripper là où nous le pouvions en attendant le pire, qui, en ce genre de situation, n'est jamais en retard. Et tout à coup, deux détonations se firent entendre, suivies d'un bruit sourd à la hauteur de la banquette du cocher. La voiture s'immobilisa. J'ouvris alors la portière puis sautai au-dehors, pistolets aux poings, enjambant au passage Seyssac et le domestique, recroquevillés sur le sol de la cabine. D'un coup d'œil, je vis notre conducteur renversé sur son siège, le crâne à moitié emporté, tandis que les trois cavaliers s'approchaient au pas. Chacun tenait un mousquet. Lorsqu'ils me virent, ils éperonnèrent leurs bêtes pour foncer dans ma direction. Une balle siffla au-dessus de ma tête. À un contre trois, la lutte semblait perdue d'avance, toutefois le dieu des batailles se chargea de rétablir un peu l'équilibre : au premier coup que je tirai, je touchai au but. Un cavalier s'effondra sur sa monture. Les deux autres étaient cependant désormais à moins de cinquante pas. Ils dégainèrent leurs épées. Je voulus aussitôt faire feu de mon second pistolet, quand le coup s'enraya. J'avais durant ma vie déjà bien souvent éprouvé cette sensation d'une fin imminente, et je puis assurer qu'en la matière l'expérience ne sert de rien : on reste à chaque fois interdit devant l'inéluctable. Mais il y a les chanceux. Je fais partie de ceux-là. Alors que je m'attendais à me faire larder d'un coup d'épée, un cavalier déboula au galop derrière moi et fondit sur les deux assaillants. Debout sur ses étriers, armé de deux tromblons au bout de ses bras tendus, il déclencha une salve de l'enfer dans un nuage de fumée. On entendit des hennissements sauvages, un cri, puis plus rien.

Devant moi, un seul homme se tenait désormais sur sa monture. Ses deux tromblons fumants dans les mains, il me tournait le dos, semblant observer le résultat de sa terrible charge. Face à lui, les deux assaillants gisaient, leurs chevaux renversés à moitié sur eux. Bêtes et maîtres étaient affreusement déchiquetés, et l'on ne pouvait que leur souhaiter à tous d'être morts. Derrière moi, le docteur et notre domestique s'extirpèrent de la voiture, mais le spectacle les pétrifia. Avec notre cocher et l'homme que j'avais abattu, cela faisait quatre cadavres. Trop pour le fragile Seyssac qui ne put réprimer un haut-le-cœur. Il alla vomir dans le fossé. Notre sauveur se retourna alors. Stupéfait, je reconnus le beau gentilhomme qui minaudait avec la fille de l'aubergiste de Toul. Il me sourit en même temps qu'il rangea ses armes dans deux étuis de chaque côté de sa selle. Je m'avançai vers lui prudemment.

— Monsieur, nous vous sommes redevables pour longtemps de votre intervention, le remerciai-je. Et croyez bien que je ne laisserai pas cette belle action sans en vanter autour de moi l'auteur.

— Ne vous donnez pas cette peine, répliqua le gentilhomme tout en descendant de son cheval. Entre voyageurs, il est bien normal de se garder des mauvaises rencontres.

Il s'approcha.

— Mais je me présente, continua-t-il. Chevalier de Bréville, capitaine au régiment d'Orléans.

— Abbé Baptiste, répondis-je simplement.

— Diantre, je ne savais pas que l'on enseignait le tir au pistolet au séminaire, s'amusa-t-il. Vous avez bon œil et le bras ferme.

— Avec l'aide de Dieu, on peut tout, répliquai-je.

Bréville regarda vers le premier cavalier que j'avais abattu.

— Oui, c'est un bon professeur, on dirait, ajouta-t-il, tandis que Seyssac avait repris un peu de ses esprits.

Il vint jusqu'à nous, la mine blême, en s'essuyant la bouche avec sa manche.

— Docteur Seyssac, lâcha-t-il d'une voix éteinte.

— Ah, un médecin ! Très bien, dit Bréville, goguenard, toutefois je crains que nos gaillards n'en aient plus besoin.

Seyssac ne releva pas la plaisanterie.

— Mais qui étaient ces gens ? demanda-t-il.

— À première vue, des individus mal intentionnés, continua Bréville du même ton enjoué.

Et il se dirigea vers l'un des cadavres dont une horrible blessure béante sous l'aisselle laissait voir jusqu'à ses côtes. Le chevalier le tâta du bout de sa botte, puis se pencha pour le fouiller. Il extirpa de sous son manteau un long et large portefeuille entortillé d'une lanière de cuir. À l'intérieur, une lettre de change sur une banque de Burgos, deux courriers en castillan et surtout un passeport du royaume d'Espagne nous indiquèrent que nous avions affaire à un bougre du nom de Mendez-Vallejo. Sur ses deux compagnons, nous trouvâmes également des courriers en espagnol et un autre passeport, cette fois hollandais, établi au nom de Juan José Matéo.

— Des brigands ? insista Seyssac.

— Sûrement, rétorquai-je.

— Vous croyez, monsieur l'abbé ? rebondit alors Bréville d'un air bizarre.

— Oui, que voulez-vous que ce soit ? m'étonnai-je.

Le chevalier me regarda en se caressant le menton.

— Hum... pour ma part, lança-t-il, il m'est plutôt d'avis que ces gens avaient pour ordre de gâcher une certaine noce.

Je ne cillai pas, tandis que Seyssac se racla bruyamment la gorge.

— Cher monsieur l'abbé, reprit Bréville, peut-être pourrions-nous maintenant interrompre cette petite comédie ?

— Comédie ? Je suis désolé, mais je ne comprends pas, tentai-je sans conviction.

Le chevalier éclata de rire.

— Eh bien, alors je vais vous éclairer, annonça-t-il en reprenant un peu son sérieux. Tout d'abord, évitons les chemins de traverse et sachez que je suis au service de Son Altesse Mgr le duc d'Orléans, premier prince du sang. Je sers dans son régiment depuis cinq années et je puis m'enorgueillir de sa confiance, comme vous de celle de M. de Fréjus, ou pour le chevalier de Lozilières, de celle de Son Altesse le duc de Bourbon.

Il s'interrompit après ce préambule, comme pour en savourer l'effet. Il dut être satisfait car j'avoue que mes yeux s'arrondirent de nous trouver ainsi percés à jour. Je demeurais toutefois silencieux et il continua :

— Je n'abuserai pas de votre patience en vous expliquant que je suis informé des raisons de votre voyage. Évidemment, mon maître les ignore encore moins, puisqu'il ne vous a pas échappé qu'il pourrait être un jour intéressé à l'avenir du trône. En attendant, il n'entend pas rester spectateur de ce qui se trame. Et à l'heure qu'il est, il a d'ailleurs déjà dû le signifier à vos commanditaires, qui ne désavoueront sûrement pas sa volonté de me voir vous accompagner dans votre mission.

Après l'attaque que nous venions de subir, cette stupéfiante révélation tonna dans ma cervelle comme une nouvelle décharge de mousquet. Cet homme disait-il vrai ? N'était-ce pas un imposteur ? Et si l'on avait affaire à un véritable émissaire du duc d'Orléans, sa présence n'était-elle pas un moyen de contrarier notre tâche ? Ces questions m'assaillirent, même si, dans cette forêt, les dépouilles de nos assaillants plaidaient – à leurs corps défendant – pour qu'on prêtât à Bréville de louables intentions à notre égard. D'ailleurs, je trouvais là un moyen de le sonder un peu mieux :

— En prêtant foi à ce que vous nous confiez, monsieur, faudrait-il alors en déduire que ces gens étaient au service d'ennemis de Sa Majesté ? fis-je en montrant les cadavres de nos agresseurs.

— La cour d'Espagne a de longues oreilles partout en Europe, ne tergiversa pas Bréville. Je ne sais avec certitude si ces sbires avaient un lien avec elle, pourtant avouez que le hasard serait un drôle de bougre de vous avoir mis dans les pattes d'une bande d'hidalgos égarés à trois cents lieues de chez eux.

— Mais pourquoi nous attaquer ? s'inquiéta à nouveau Seyssac.

— Bah, ce ne serait pas la première fois que la diplomatie use du crime en manière de semonce, rétorqua le chevalier. Et il est à redouter que Madrid ne s'embarrasse pas de faire à nouveau savoir sa rage des rumeurs de renvoi de l'infante.

Le raisonnement de Bréville ne manquait pas de justesse et signait une bonne connaissance des manœuvres des uns et des autres. Ce n'était pas là qu'un simple militaire. Quoi qu'il en soit, il nous fallait désormais faire avec lui, au moins jusqu'à notre première étape, où je m'enquerrais auprès de Fleury de la conduite à tenir à son égard, finis-je par arrêter dans mon esprit. Pour l'heure, nous devions repartir et, après avoir confié à notre domestique les rênes de la voiture, nous laissâmes derrière nous les cadavres des trois Espagnols et de notre cocher. Bréville monta avec nous, tandis que son cheval fut arrimé à la berline. Un peu plus loin, nous avisâmes des paysans qu'un affreux carnage avait eu lieu dans la forêt. Sûrement entre brigands, ajoutai-je.

Nous entrâmes enfin à Nancy quelques heures plus tard. Lunéville était à moins de dix lieues, cependant, avant de nous rendre chez le duc de Lorraine, nous décidâmes de passer la nuit dans une auberge, au grand soulagement de Seyssac. Il disparut aussitôt dans sa chambre pour se remettre de ses émotions de la journée. De mon côté, j'invitai Bréville à souper dans un établissement de jeu que nous indiqua le patron de l'auberge. Je lui devais bien cela, toutefois j'admets que j'avais également pour projet de me faire une meilleure idée du personnage.

Au caractère comme au physique, il ne démentait pas l'impression d'une belle âme, sans artifice ni dissimulation. Ce genre de gentilshommes qui servent avec honneur sans se soucier du danger et qui ne dédaignent jamais de jouir de chaque instant car, justement, il peut être le dernier. Bréville aimait la vie, elle le lui rendait bien. Je crois qu'il sentit que nos natures se ressemblaient sur ce point et, à des yeux étrangers, notre entente ce soir-là put bientôt faire supposer une ancienne amitié. D'ailleurs, après le repas, nous jouâmes de concert suffisamment pour gagner puis perdre une somme rondelette que ni lui ni moi ne regrettâmes. Peut-être aussi parce que nos bonnes mines nous attirèrent l'attention de deux jeunes femmes que nous eûmes la politesse de ne pas repousser dans leurs avances. Et chacun s'esquiva bientôt avec sa conquête tarifée en se promettant de se retrouver le lendemain à la première heure.

6

À lui seul, le château de Lunéville disait aux visiteurs toute l'ambition contrariée du duc de Lorraine. L'endroit présentait certes un cousinage avec Versailles grâce à ses bâtiments élégants et ses jardins à la française d'un excellent goût, cependant tout ici sentait la volonté d'imitation. Et pour ajouter à ce pastiche, une cour nombreuse hantait les murs de ce palais des regrets. Oui, les ducs de Lorraine avaient été puissants mais, depuis des décennies maintenant, le lustre de leur dynastie était leur seul motif de gloire. La France étendait son ombre tutélaire sur le duché, même si Léopold Ier, l'actuel duc, ne manquait jamais une occasion de revendiquer la souveraineté de ses États. À Versailles, on le lui laissait croire, ce qui suffisait à calmer un peu son ombrageux caractère.

Nous arrivâmes donc dans ce palais au matin du huitième jour de notre voyage. Comme pour chacune de nos futures étapes, un courrier avait prévenu de notre visite et de ses – fausses – secrètes raisons, à savoir le mariage d'un prince du sang. Cependant, compte tenu du lignage de Léopold et de sa susceptibilité, la missive avait clairement sous-entendu que ce prince était le duc de Bourbon.

Lozilières était déjà là depuis une journée, toutefois, après que je l'eus retrouvé, il m'expliqua qu'il n'avait encore pu approcher celle qui figurait sur notre liste. Élisabeth-Thérèse ne devait en effet rentrer au château que le lendemain. Il m'indiqua aussi que le duc nous avait logés somptueusement dans deux appartements situés dans la plus récente aile du château. Lozilières s'étonna aussi de la présence de Bréville. Je lui racontai alors notre sanglante équipée, ce qui eut l'air de positivement l'inquiéter. Nous convînmes ensuite que Seyssac logerait avec lui, tandis que Bréville resterait avec moi. Nous prîmes donc vite nos quartiers en même temps que je rédigeais un courrier pour Son Excellence afin de l'informer de l'irruption dans le jeu de l'envoyé du duc d'Orléans.

Après notre installation, le duc nous fit bientôt prévenir qu'il nous conviait à un souper le lendemain soir.

Léopold Ier chassait pour ses enfants tous les trônes disponibles en Europe. Son haut lignage lui permettait en effet de briguer n'importe quelle alliance. Lui-même avait repris le prestigieux titre de roi de Jérusalem, auquel il avait droit par un de ses aïeux. Inutile de dire que chez les Turcs, on se gaussait de cette prétention. Il n'empêche, le duc n'avait de cesse d'imaginer toutes les combinaisons capables d'asseoir l'avenir de sa famille. Proche par la géographie du royaume de France dont il parlait la langue à la perfection, il avait cependant un penchant sentimental et politique pour le parti autrichien. Sa mère était une princesse Habsbourg et il ne désespérait pas qu'un jour l'un de ses fils prétende à la couronne autrichienne. Pourtant, la fatalité avait longtemps apporté un lugubre démenti aux ambitions de Léopold. Sur les quatorze enfants que lui avait donnés son épouse en seize années, dix avaient déjà été emportés par les maladies. Ne lui restaient que deux garçons et deux filles, dont une bientôt en âge d'être mère.

Le souper rassembla une vingtaine de convives dans une des grandes salles à manger du château. En plus de Lozilières, Bréville, Seyssac et moi, il y avait autour de la table beaucoup de gentilshommes, le plus souvent allemands, tandis que les invitées féminines se comptaient sur les doigts d'une seule main. De plus, elles étaient toutes d'un âge où l'on accuse son miroir de perfidie. Toutes, sauf une. Et dans cet écrin d'antiquités, elle en rayonnait d'autant plus. Blonde et pâle, avec une pureté de traits que le ciseau du sculpteur aime à reproduire, la jeune femme avait ce genre de beauté qui plaît aux artistes et aux rois. À sa gauche, le duc Léopold la couvait du regard et nous comprîmes vite qu'il s'agissait de celle que nous étions venus voir : Élisabeth-Thérèse. Pour l'heure, nous ne pûmes d'ailleurs que l'admirer puisque le protocole ducal nous avait placés au plus loin du maître des lieux et de sa fille. Le souper ne dura pas, heureusement, car la conversation de nos voisins et voisines nous confirma que l'esprit de Versailles ne souffle qu'à Versailles. Je suis sévère, c'est vrai, mais pas moins que ces hobereaux allemands dont la fantaisie se borne à la couleur de leurs bottes.

À la fin du souper, le duc convia l'assemblée à le rejoindre dans un salon voisin. Élisabeth-Thérèse, elle, s'éclipsa, à notre grande déception, et nous dûmes encore faire bonne figure à tous les invités curieux de notre présence. Quelques instants plus tard, ce fut le duc lui-même qui vint enfin nous adresser la parole. Qu'on sache au passage pour les lecteurs curieux que ce seigneur avait dans un visage allongé des traits mieux que gracieux et un teint que les jeunes filles n'ont pas toujours. Nous échangeâmes les politesses d'usage, puis il s'enquit de ce qu'il savait déjà par le courrier secret de notre ambassade. Il s'étonna, un petit sourire aux coins des lèvres, que le duc de Bourbon ne trouvât pas d'épouse à la cour de France. Il releva également d'un ton acerbe qu'il y avait fort longtemps qu'il n'en avait eu de nouvelles. Nous ne sûmes que répondre, et il retourna à ses courtisans.

Sur les coups de 1 heure du matin, nous avions fait notre deuil d'en apprendre plus sur Élisabeth-Thérèse quand un laquais nous avertit que le duc souhaitait s'entretenir avec nous dans un salon privé. Seyssac et Lozilières étant déjà rentrés, seuls Bréville et moi nous rendîmes à l'invitation. À cette époque de l'année, il fait chaud, même en Lorraine, et nous appréciâmes de rejoindre le duc sur une large terrasse attenante au salon. Deux ou trois lanternes seulement y brûlaient, ce qui plongeait notre rencontre dans une semi-obscurité. Le duc l'éclaira toutefois bientôt d'une étonnante affirmation :

— Vous n'ignorez pas que la maison de Lorraine a déjà donné deux reines à la France : Marie Stuart, épouse de François II, et Louise de Lorraine, épouse d'Henri III.

— Certes, Votre Altesse, ne trouvai-je qu'à répondre, curieux de la suite.

Elle ne me déçut pas.

— Bref, vous et moi savons que vous n'êtes point aujourd'hui dans ma demeure en émissaires du duc de Bourbon, lança Léopold. C'est Louis que l'on veut marier prestement, n'est-ce pas ?

Voilà qui commençait mal. Nous étions déjà découverts et, décidément, cette mission gardait peu de secret pour beaucoup trop de monde. Las, il est des moments où il ne sert à rien de nier. Le duc était un homme intelligent : il n'aurait jamais osé cette sortie sans avoir de bons renseignements. J'acquiesçai donc, tout en le priant de conserver la plus grande discrétion à ce sujet.

— Rassurez-vous, répondit-il, il y va de l'intérêt de ma fille que la chose reste secrète. Des jaloux pourraient être tentés de se mettre en travers de ce mariage.

— Euh, certes, certes... balbutiai-je, médusé de l'aplomb du duc, tout en jetant un regard vers Bréville.

— J'imagine que vous avez pour ordre de faire promptement un rapport à Versailles ? continua Léopold.

— Oui, c'est ma mission, confirmai-je.

— Très bien, très bien, se réjouit le duc en faisant signe à un domestique d'apporter des rafraîchissements.

Une banquette et des fauteuils avaient été transportés dans un angle de la terrasse, et Léopold nous convia à nous y installer. On ajouta aussi une paire de lanternes.

— J'ai fait réaliser deux portraits en médaillon d'Élisabeth-Thérèse, reprit-il en les sortant de sa poche.

Il nous les tendit.

— Ils sont fidèles, n'est-ce pas ? lança-t-il.

Bréville et moi regardâmes alors les deux miniatures poliment.

— La beauté de la princesse y est assurément rendue de la plus juste des manières, Votre Altesse, accorda Bréville.

— C'est effectivement ce que je pense, et je souhaite que vous joigniez ces portraits à votre rapport, dit le duc.

— Euh… Eh bien, oui, pourquoi pas ? répliquai-je.

— Merci. Je ne doute pas que vous saurez également les accompagner des plus exacts jugements sur les mérites d'Élisabeth-Thérèse. Nul doute qu'elle vous en sera un jour reconnaissante. Vous me comprenez ?

Je saisissais très bien, oui, ce que Léopold avait en tête. Il ne mettait d'ailleurs pas trop de formes à la chose, allant même jusqu'à se hasarder en des chemins un peu plus scabreux encore.

— En ce genre d'affaire, avança-t-il d'un ton de confidence, il faut savoir se montrer pragmatique. Vous n'ignorez pas qu'il est de tradition dans une union comme celle que nous projetons de récompenser les bonnes volontés qui participent à une heureuse conclusion.

Vous lisez bien : le duc de Lorraine se proposait tout bonnement de nous corrompre afin de pousser la candidature de sa fille. Bréville s'en raidit, je le sentis. Je trouvai vite une échappatoire :

— Vous nous flattez, Votre Altesse, mais nous n'avons pas ce pouvoir, tempérai-je.

— Je m'en doute, fit alors d'un air entendu Léopold, mais rien ne se néglige. Et ceux qui vous envoient seront sûrement sensibles à mes arguments. Transmettez-leur.

Ici encore, rien ne servait de riposter : je promis de passer le message à qui de droit. Cependant, s'il eût fallu être aveugle pour nier les chances de la princesse, c'était également avoir la vue bien basse de s'imaginer que nos commanditaires accepteraient de se compromettre de façon si grossière. Mais, on l'a dit précédemment, le duc était imbu de son lignage, et il n'envisageait pour sa progéniture que les plus hautes destinées. Bref, il ne s'embarrassait pas afin d'obtenir ce qu'il estimait devoir lui revenir de droit.

Léopold ne nous garda pas plus longtemps. Il était 2 heures du matin, et nous regagnâmes notre appartement. Bréville était sombre. Une nature comme la sienne n'entend jamais ce genre d'offre sans s'en sentir sali. Pour ma part, j'ai depuis ma jeunesse trop l'habitude des pactes honteux. Et je sais combien entre une canaille du faubourg et un prince, il n'y a le plus souvent pour différence que l'étoffe de l'habit.

Le lendemain, nous nous levâmes fort tard. Je pris la plume pour prévenir Fleury que Léopold avait découvert le but de notre visite et lui en relater les offres. Je prévins également Lozilières. Il ne s'étonna qu'à moitié des prétentions du duc. Ensuite, nous décidâmes de rester encore au moins deux jours entiers pour recueillir divers renseignements supplémentaires sur la princesse. À ce propos, un gentilhomme français installé à la cour de Léopold nous indiqua une vieille marquise très dévote que l'on disait intime de la famille ducale. En ma qualité d'ecclésiastique, je me chargeai de l'approcher. Elle habitait à Lunéville, et je pris prétexte d'une future installation dans cette ville pour lui rendre visite afin, expliquai-je, de solliciter ses conseils. Elle fut flattée de ce qu'un jeune prêtre français la considérât autant, et elle me fit le meilleur des accueils. Après une bonne heure de balivernes de bigote, elle fut suffisamment en confiance pour me parler de la famille de Léopold. Elle se montra prolixe sur la foi sincère dont elle pensait qu'Élisabeth-Thérèse était animée, mais regretta aussi que sa santé ne fût pas meilleure que celle de beaucoup d'autres membres de la famille. Elle rappela les morts de dix de ses frères et sœurs, en ajoutant que la jeune princesse avait lors des deux hivers précédents manqué périr d'une affection de poitrine. L'information était intéressante. À part cela, rien de plus, mais toujours plus séduite par ma studieuse attention, la marquise m'abreuva encore de pieuses considérations sur tout et n'importe quoi. J'eus droit, entre autres, à ses plaintes sur le mauvais air du temps, le passage des comètes ou les périls de la musique pour les jeunes filles. Enfin, au bout de trois heures de ce régime, je réussis à prendre congé de ce moulin à niaiseries.

Pendant ce temps, Lozilières s'était abouché à la table de jeu avec un baron qui révéla deux ou trois sornettes, comme celles dont toutes les coteries de cour bruissent. L'une d'elles nous captiva pourtant un peu plus. Elle concernait les rumeurs sur la prétendue ressemblance d'Élisabeth-Thérèse avec un certain chevalier d'A. Ce genre de médisance est monnaie courante et n'épargne personne, toutefois on ne pouvait contredire que la princesse n'avait ni de près ni de loin un air de famille avec son père. L'argument est faible, me direz-vous. Certes, cependant il peut fournir matière à des persiflages qui moisissent les branches de la meilleure généalogie.

Quatre jours après notre arrivée, nous avions suffisamment d'éléments pour étoffer notre rapport, et nous décidâmes de reprendre la route. Toutefois, après un long conciliabule avec mes compagnons, nous considérâmes, au regard de l'épisode de l'embuscade que j'avais subie, qu'il serait plus prudent d'amender le plan de notre voyage. Ainsi, par sécurité, il fut décidé que nous nous séparerions plus tôt que prévu. Je conservais plusieurs étapes en Allemagne, jusqu'à Berlin, tandis que Lozilières et Seyssac s'orienteraient vers le sud, la Bavière et le Wurtemberg, puis l'Italie. J'eus à nouveau le sentiment que j'avais hérité des pistes les moins sérieuses, d'ailleurs le chevalier de Bréville choisit d'accompagner Lozilières. Je me retrouvai seul, avec mes bagages et un domestique, tandis que j'embauchai un nouveau cocher pour remplacer celui resté dans la forêt.

7

Le 22 août, je quittai le château de Lunéville au petit matin avant de prendre la direction de la modeste cité de Wissembourg, en Alsace. Il y nichait là-bas une obscure princesse, fille d'un ex-roi de Pologne désormais en exil et que l'on avait ajoutée sur la liste des postulantes car l'on n'avait rien à redire sur elle, en même temps que c'était justement pour cette raison que ses chances étaient nulles. Elle se trouvait là surtout pour faire le nombre.

Débarrassé de Seyssac, je pus marcher à un train d'enfer. Moins de deux jours après mon départ, mon carrosse arrivait devant la résidence de l'ex-roi. Il se nommait Stanislas Leszczinski, avait été chassé de son trône quinze ans plus tôt par les Russes et entretenait désormais une petite cour de fidèles dans une vaste et austère demeure prêtée par un gentilhomme allemand. Je ne tardais pas à me présenter à une espèce de chambellan, le baron Anton Misiak, qui m'avertit tout de suite que le courrier de ma venue avait considérablement réjoui Stanislas. Dans cette missive, à la différence de celle adressée au duc de Lorraine, il avait été fait allusion au mariage d'un prince du sang dont on ne pouvait encore révéler l'identité. Misiak, qui me parut un fort honnête gentilhomme, me logea ensuite à un étage en attendant que l'ex-souverain me reçût. Je patientai ainsi à peine plus d'une heure dans une modeste chambre, agrémentée d'un petit cabinet, avant que l'on ne vienne me chercher, puis je fus introduit dans un grand salon un peu défraîchi au bout duquel se tenait assis un corpulent personnage, entouré de deux femmes, l'une bien plus jeune que l'autre, tandis qu'une petite vingtaine de courtisans me regarda passer d'un œil curieux. Je reconnus également le baron Misiak, qui se tenait aux côtés de la femme plus âgée. J'étais à l'évidence face à Stanislas et à son épouse, et je soupçonnai que leur fille était la troisième personne. L'ex-roi m'adressa alors cordialement ses salutations dans un français parfait, malgré un fort accent qui oscillait entre le russe et l'allemand. Je lui répondis en prenant soin d'user du titre de « Majesté », ce qui eut l'air de le combler. Au physique, c'était un gros homme dont la figure potelée trahissait les excès de table, cependant un beau regard et un front haut gardaient à ce visage une noble expression. Sa femme, Catherine, avait le nez fort, mais qui ne brisait pas l'harmonie de ses traits. Elle ne semblait pas comprendre le français car Misiak lui servait de traducteur. Enfin, la princesse Maria, puisque c'était son prénom, se tenait sagement auprès de ses parents, la mine fraîche, les joues roses, et dotée du nez maternel comme des yeux paternels. Elle saisissait sans peine le français, je pus bientôt m'en rendre compte. Son père, qui s'avouait sans fard enchanté qu'un prince du sang ait pensé à elle pour se marier, l'engagea en effet à me dire quelques mots. Maria récita alors d'un ton sincère, je l'avoue, tout le respect qu'elle disait avoir pour le royaume de France, puis, comme je la relançais en m'enquérant de savoir si elle était déjà venue à Versailles ou ailleurs dans notre pays, elle eut cette repartie :

— Oh non, regretta-t-elle, mais il ne se passe jamais longtemps sans que j'y voyage par l'esprit grâce à vos artistes, vos poètes ou vos musiciens, et surtout par la langue dont vous constatez qu'elle sonne déjà dans ma bouche comme celle d'une seconde patrie.

La leçon était bien apprise, mais il est vrai que la princesse Maria parlait sans une pointe d'accent le plus pur français. Stanislas prit la suite de sa fille en insistant sur les liens qui unissaient le royaume de France et la Pologne, puis il tint à me présenter quelques-uns des gentilshommes qui hantaient sa modeste cour. Il y avait là des nobles aux fonctions ronflantes, propres à impressionner le visiteur, toutefois j'étais suffisamment informé de la situation du pauvre Stanislas pour savoir que ces titres prestigieux ne recouvraient qu'une réalité de carnaval. Oui, ici, ducs, princes, maréchaux, grand maître des requêtes, grand écuyer ou chancelier étaient des naufragés échoués à des centaines de lieues de leur pays, singeant sans fin leur passé pour conjurer le sort d'un impossible retour. Stanislas régnait désormais sur des songes, et les vestiges de sa gloire ne servaient plus qu'à lui ménager un faible crédit chez ses créanciers. Je fis toutefois bonne figure au milieu de cette mascarade, d'autant que Stanislas me laissa bientôt entre les mains du baron Misiak, qui se montra encore un cordial cicérone. Il n'était d'ailleurs pas dupe du ridicule de cette cour en exil, cependant sa loyauté envers le monarque déchu lui dictait de ne pas l'abandonner à la rapacité des derniers courtisans. Il m'expliqua en particulier combien les maigres ressources de Stanislas servaient intégralement à entretenir les figurants de ce pathétique théâtre. Je compris mieux alors les espoirs que faisait naître chez l'ex-roi de Pologne une possible alliance avec un gendre aussi fortuné qu'un prince du sang.

Je ne restai qu'un jour de plus à Wissembourg. J'en savais assez pour rendre compte à Fleury des défauts rédhibitoires de cette candidature. Car en plus de l'âge de la princesse, vingt et un ans, qui en aurait étrangement fait l'aînée du roi, s'ajoutait le peu de lustre de l'actuelle position de sa famille, mais surtout j'avais appris par un domestique – ces gens-là sont de méchantes langues, néanmoins il y a toujours quelque chose de vrai dans leurs ragots – que la princesse Maria souffrirait du haut mal, cette affection héréditaire qui terrasse ceux qui en sont atteints par d'imprévisibles et terribles convulsions. Le soupçon de ce fléau suffisait à lui seul à laisser végéter la prétendante dans la maison de ses parents. Bref, je ne m'attardai pas plus à Wissembourg et je commandai à mon domestique de faire mes malles afin de nous diriger vers ma prochaine étape, à une demi-journée de là, où résidait une autre obscure candidate de ma liste. Je saluai l'amical Misiak avant de partir.

À côté de la petite ville de Rastatt, dans un vieux château surplombant le Rhin, séjournait un prince allemand apparenté au margrave de Bade-Bade. Appelons-le le prince de V., tant je ne souhaite pas ajouter la publicité de son nom au ridicule de ce qui va suivre. Mais ceux qui le connaissent ne seront pas surpris de ce que je vais rapporter. Je me présentai donc chez lui au motif de la mission secrète dont il avait été averti par un courrier. Ici encore, la lettre avait évoqué sans le nommer la quête d'une épouse pour un prince du sang, et le prince de V., d'un naturel rustique, ne se donna pas la peine de travestir sa curiosité. À peine fus-je introduit auprès de lui, dans un cabinet aux murs tapissés de gravures de vénerie, qu'il me harcela de questions dans un français qu'il maîtrisait mieux que son impatience :

— Vous me voyez ravi que la renommée de notre famille soit connue jusqu'à Versailles, commença-t-il, cependant il est d'usage qu'un père s'inquiète d'en savoir plus avant d'envisager l'union de sa fille.

— Certainement, c'est louable, répondis-je.

— Alors est-il vraiment impossible de révéler le nom de ce prince ? tenta-t-il.

— J'en suis désolé, monseigneur, mais c'est là un secret, répliquai-je d'un ton ferme.

— Oui, oui, certes, je comprends, admit le prince d'un air mielleux avant d'ajouter : toutefois, dites-moi, est-il jeune ? Cela, vous pouvez me le confier.

— Il n'est pas encore vieux, concédai-je.

— Ah, mais est-il... euh... hésita le prince, comment dire... son train est-il... euh... enfin, vous comprenez ce que je veux dire.

— Parlons net, monseigneur, vous souhaitez savoir s'il est fortuné ? lançai-je. C'est bien légitime lorsque l'on décide de l'avenir de sa fille.

— Euh... oui, c'est cela, c'est bien cela, dit le prince, penaud.

— Celui dont nous parlons est riche à billions, déclarai-je, certain de l'effet de ma réponse.

— Oh, oh ! laissa alors échapper le prince avant de risquer d'un air de commère : Alors il doit être un bien proche parent de Son Altesse... À quel degré ?

— À quelques marches du trône, dis-je de manière solennelle.

Le prince se rengorgea.

— Et ses mœurs, sont-elles bonnes ? continua-t-il.

— Des meilleures...

— Certes, mais on sait qu'à la cour de France...

— Quoi donc ? fis-je d'un air ingénu.

— Eh bien... Vos princes ne s'embarrassent pas toujours de nos rustiques conventions allemandes. Notez que je ne m'en formalise pas, mais il est bon que ma fille sache un peu dans quel lit elle entre.

— Rassurez-vous, monseigneur, cet éminent personnage n'a pas plus de vices que beaucoup n'ont de vertus.

Le prince écarquilla les yeux. Je laissai sa cervelle patauger un instant avant d'ajouter :

— Et votre fille ne trouvera dans sa couche que son époux. Cela suffit à rendre un mariage heureux.

— Ah... bien, approuva mollement le prince, et... sa religion ?

— Catholique, bien sûr, m'offusquai-je volontairement.

— Oui, évidemment, évidemment, répliqua le prince d'un ton apaisant, mais je voulais dire, quelle est sa pratique ?

— En tout point assidue. Son confesseur ne tarit pas d'éloges.

— Parfait, se félicita le prince. Et sa santé ?

Décidément, le bonhomme était plus qu'insistant, et sa balourdise méritait qu'on l'éprouve. Je ne me gênai pas.

— Sa santé ? Ah, voilà le point le plus délicat, soupirai-je.

La bouche du prince de V. se crispa.

— Celui dont nous nous entretenons, repris-je, passe pour un homme à la constitution des plus robuste, toutefois...

Je m'interrompis en feignant de réfléchir.

— Toutefois ? s'impatienta le prince.

— Eh bien, monseigneur, l'honnêteté me commande de vous avertir que celui qui aspire à peut-être devenir votre gendre endure depuis l'enfance une secrète faiblesse de poitrine, de celles qui ne garantissent pas de se découvrir un jour des cheveux blancs.

Le visage du prince se détendit.

— Hum... c'est fâcheux, en effet, mais ma fille saura prendre soin de lui. Le reste est dans la main de Dieu, et nul n'est immortel, n'est-ce pas monsieur l'abbé ?

J'acquiesçai doctement et ajoutai même un signe de croix pour faire bonne mesure, ce qui eut pour effet d'enfin cesser les interrogations de mon interlocuteur. Il en savait désormais assez et ne cacha pas qu'il était particulièrement heureux de notre franche entrevue. Il se déclara également très flatté qu'un prince du sang français convoite sa fille. La cadette en l'occurrence. Elle avait dix-huit ans et était parée, aux dires de son père, des vertus dont les épouses antiques ont fait leur renommée. Il ajouta ensuite des confidences que ne renierait pas un maquignon qui entend placer sa génisse au propriétaire d'un taureau de renom. À l'en croire, sa fille, comme toutes les femmes de sa race, jouissait d'une santé propre à assurer une rare fécondité. Et, précisa-t-il, c'était là la principale qualité d'une épouse. À ce propos, et dans ce cas précis, il ne se trompait pas. J'approuvais donc cette éclairée remarque, puis le prince, décidément content de moi, m'expliqua que nous souperions en compagnie de quelques amis à lui et de sa fille. La rapidité de la chose m'agréa.

Ce soir-là, lors du souper, je pus donc observer de près le joyau de son père. La princesse de V. était une grosse fille blonde à la carcasse de grenadier souabe, tandis que ses traits s'accordaient assez bien avec ce que l'on peut espérer d'une campagnarde. Tout chez elle, jusqu'à ses manières de table, fleurait la fille de ferme. Par ailleurs, elle savait certes s'exprimer en français, mais c'était pour celui qui l'entendait un véritable supplice tant son accent outrageait notre langue. Voici un bien sévère tableau, me direz-vous. C'est vrai, toutefois mon rôle n'était pas de ménager l'évidence. Pour autant, ces flagrantes tares ne paraissaient pas un obstacle à l'enthousiasme du prince de V., dont les larges épaules de sa fille soutenaient les espoirs de sortir du néant son anonyme lignée. Pour m'en convaincre, il ne négligea rien, et je jure à mon lecteur que ce que je vais rapporter maintenant s'est déroulé ainsi. Je n'ajoute rien, peut-être même que ma mémoire a omis certains détails par trop embarrassants.

Le prince s'était piqué de m'apporter la preuve de l'excellente conformité physique de sa progéniture et, dès le lendemain matin, il me convia à m'en assurer en assistant à une espèce d'examen. L'idée était baroque, on en conviendra, mais elle m'amusa et, bien que je susse d'avance que l'impétrante n'avait aucune chance, j'acceptai l'offre. Qu'on imagine la scène. Un instant plus tard, en compagnie du prince de V., d'une demi-douzaine de docteurs du cru et de deux religieuses, nous fûmes introduits dans un petit appartement situé dans l'aile la moins miteuse du château, mais cependant pas moins glaciale que le reste de ce palais des courants d'air. La princesse nous y attendait en chemise dans une chambre dont les rideaux avaient été tirés. Elle ne semblait pas embarrassée et livra bientôt sans pudeur le détail de sa chair rose à la petite assemblée. Les membres supérieurs et inférieurs furent d'abord observés avec la plus grande attention. On consigna que la princesse ne souffrait d'aucune malformation à cet endroit. Vint ensuite l'inspection du ventre, du dos puis de la gorge qui ne révéla pas non plus de tares congénitales outre une plantureuse corpulence qui ne pourrait que s'affirmer avec le temps, fit remarquer le prince, ce qui selon lui garantissait force et santé aux enfants à venir. Les autres médecins acquiescèrent d'un air pénétré, tandis que la jeune candidate en gloussa d'aise. Arriva le moment capital de l'épreuve. Pour ce faire, on invita la princesse à s'allonger sur un lit, puis les bonnes sœurs placèrent un épais coussin sous ses reins avant de chacune se saisir d'une de ses cuisses qu'elles écartèrent amplement. La troupe de médecins se massa alors à la charnière de ce robuste compas. On ne me refusa pas d'approcher de plus près. Le prince insista même pour me placer au premier rang, toutefois je déclinai poliment l'invitation. L'examen dura une vingtaine de minutes, et une batterie d'instruments concoururent à explorer l'intimité de la prétendante, qui supporta l'assaut avec de curieux soupirs que d'autres circonstances auraient pu rendre équivoques. Enfin, après un dernier râle de la brave princesse, sa matrice fut unanimement jugée apte à l'usage que l'on souhaitait. Son père rayonnait.

Avant de quitter ce soir-là le château du prince de V., je l'assurai de transmettre dans les meilleurs délais à Versailles les détails de ma visite. Le prince me pressa d'insister sur le résultat de l'examen du matin. Je le rassurai en lui promettant que je n'omettrais évidemment pas ce crucial argument. Il m'en remercia et me regarda partir comme l'assiégé voit s'éloigner un émissaire dont il espère le providentiel retour.

Il m'est d'avis qu'il m'attend toujours à cette heure.

8

En voyage, se cogner le nez contre des brigands n'est jamais agréable, toutefois se briser les reins dans les ornières des grands chemins ne l'est pas moins. Peut-être plus. Heureusement, après la cité de Rastatt, les routes allemandes qui s'orientent vers le nord en côtoyant le Rhin s'avérèrent bientôt les meilleures que j'eusse prises depuis mon départ. Elles sont bien entretenues et le voyageur ne s'y trouve que modérément ballotté, pour peu que l'on dispose d'un bon cocher. C'était mon cas, et cela me fait penser que je ne vous ai pas jusqu'alors entretenu de lui ni de mon domestique. Après tout, je passais le plus clair de mon temps en leur compagnie entre les étapes et, vous allez voir, les deux bougres méritent qu'on en brosse un peu le portrait. Par ailleurs, cela fournira de la distraction à ceux qui s'ennuient durant les voyages.

Le cocher d'abord. Après la perte du précédent, dont je rappelle qu'il avait positivement précipité lui-même sa fin en faisant le contraire de ce que je lui avais recommandé, je pris grand soin de m'assurer que le crâne du nouveau hébergeait bien une cervelle. La chose ne fut pas simple car cette espèce d'animal ressemble trop souvent à ceux qu'ils conduisent. Bref, pour en trouver un sans œillères, j'avais dû en passer une demi-douzaine en revue, mais la chose se fit vite, les auberges pullulant de cochers désœuvrés. J'arrêtai mon choix sur un Allemand qui parlait le français et qui me sembla moins sot que ses collègues.

Et puis quelque chose d'autre me plut chez lui. Le bougre avait une trogne propre à se faire respecter parmi les écorcheurs du faubourg Saint-Marcel. Des yeux de fauve, un nez cassé en au moins deux endroits, une balafre sur le front et une autre courant de l'oreille droite jusqu'au menton, voilà qui intimidait les moins fermes tandis que, pour les autres, ces stigmates avertissaient que le bonhomme était coriace. Il s'appelait Frantz, devait avoir la quarantaine, disait être originaire de Leipzig et avouait avoir également passé quelques années en Bourgogne. Je soupçonnais qu'il s'agissait là d'un ancien soldat, peut-être un déserteur, mais cela importait peu. L'important était qu'il conduisît l'attelage d'une main ferme.

Quant à mon domestique, il faisait avec le précédent un contraste dont on nourrit les romans. Aussi diaphane et lisse que l'autre était mat et buriné, délicat comme une jeune fille, peureux comme un lapin, il me donnait du « mon père » dès qu'il le pouvait, ce qui semblait le rassurer. Ce trembleur devait avoir trente ans, s'appelait Armand et n'avait jamais quitté Paris, où on l'employait ordinairement chez M. Fleuriau de Morville, le secrétaire d'État. Je crus d'ailleurs un instant que ce garçon jouait peut-être le rôle de mouche auprès de moi, avant de constater que, si cela était le cas, je n'en avais pas grand-chose à craindre tant il s'avéra niais dès le premier jour de notre périple. En dehors des usages de son service, sa conversation se limitait aux plaintes sur le temps, sur la mauvaise nourriture des auberges allemandes, ou plus généralement sur les tracas des voyages. Bref, ce n'était pas le meilleur des compagnons que l'on puisse espérer dans la cabine d'une voiture durant des heures. D'ailleurs, je l'expédiais souvent sur la banquette du cocher afin de me libérer de ses jérémiades. La punition était double pour ce fragile car le fameux Frantz le terrifiait. On l'aurait été à moins. Imaginez une brebis forcée de partager son enclos avec un loup. Le cocher qui, en bonne bête féroce, sentait d'instinct la peur de son voisin, s'en amusait et le tourmentait en prenant toute la place sur la banquette. Le pauvre Armand n'avait pour ressource que de se tasser à l'une des extrémités du siège dans une position inconfortable, ce qui n'améliorait pas son dégoût des voyages. Cette pantomime me distrayait un peu de la monotonie du parcours, et l'on voudra bien me pardonner mon manque de charité. Mais justement, reprenons la route.

J'étais donc parti de Versailles depuis trois semaines, et le 1er septembre, exactement, je me présentais à la cour du margrave Charles-Guillaume de Bade-Durlach, à Karlsruhe. Ici, comme jusqu'à présent, on parlait le français avec assez d'aisance et ma mission s'y déroula sans difficultés. Le margrave n'avait pas de fille, mais une nièce plutôt jolie dont il se faisait le tuteur. Elle avait seize ans, et je recueillais vite suffisamment de renseignements sur elle pour étoffer mon rapport. Je ne m'attardai pas plus de trois jours dans cette cour de province, où rien de particulier ne mérite qu'on l'évoque. À deux jours de voiture de là se trouvait le château de Worms-Herrnsheim. J'y étais attendu par le prince von Dalberg, dont la fille cadette figurait également sur la liste. Un courrier avait comme à l'habitude prévenu des raisons de ma visite sans en citer le bénéficiaire, cependant von Dalberg semblait avoir eu vent de quelques-unes de mes visites précédentes. Le prince me souffla en effet d'un air entendu qu'il avait un cousinage au second degré avec Son Altesse le duc de Bourbon. Je l'en félicitai, sans pour autant en dire plus, mais il ne cessa de m'en reparler tout au long de mon séjour dans sa demeure. Quant à sa fille, elle n'était pas des mieux tournées, et je crus même déceler chez elle une légère claudication qu'elle s'évertuait à dissimuler. Au chapitre de la réputation, elle passait pour une dévote dont le livre de prières tenait lieu de boussole. Je voulus m'en assurer au cours d'un entretien que son père l'invita à avoir avec moi, seul à seule. La jeune princesse, qui se prénommait Augusta, s'y montra animée d'une foi sincère, c'est vrai, toutefois je la sentis embarrassée de devoir répondre à mes questions. Je ne tergiversai pas et lui en demandai la raison. La princesse éluda d'abord, puis admit du bout des lèvres que le projet de mariage dont elle se savait une candidate potentielle l'intimidait. Je lui fis valoir que c'était là un honneur et un destin enviable que d'être unie à un fils de France, mais mes arguments mouillèrent bientôt ses yeux. J'étais l'abbé Baptiste, et je me permis alors de lui conseiller de livrer sans retenue le fond de son âme, comme elle l'aurait fait à confesse. L'argument est pratique quand on a affaire à une dévote. Je ne fus pas déçu. Augusta avoua entre deux pleurs qu'elle avait donné son cœur à un jeune gentilhomme de son pays qui n'avait pas encore osé la demander à son père. Les jeunes gens avaient échangé des promesses, ajouta-t-elle, cependant je soupçonnais qu'il y avait eu entre eux peut-être plus encore. Je lui enjoignis d'être franche et que notre conversation resterait sous le sceau du secret. Ma bonne mine fit le reste. La princesse sanglota alors qu'elle et son soupirant avaient pris un acompte sur la nuit de noces. À un jeune abbé aussi peu chaste et averti de la nature humaine que moi, la chose n'était pas de nature à me faire rougir, toutefois je me composai un air du Jugement dernier. La pauvrette en fut si impressionnée qu'elle tomba à genoux. Elle me supplia de ne rien révéler. Je la relevai en la rassurant puis je l'engageai à se retirer en prières. Pour une âme pieuse qui a fauté, c'est la meilleure – et la plus hypocrite – des médecines.

Un peu plus tard, lorsque son père me demanda comment s'était déroulé mon entretien avec sa fille, je l'assurai de mon estime pour les vertus chrétiennes d'Augusta. Le prince von Dalberg s'en réjouit avant d'à nouveau faire allusion au duc de Bourbon dont il se voyait déjà le beau-père, je crois. Le jour suivant, je laissais derrière moi le château de Worms-Herrnsheim après avoir envoyé à Son Excellence un courrier où je lui narrais sans détour les amours d'Augusta.

À Darmstadt, à une journée de route, je continuais ma tournée par la princesse Théodora de Hesse-Darmstadt. Elle avait dix-neuf ans et vivait là avec sa mère, tandis que son père, Feldmarschall au service de l'Autriche, passait le plus clair de son temps en Lombardie, à Mantoue, dont il était le gouverneur. Je fis vite le tour de cette candidature, qui me parut encore une fois sans nul espoir pour la postulante.

La prochaine étape s'avéra plus longue à rejoindre que les précédentes. Et bien que Frantz, mon cocher, n'épargnât ni sa peine ni ses bêtes, il fallut presque quatre journées pleines pour nous rendre à Cassel, à la cour de Charles Ier, landgrave de Hesse-Cassel. À ceux qui ne connaissent pas cette admirable ville, je dirais qu'elle a à chaque coin de rue un étonnant air de cité française. Et l'on y parle partout notre langue aussi bien – parfois mieux – qu'à Paris. La raison ? Depuis près de quarante ans, on a accueilli ici au moins cinq mille huguenots qui ont fui les persécutions. Dans son armée, à sa cour, à de nombreux postes prestigieux, le landgrave s'est ainsi entouré de gentilshommes mais aussi d'artistes ou de savants français. Bref, je ne fus pas dépaysé et, bien que je sois en terre protestante, on me fit partout bonne figure malgré ma condition de ministre du culte catholique. Chez le landgrave aussi, dont la nièce, orpheline, figurait sur ma liste. Elle était plutôt jolie, avait un peu moins de dix-huit ans et comptait pour cousin le roi de Suède, propre fils de Charles Ier. Il y avait donc là matière à une intéressante piste, toutefois le landgrave l'éteignit très vite en m'expliquant qu'il avait été très honoré de recevoir un courrier l'avisant des raisons de ma visite, mais qu'il ne jugeait pas opportun d'unir sa nièce avec un membre de la famille royale française. Sa religion, ses alliances et l'importance du parti huguenot dans ses États ne permettaient pas d'y songer sans encourir certains troubles. Et il aimait sa tranquillité. L'affaire était donc close. Je décidai cependant de rester deux jours de plus dans cette charmante ville afin de me reposer un peu avant de reprendre la route.

Nous étions seulement à la moitié de septembre, mais une piquante fraîcheur commençait déjà de s'insinuer dans l'air. J'ai toujours détesté le froid, sûrement parce que l'on m'a abandonné au cœur de l'hiver, et j'ai bien pris garde depuis de m'en garantir.

Même lors du terrible hiver de 1709, alors que j'étais un gamin des rues, j'ai su dénicher des abris tandis que beaucoup de mes jeunes compagnons du faubourg ne virent jamais le printemps. Cela pour vous dire que l'auberge où j'avais choisi de m'installer à Cassel était réputée pour un endroit des mieux chauffés, et où, en plus de ce confort, l'on pouvait animer ses soirées autour d'une petite demi-douzaine de tables de jeu. On s'adonnait ici plus particulièrement à la brusquembille, une autre de mes passions de jeunesse. Ce jeu de cartes et d'argent se pratique dans toute l'Europe sous diverses appellations, mais ici, l'influence française en avait conservé son nom d'origine ainsi que nos règles. On peut y jouer à deux, trois, quatre ou cinq, et mon auberge était chaque soir le rendez-vous de joueurs. Le premier soir, après une journée à flâner dans Cassel, je pris donc place à une table en compagnie de trois gentilshommes allemands, mais dont deux au moins étaient d'origine française. La soirée fut agréable et je me taillai une petite notoriété en lâchant avec grâce à mes adversaires pas moins de cent thalers d'argent, soit à peu près cinq cents de nos livres. Chez les joueurs, un bon et gros perdant s'attire toujours la sympathie – et la convoitise – de ses pairs. Bref, le second soir, beaucoup postulèrent à s'asseoir à ma table. J'étais venu tôt et je pris grand soin de perdre à nouveau durant une heure sans quitter un sourire d'innocent. Les cartes et la chance n'étaient à l'évidence pas de mes amies, cela sautait aux yeux. Bientôt, quatre joueurs connus pour avoir un très solide crédit voulurent participer à la curée. Mon piège venait de fonctionner. Car pour ceux qui l'ignorent, mes quinze années de jeunesse au faubourg Saint-Marcel ont fait de moi un grec[1] de premier ordre. En une demi-douzaine de levées, je repris à ces messieurs ce que j'avais perdu la veille, avant de faire monter les mises à deux cents thalers que je raflai également en abattant une main qui ne se voit qu'en rêve. Mes adversaires en restèrent cramoisis de contrariété, et je ne leur refusai pas de se retirer après leur avoir vidé les poches.

1. Tricheur.

Mais j'en vois quelques-uns parmi vous qui tordent le nez à lire cette filouterie. Bah, pardonnez à un brave curé de vouloir un peu égayer ses longues soirées de solitude au coin de la cheminée. Et reconnaissez qu'il est chrétien de châtier la cupidité.

9

Plutôt content de la réussite de ma petite entreprise, je poursuivis ma soirée en jouant en amateur encore quelques parties, sans cette fois aider le destin à m'accorder ses faveurs. Il était presque minuit quand deux nouveaux joueurs s'installèrent à ma table. Ils ne me parurent pas allemands, sûrement des voyageurs comme moi. Ils n'avaient pas trop mauvaise figure, et je les prévins courtoisement que je ne tarderais plus à prendre congé. L'un des deux, à l'œil très bleu et à la mine pâle, me lança aussitôt dans un impeccable français :

— Ah, vous redoutez peut-être que la chance se soit lassée ?

— À cette heure, je crains surtout qu'elle aille se coucher, rétorquai-je dans un sourire.

Mon interlocuteur sortit alors de sa poche un rouleau de doubles louis.

— Ceci lui donnera peut-être envie de veiller encore un peu, fit-il en étalant les pièces dorées sur la table.

— Je vous accorde que certaines lumières tiennent les yeux ouverts, répondis-je en battant les cartes.

En plus de moi et de ces deux inconnus, un vieil Italien se tenait à la table. À la brusquembille, on peut jouer par paires, en alliés, c'est ce que proposa de faire le nouvel arrivant. Je me retrouvai donc de fait associé avec l'Italien. Le second personnage qui n'avait pas encore parlé resta silencieux jusqu'à ce que le jeu débute. Il avait le poil brun et le teint hâlé qu'ont souvent les militaires. Quand ce fut son tour d'annoncer, il le fit d'un solide accent ibérique. La chose ne m'interpella d'abord pas, mais je remarquai au bout de quelques tours que ce joueur semblait lui aussi bien connaître les astuces qui abolissent le hasard. Je m'explique. À la brusquembille, lorsque l'on joue de concert avec un joueur, il est interdit de communiquer avec lui différemment qu'au travers des règles. L'observation et la mémoire nourrissent cette connivence, rien d'autre. Sauf chez les grecs, dont les manières se fondent souvent sur de nombreux petits gestes, d'apparence très anodins, mais qui constituent un véritable langage codé. Et j'engage le lecteur à toujours se méfier d'un joueur qui se gratte le nez – du haut vers le bas ou à l'inverse –, se touche l'oreille – ou uniquement le lobe –, se caresse le menton, fait mine de chasser une poussière de son œil, toussote, ferme ou ouvre le poing, et se livre à de nombreuses autres mimiques qui bout à bout permettent à deux complices de lire à livre ouvert leurs cartes et leurs intentions. Bref, dans le cas présent, la paire de messieurs à laquelle j'étais opposé avec mon Italien usait de ce jargon secret, c'était évident. Je ne montrai toutefois pas que j'avais éventé leur tactique et me laissai extorquer trois ou quatre coups gagnants pour eux. Ce fut d'ailleurs trop pour mon partenaire, qui préféra abandonner la partie. Je restais seul, ce qui ramenait le nombre de joueurs à trois et, dans ce cas, chacun redevient solitaire. Nous convînmes que la partie continuerait de ce train, cependant je me trouvais maintenant libre d'user de l'antidote nécessaire au poison de mes adversaires. Avant que le jeu ne reprenne, celui qui parlait français sans accent me signala que nous ne nous étions pas présentés.

— Je suis le chevalier Van Bruyn, dit-il.

— Juan Valdès de Ayala, ajouta l'autre.

— Abbé René Baptiste, répondis-je.

— Ah, vous êtes abbé ? sembla s'étonner Van Bruyn. Et que faites-vous par ici ?

— Je cherche des âmes à sauver, répliquai-je d'un ton désinvolte.

— Noble tâche, et vous en trouvez à la table de jeu ?

— Oh, celles-là comme les autres peuvent se racheter, affirmai-je dans un sourire.

— Ah, et à quel prix ? insista Van Bruyn d'un air goguenard.

— C'est Dieu qui fixe la valeur, rétorquai-je, mais vous, pourquoi vous trouvez-vous ici ?

— Eh bien, nous aussi, fit Van Bruyn en battant les cartes, nous sommes engagés dans une quête.

— Au service de votre prochain ? renchéris-je.

— S'il en a les moyens, oui, en quelque sorte.

— Bigre, des bons samaritains ? m'amusai-je.

Mais l'Espagnol s'agaça.

— Jouons ! lança-t-il.

Je mélangeai alors les cartes puis les distribuai avec assez d'adresse pour que la bonne fortune changeât de camp. En deux tours, je repris à mes adversaires ce qu'ils m'avaient pris précédemment, puis, lors d'un nouveau tour, j'y ajoutai un coquet dédommagement pour leurs vilaines manières. Les visages de mes antagonistes s'allongèrent et je m'amusai à proposer une revanche en même temps que je tentais d'en savoir plus sur eux. Car je dois confier au lecteur, qui est sûrement lui aussi sur le qui-vive, que ces deux voyageurs suscitaient de plus en plus ma méfiance. Et les plus attentifs d'entre vous n'auront pas manqué de se souvenir de l'épisode de l'attaque de mon carrosse, mais surtout de l'origine des assaillants. Certes, le hasard s'invite souvent dans les rencontres de voyage, cependant, sur les grands chemins, il n'est jamais bon de faire confiance aux coïncidences ni à quiconque, d'ailleurs.

— Alors comme cela, vous venez de Flandre ? lançai-je à Van Bruyn.

— Qui vous a dit cela ?

— Ah, pardon, j'avais cru, m'excusai-je, votre nom me l'avait laissé penser.

— Je viens du Brabant, rectifia Van Bruyn en se concentrant sur ses cartes.

— Vous aussi ? dis-je à celui qui prétendait s'appeler Valdès de Ayala. L'Espagne a là-bas toujours de nombreux intérêts, je crois.

Il ne répondit pas.

La partie tourna encore à mon avantage et je ratissai à ces messieurs ce qu'il restait de doubles louis sur la table. Il n'y avait maintenant plus grand monde dans la salle de l'auberge, une domestique balayait, tandis que les visages de mes adversaires se peignaient peu à peu d'une expression sinistre, de celle dont on se garde. Ayala lâcha d'ailleurs aigrement :

— Dieu est sur votre épaule, on dirait...

— Il n'aime pas trop la brusquembille, il paraît, rétorquai-je avant d'ajouter : ni les guets-apens.

— C'est-à-dire ? se raidit l'Espagnol.

— Que je me sens comme dans un bois, osai-je.

Les deux se regardèrent furtivement.

— Sauf votre respect, monsieur l'abbé, dit alors Van Bruyn en reculant sa chaise, c'est vous qui me semblez avoir la main aussi ferme qu'un détrousseur.

— Comment dois-je le prendre ? demandai-je.

— Comme il vous plaira, grimaça Van Bruyn.

— Il m'est alors d'avis que nous n'avons plus rien à nous dire, répliquai-je en me levant de la table.

— Ah, certes non ! brailla Ayala en se levant lui aussi. Vous nous devez une revanche.

La domestique s'arrêta de balayer pour regarder dans notre direction. Elle baragouina quelque chose en montrant du doigt une horloge, puis elle sortit. Il était presque 2 heures du matin et, à part nous, les deux derniers joueurs venaient de quitter la salle.

— Encore un tour ! insista d'un œil noir Ayala en se rasseyant, tandis que son compagnon commença de distribuer les cartes.

La prudence aurait recommandé de ne pas souscrire à l'injonction des deux personnages. Mais j'ai l'expérience des bouges et de leurs usages. Quand on se trouve dans ce genre de situation, la première des tactiques est de gagner du temps afin de mieux jauger ce qu'il convient de faire. On ne se défait pas de chiens enragés en leur tournant le dos, et ceux qui l'ont cru n'ont jamais eu l'occasion de se féliciter de la méthode. Bref, je me rassis pour cette ultime partie. En ramassant lentement mes cartes, je fis un rapide tour d'horizon des lieux. Nous étions au milieu de la salle, la porte d'entrée se trouvait derrière moi. Je repérai également juste à côté de notre table un tabouret à trois pieds.

Les annonces commencèrent. Je ne me pressais pas de relancer, d'autant que mes adversaires le faisaient sans montrer leur argent. Je me permis de le leur faire remarquer.

— Ce ne serait pas chrétien de douter de deux gentilshommes, monsieur l'abbé, grinça Van Bruyn.

— Je fais toujours crédit aux hommes, jamais à leurs vices, ripostai-je. Mais pour cette fois je ferai miséricorde.

Ayala devint pâle.

— Vous vous moquez de nous ! beugla-t-il en chiffonnant ses cartes dans son poing serré.

Cette fois, je pressentis que nous n'allions pas en rester là. Sans me décontenancer, je le toisai d'un air serein en même temps que je dégageai mes jambes de sous la table. Tout alla ensuite très vite, comme toujours dans ce genre d'affaire. Tandis que je pivotais sur mon siège, Van Bruyn fit un signe sans équivoque à son complice, qui se releva soudain en soulevant à deux mains la table afin de la renverser sur moi. Je bondis alors de côté en un éclair, saisissant au passage le tabouret que je projetai vigoureusement à la tête d'Ayala. Qu'on se figure une belle pièce de bois d'au moins huit livres, et on concevra que ce projectile brisa net l'élan de l'Espagnol. Il tomba à la renverse dans un grand fracas en entraînant sur lui la table. Je me tournai alors vers Van Bruyn, qui venait de sortir de sa poche une dague. Il s'avança. Je me trouvais démuni, et j'utilisai l'expédient que l'on enseigne dans la rue en ce genre de mésaventure : je retirai prestement ma veste pour l'enrouler autour de mon bras. La manœuvre est rustique, toutefois elle eut l'air de faire douter mon adversaire. Il se figea, hésita, et cela contraria ses méchantes intentions car le tapage venait de ramener la domestique dans la salle. Elle se mit aussitôt à brailler d'une voix aiguë. Van Bruyn rangea alors prestement son arme avant d'aider Ayala à se mettre sur ses jambes. Le front de l'Espagnol saignait abondamment. Je n'avais nulle envie de prolonger l'affrontement, je les laissai décamper vers la sortie. Le patron de l'auberge arriva bientôt. Il parlait le français, et je lui expliquai que, mes amis ayant trop abusé du vin, ils avaient eu une altercation au cours de notre partie. Le bonhomme m'écouta d'un air incrédule, puis me demanda si je partais le lendemain, ce qui dans le langage de ces bougres veut dire qu'il ne me retenait pas.

Ma nuit fut courte. À 7 heures, on tambourina à la porte de ma chambre. C'était Frantz, mon cocher, qui m'avisa d'un air sombre qu'il venait de faire une inquiétante découverte. Je lui demandai de quoi il retournait, mais il ne voulut pas m'en dire plus avant que je ne me transporte jusqu'à la grange où était remisée notre voiture. J'eus beau insister, il ne répondit rien et tourna les talons. Je m'habillai en regrettant d'avoir embauché cette tête de pioche, puis je me rendis à la grange. J'y trouvai Frantz à moitié couché sous le carrosse, grognant je ne sais quoi en allemand. Je lui signalai ma présence d'un coup de botte. Il se releva les mains pleines de graisse et m'expliqua qu'en arrivant le matin il avait remarqué que le sol en terre battue était grandement remué au niveau du train arrière de notre voiture. Pour en avoir le cœur net, il avait regardé en dessous du carrosse. Quelle ne fut pas sa surprise de trouver là des petits tas de sciure fraîche. Il ausculta alors la caisse puis l'essieu arrière, où il repéra trois larges entailles, dont une se situait juste à côté de la roue. D'après lui, le carrosse aurait fatalement versé aux premiers cahots de la route. Seule une main criminelle pouvait être à l'origine de la chose, ajouta Frantz. Je pensai évidemment aussitôt à mes deux agresseurs de la veille et je retournai à l'auberge afin de savoir si l'on pouvait m'en dire plus sur eux. En vain, car le patron se permit de me rappeler que je les lui avais présentés comme de mes amis. Je me retins de le corriger pour son impudence, d'autant que je calculai en avoir besoin pour me trouver une nouvelle voiture. Je confiai à Frantz cette besogne qui, en plus de me faire perdre une demi-journée, me coûta une jolie bourse de thalers. Las, en milieu d'après-midi, je pus enfin quitter Cassel en direction de la ville d'Eisenach, à une journée et demie de route. Nous avions de nombreux bois à traverser et je chargeai ma paire de pistolets que je gardai à portée de main en face de moi sur la banquette. Cela eut également l'avantage de laisser muet de terreur mon domestique, le bavard Armand.

10

Je ne vous ai pas encore entretenu des Allemands. Depuis plus de cinq semaines maintenant que je traversais leurs États, j'avais pu m'en faire une opinion que je livre au lecteur afin de le distraire jusqu'à Eisenach. D'abord, qu'il soit dit qu'il n'y a pas un seul type d'Allemand. Et à partir d'une souche aussi vigoureuse que rustique, chaque province a façonné un genre spécifique. Mais parlons en premier lieu de leurs caractéristiques communes. Au physique, l'Allemand est ordinairement d'une stature plus développée qu'en nos contrées, et il n'est pas rare d'y croiser des individus d'une taille de six pieds. Son teint ressemble à celui des Anglais, et le poil y est fréquemment blond, tandis que la beauté des femmes, si elle n'est pas absente, peine à se comparer avec celle des Françaises, des Italiennes ou même des Espagnoles. Quant à l'humeur, elle n'est pas non plus celle d'un Français ou d'un Italien, cependant, si son masque est souvent sévère, l'Allemand aime la compagnie et ne rechigne pas à se montrer gai à l'occasion. Il y met seulement un peu plus de pondération que chez nous. Luther n'y est pas pour rien, toutefois, même chez les catholiques, la modération est là-bas saillante. En outre, j'en témoigne, l'Allemand est honnête et loyal dans son commerce avec les étrangers. Cette qualité se rencontre du nord au sud. Pour autant, comme j'en avertissais plus haut, ce peuple offre aussi de telles dissemblances qu'il n'est pas étonnant qu'une myriade de royaumes, duchés ou cités y prospèrent. Souvent rivaux, ces États cultivent des traditions, des lois, et jusqu'à des monnaies différentes. Et bien que le culte protestant y soit majoritaire, j'oserai ajouter que l'esprit de clocher règne partout. Bref, ce n'est pas demain que ces gens pourtant d'une même langue s'assembleront. Y pensent-ils d'ailleurs ? De ceux que j'avais croisés jusqu'alors – les Allemands voyagent beaucoup entre leurs États, les bonnes routes n'en sont pas la moindre cause –, j'avais remarqué que les Bavarois semblent les plus méridionaux de caractère, avec les Souabes. Plus au nord, et vers l'est, le tempérament marche de concert avec le climat de ces contrées. Enfin, les quelques Prussiens que j'avais rencontrés pour l'instant me convainquirent qu'il y avait là le type germanique sûrement le plus austère. Même leur accent résonne comme une botte sur le pavé et certains de ces gens-là ne doivent rire que dans leurs cauchemars.

Lors de mon court voyage vers Eisenach où je devais me présenter à la cour du duc de Saxe-Eisenach afin de jauger les mérites de deux nouvelles candidates, je ne sus libérer mon esprit de ce qui venait d'arriver à Cassel. Le hasard ne pouvait expliquer que mes agresseurs fussent eux aussi espagnols et hollandais, comme les précédents. De toute évidence, ils avaient partie liée. Je résolus d'écrire à nouveau à Son Excellence pour lui relater les faits. En tous les cas, cela voulait dire que j'allais devoir redoubler de prudence et je demandais à plusieurs reprises à Frantz d'arrêter la voiture pour m'assurer que rien de funeste ne se tramait contre nous. Je faisais ensuite descendre le peureux Armand à qui j'ordonnai de se porter à pied en amont, en éclaireur. D'abord, il regimba, mais la menace d'un pistolet sous le nez lui permit de se découvrir des bribes de courage. Il partait alors d'un pas de condamné accomplir sa mission avant de revenir à toutes jambes m'annoncer que la voie était libre. Nous arrivâmes de ce train à Eisenach un après-midi pluvieux.

Nous avions là-bas un vieil ambassadeur du nom de Quincy de Placey à qui je rendis visite aussitôt. Il logeait dans un petit palais à deux pas du château du duc. Qu'on s'imagine un vieillard tout blanc de poudre, les lèvres exagérément rehaussées d'un vermillon brillant, une mouche sur chaque joue, des yeux fardés comme au théâtre, ainsi qu'une perruque d'une longueur de l'autre siècle, et on aura une idée du portrait de ce personnage de farce. Pourtant, dès que je me présentai, je compris vite que sous le masque perçait un de ces diplomates dont la conversation recèle autant de chausse-trappes qu'une antique forteresse.

— Vos mérites doivent être bien grands pour que si jeune l'on vous ait confié une si grave mission, débuta-t-il dans un léger sourire qui laissa entrevoir des dents comme des perles, fausses, sûrement.

— Oh, ma tâche n'est pas des plus difficiles, rectifiai-je, elle ne vise qu'à humblement collecter des renseignements dont d'autres feront usage.

— Tout de même, tout de même, vous devez jouir d'une belle estime à Versailles pour une affaire de cette importance, insista l'ambassadeur en piochant de ses longs doigts du tabac dans une petite boîte en nacre.

Son ton m'inquiéta un peu car un courrier de Fleuriau de Morville, sans dévoiler le véritable objet de ma venue, l'avait seulement averti de m'aider à sonder le duc sur la possibilité de marier l'une de ses deux filles à un prince de France. Rien de plus, tant à Versailles on se méfiait de nos ambassadeurs.

— Mais j'imagine, ajouta Quincy de Placey en prisant, qu'un jeune abbé déjà distingué par ses maîtres saura également inspirer des gages de sa reconnaissance à qui nous savons.

— Vous voulez parler de M. le secrétaire d'État aux Affaires étrangères ? dis-je d'un air ingénu.

— Je ne pense pas que ce soit lui que l'on veuille marier, ironisa l'ambassadeur en s'essuyant le nez.

— Certes non, concédai-je avant de tenter de l'aiguiller sur la fausse piste du duc de Bourbon.

Je troussai une petite fable à ce sujet, lui enjoignant de garder bien sûr cela secret. Quincy de Placey m'écouta silencieusement tout du long, opinant parfois pour signifier l'intérêt qu'il portait à mes révélations.

— Merci pour ce captivant exposé, lança-t-il à l'issue en prisant à nouveau.

Je crus la partie gagnée, et je m'apprêtais à lui demander de m'informer de ce qu'il savait sur les filles du duc quand il ajouta :

— À l'occasion, je pourrai témoigner que ceux qui ont placé leur confiance en vous ne se sont pas trompés. Toutefois, il n'est pas dans mes habitudes de manquer de sincérité, et je dois vous avouer que vos arguments me laissent sur ma faim de vérité. Oui, vous comme moi savons que le mariage qui se trame n'est ni plus ni moins que royal. Je me trompe ?

Je ne répliquai rien.

— Merci de votre réponse, s'amusa l'ambassadeur. Mais, je vous rassure, le duc de Saxe-Eisenach n'est lui au courant de rien. Il ne demandera qu'à croire à vos explications. Et veuillez pardonner à un vieux diplomate dont le métier est aussi de savoir ce que l'on ne veut pas lui dire.

Je ne me donnai pas la peine de batailler plus loin. J'acquiesçai du bout des lèvres, tout en réitérant ma demande d'informations sur les deux jeunes filles du duc.

— D'abord, commença Quincy de Placey, sachez que le duc a déjà été veuf deux fois et que l'actuelle duchesse est sa troisième épouse. Il est d'une santé de fer, mais ses deux premières femmes ne pouvaient en dire autant. En particulier la seconde, mère de Charlotte-Wilhelmine, l'une des deux jeunes filles qui nous intéressent, si je puis dire. Elle est morte à vingt-neuf ans d'une mauvaise maladie de cœur dont on prétend qu'elle avait déjà terrassé ses frères et sœurs au berceau. La princesse Charlotte-Wilhelmine n'a que vingt et un ans, toutefois cette hérédité pèse sur son avenir, ou sur celui de sa progéniture, on ne peut le nier.

— À quoi ressemble-t-elle ?

— Oh, vous vous ferez un avis lorsque vous la verrez, cependant, de mon point de vue, elle a la gorge sans relief et elle tient de la lignée maternelle une espèce de rudesse dans les traits qui, sans la faire laide, n'engage pas à en vanter la grâce.

— Et son éducation ?

— Médiocre. Elle parle mal le français et ne le comprend pas mieux.

— Hum, de ce que je comprends, résumai-je, cette princesse ne paraît pas offrir toutes les garanties pour le rôle qu'on lui projette.

— Je vous laisse juge, répondit seulement l'ambassadeur en époussetant négligemment de son épaule la poudre qui tombait par intermittence de sa perruque.

— Et l'autre fille du duc ? poursuivis-je.

L'œil de Quincy de Placey laissa percer une lueur qu'il réprima vite.

— Eh bien, la princesse Christiane-Wilhelmine, quoiqu'elle soit encore assez jeune avec ses treize ans, promène déjà une silhouette de femme. Elle ressemble beaucoup à sa mère, l'actuelle duchesse, ce qui lui promet pour l'avenir une mine avantageuse. Sa santé est des meilleures et, quant à son éducation, ses maîtres assurent qu'ils ont là une élève d'élite. Son français en est la preuve.

— Eh bien, voilà un portrait que l'on pourrait croire par trop flatteur s'il n'émanait d'un diplomate avisé, me permis-je.

L'ambassadeur me toisa.

— Il n'y a là rien d'outré, vous le constaterez, lança-t-il d'un air pincé.

Nous abordâmes ensuite quelques détails supplémentaires sur les deux princesses, en particulier au chapitre de leur religion.

— Elles sont de confession réformée, comme leur père, précisa l'ambassadeur, toutefois il est acquis chez les Saxe-Eisenach que, quand leur intérêt est en jeu, ce n'est jamais un embarras que d'abjurer pour rejoindre le sein de la vraie foi.

J'en savais désormais suffisamment pour me présenter au duc afin de me faire mon propre avis. Mais avant de prendre congé de Quincy de Placey, je tentai de m'informer de la manière dont il avait appris le véritable objet de ma visite. Ce n'était pas la première fois que le secret était éventé, et cette habitude ne se lassait plus de me tarabuster. À ma question, l'ambassadeur eut un sourire de ceux que l'on rencontre à la table de jeu lorsque votre adversaire dévoile une main gagnante.

— Puisque vous voulez une confession, monsieur l'abbé, je vais satisfaire votre curiosité.

Il saisit à nouveau sa tabatière.

— En fait, je ne savais rien, je m'en doutais seulement, avoua-t-il en prisant une large pincée de tabac. Et un diplomate doit toujours habiller d'aplomb ses incertitudes.

Un joueur n'aurait pas dit autre chose.

Le lendemain, je me présentai au palais du duc de Saxe-Eisenach de bon matin où je fus aussitôt introduit auprès du maître des lieux, l'étiquette étant ici sans manières, comme dans beaucoup de cours d'outre-Rhin. Dans ces pays, les hommes sont sévères, mais reçoivent toujours sans façon. Le duc ne dérogeait pas à ce genre et, à la mode allemande, il se montra même presque cordial. Il évoqua bien sûr les raisons de ma présence, du moins celles dont je les habillais officiellement, et je pus vite constater qu'il n'était pas au courant de la véritable nature de ma mission. L'ambassadeur avait dit vrai. Au moins sur ce point. Nous échangeâmes donc librement avant qu'il ne me proposât de rencontrer ses filles. D'abord la plus âgée, la princesse Charlotte-Wilhelmine, dont je m'étonnais que le portrait brossé par Quincy de Placey fût si peu fidèle à ce que je voyais. La jeune fille avait belle allure, manquait certes de formes, cependant ce défaut était amplement racheté par un teint d'albâtre, des cheveux magnifiques et un regard de reine. Quant à son français, il se trouvait desservi par un fort accent, mais ni sa syntaxe ni son vocabulaire ne prêtaient à critique. Et il y a à Versailles nombre de dames allemandes, italiennes ou espagnoles qui estropient bien plus notre langue sans que cela ne leur soit compté pour un défaut. Bref, Charlotte-Wilhelmine me parut un parti qui n'était pas à écarter. Sa cadette, la princesse Christiane-Wilhelmine entra ensuite en scène. Elle était accompagnée de sa mère, la duchesse, qui lui intima de me réciter un petit couplet sur son amour de la France. La pauvre enfant ânonna alors son pensum d'un air de pénitente et, bien que la scène fût gênante, je me forçais à simuler de l'intérêt pour ses grimaces. J'en profitais aussi pour observer la princesse, qui, c'est vrai, affichait déjà les formes d'une femme, mais n'avait pour autant rien qui lui fît remporter la comparaison avec sa sœur. Au contraire, on eût dit que les défauts dont l'ambassadeur m'avait averti sur l'aînée s'adressaient en fait à elle, qui affichait une figure positivement ingrate. À la fin de son discours je n'eus pas l'occasion de lui parler car sa mère la renvoya aussitôt dans ses appartements tandis que la duchesse se lança à son tour dans un vibrant éloge du royaume de France. Son époux, jugeant sûrement que l'exercice heurtait passablement la tempérance germanique, invoqua alors des audiences à donner afin de s'esquiver. Je restai seul avec la duchesse. Cette fois, elle n'alla pas par des chemins de traverse et tenta en quelque sorte de harponner mon jugement d'une suite d'arguments en faveur de sa fille. Son âge, sa soumission, sa santé, sa fécondité, tout y passa, y compris de grossiers sous-entendus sur une virginité que beaucoup de princesses seraient en mal de promettre selon elle. J'écoutais tout ceci d'une mine de confesseur avant que la duchesse n'achevât ses éloges par la promesse de sa vive reconnaissance à ceux qui participeraient à la faire belle-mère d'un fils de France. Tout enflammée par son plaidoyer, elle ne sut s'empêcher d'ajouter d'un air entendu qu'une jeune souveraine a également toujours besoin de se choisir un aumônier de confiance. L'offre était audacieuse, et j'y répondis d'un sourire de jésuite, ce qui parut combler la duchesse, qui ne devait pas connaître la Compagnie de Jésus.

Après que j'eus pris congé de la duchesse, je flânai quelques heures dans Eisenach, ville charmante au demeurant, puis je retournai chez notre ambassadeur. Ses domestiques me déclarèrent qu'il n'était pas là, mais j'eus le temps d'apercevoir dans sa cour un carrosse aux armes du duché et je rentrai à mon auberge d'un pas léger.

Le lendemain matin, j'informai Frantz et Armand que nous partirions à midi pour une prochaine étape. Avant, je fis une nouvelle fois le chemin vers le palais de Quincy de Placey. Cette fois, je le trouvai au logis. Il me reçut dans une extravagante tenue de nuit d'un goût oriental, le visage déjà fardé et la tête couverte d'un gigantesque bonnet de soie dont un peintre serait bien en mal de rendre la couleur tant il semblait rassembler toutes celles de la Création. J'avertis l'ambassadeur de mon départ.

— Ah ? s'étonna-t-il. Vous ne souhaitez pas rester plus longtemps parmi nous ? Mme la duchesse souhaitait vous convier à un souper ce soir.

— Je compte sur vous pour la remercier de son attention et aussi pour m'excuser d'être obligé de poursuivre ma mission, répliquai-je.

— Hum, c'est fâcheux, vraiment, insista l'ambassadeur.

— Je le conçois, toutefois j'imagine que vous saurez trouver les mots pour apaiser son désappointement tant elle vous honore de sa confiance.

Quincy de Placey fronça ses sourcils dessinés au crayon.

— La duchesse m'estime, je crois, cependant rien ne me distingue particulièrement auprès d'elle, opposa-t-il.

— Votre discrétion est louable, continuai-je, et je comprends qu'un diplomate se garde de révéler au premier venu combien son influence est grande.

— Euh, vous me prêtez plus d'importance que…

— Non, ne vous défendez pas, le coupai-je, et sachez qu'à mon retour à Versailles je saurai me faire l'écho de votre zèle.

— C'est-à-dire ?

— Eh bien, je ne doute pas qu'en favorisant les souhaits de Mme la duchesse de Saxe-Eisenach vous n'ayez en fait le secret dessein de servir les intérêts de notre roi.

L'ambassadeur se troubla vraiment, et d'une voix chevrotante il répondit :

— Certes, certes, c'est là le plan, mais peut-être est-il encore trop peu élaboré. Peut-être même sera-t-il source de confusion sur ma loyauté si…

Je l'interrompis à nouveau :

— Rassurez-vous, on n'ignore pas à Versailles qu'un diplomate doit toujours habiller d'aplomb ses incertitudes. C'est bien cela ? Je saurai le rappeler si l'on venait à en douter.

Et je tournai les talons en laissant Quincy de Placey tout flageolant dans son déguisement de Turc.

L'heure suivante, mon carrosse sortait d'Eisenach en direction de l'est. Auparavant, j'avais relaté dans un courrier à Fleury la petite comédie que j'avais jouée à l'ambassadeur. Il était bon que Son Excellence soit informée de la duplicité du personnage.

11

Peu de temps après mon départ d'Eisenach, je jugeai utile d'ajouter un traducteur à ma petite troupe. En effet, plus nous avancions dans ce pays, moins je trouvais d'interlocuteurs qui maîtrisassent le français suffisamment pour que je pusse remplir au mieux ma mission. Même dans les cours que je visitais, notre langue ne se parlait que très mal chez le commun. Je me mis donc en quête d'un traducteur qui remédierait à ce souci. Le problème fut d'en trouver un d'intelligent et de discret. La chose s'avéra vite impossible et je pris mon parti de me rabattre sur un Français que je rencontrai dans une auberge de la ville de Gotha, où j'avais fait étape pour deux nuits. Le bougre me parut plutôt vif, se nommait Guerard, devait avoir une trentaine d'années et me confia s'être engagé cinq années dans le régiment d'un prince saxon avant de se lasser de la carrière de militaire. La brutale discipline qui règne dans les rangs des mercenaires de toute l'Europe dont sont peuplés les régiments allemands ne devait pas être étrangère à sa décision. Je ne cherchai toutefois pas à explorer les raisons de ce départ et je lui allouai un thaler par jour en sus du gîte et du couvert, soit cinq de nos livres, ce qui le combla tout à fait. Guerard possédait une autre qualité, il avait une conversation presque agréable, ce qui en voyage a ses avantages, d'autant que j'ai déjà averti le lecteur sur la médiocrité crasse d'Armand, mon domestique. Je reléguai donc définitivement celui-ci à côté de Frantz, pour ne conserver avec moi dans la cabine que le nouveau venu. Évidemment, Armand en conçut un vif ressentiment à l'égard du traducteur. Il ne tarda pas à le démontrer lors d'un drôle d'épisode. Écoutez plutôt. Armand ajoutait à ses multiples défauts une tare ordinaire chez les domestiques : c'était un ivrogne. Mais comme beaucoup de sacs à vin, son gosier, son estomac et sa petite cervelle s'étaient habitués à ce régime, et il fallait beaucoup de tord-boyaux pour que le bougre chancelât. Un soir, à l'étape, il se piqua d'inviter Guerard à partager quelques chopines de bière, feignant de ne lui garder aucune rancune de l'avoir supplanté dans le carrosse. Au fil de la soirée, Armand troqua la bière contre du vin et en offrit copieusement à son invité. Bientôt gris, Guerard ne refusa plus les nombreuses rasades que lui servait Armand, jusqu'à ce que ce dernier l'entreprît avec l'un de ces mauvais alcools de pomme de terre dont les Allemands sont friands. La suite, on s'en doute, laissa Guerard sans connaissance. Et au petit matin, alors que nous étions prêts à partir, je m'inquiétais de son absence. D'un air hypocrite, Armand me raconta la beuverie de la veille puis fila vers la grange de l'auberge. Peu après, la silhouette titubante de Guerard apparut. Un affreux fumet de bile aigre s'exhalait de lui, qui ne laissait guère de doute sur l'origine des taches qui souillaient ses vêtements. Je songeais un instant à l'abandonner là, toutefois cela m'aurait laissé sans traducteur et je pris la moins mauvaise décision. Je l'envoyai sur la banquette à côté de Frantz, tandis que je rapatriai Armand avec moi. Son plan avait fonctionné. Je le gardai presque deux journées au chaud de la cabine jusqu'à ce que Guerard retrouvât odeur et aspect humains. J'avais bien sûr tout de suite saisi le tour que mon domestique lui avait joué, mais j'ai toujours eu pour religion de récompenser les mauvaises actions lorsqu'elles sont bien menées.

Je ne lasserai pas mon lecteur avec la demi-douzaine de postulantes que je rencontrai en cheminant vers Berlin. Qu'il soit seulement dit que deux me parurent moins médiocres que les autres, la princesse de Schwarzbourg, en Thuringe, et celle de Wittemberg, en Saxe. Pour les amateurs de bizarreries, je signalerai également que, dans la cité de Weimar, une candidate me parut avoir quarante ans, bien que l'on m'affirmât qu'elle en avait vingt-huit, tandis qu'à N. – je conserverai le lieu anonyme pour préserver ce qui peut l'être de l'honneur de cette obscure famille – on me suggéra d'éprouver personnellement les belles dispositions de l'impétrante, une jeunette de seize ans. Je dois confier à mon lecteur que la méthode n'est pas nouvelle, mais qu'elle est plutôt en usage lorsque l'on veut s'assurer des qualités intimes d'une dame que l'on souhaite glisser dans le lit d'un souverain afin, peut-être, d'en faire une favorite. Cependant, dans ce cas précis, il faut un savoir-faire plus subtil, qui ménage l'issue de l'examen, bref, qui ne déflore pas le sujet, si je puis dire. Quoi qu'il en soit, je déclinai rudement la proposition, d'autant que la prétendante ne possédait rien pour exciter le désir de déroger à la nécessaire tempérance de ma mission. En clair, c'était un laideron.

Enfin, le 6 octobre, je faisais étape à Potsdam quand un message de Fleury me rattrapa, qui m'ordonnait de ne pas me rendre à la cour du roi de Prusse et d'éviter Berlin. Je contournai donc à regret cette ville que je brûlais de visiter pour m'enfoncer un peu plus vers le nord en direction de Strelitz, qui devait être mon ultime étape. Le froid mordait désormais plus crûment et notre marche fut ralentie par d'incessantes pluies glaciales. Autour de nous, lacs et bois se succédaient sous un ciel que la cime des arbres semblait atteindre. Un matin, le brouillard figea même notre carrosse trois bonnes heures avant qu'un faible rai de lumière éclairât la route. L'endroit était de ceux dont on fait les décors de traquenard, mais rien ne se signala à ma vigilance. Bref, j'arrivais à Strelitz le 12 octobre avec pas plus de dommages qu'un méchant rhume.

Dans cette ville, une extrême activité régnait. Des chantiers de construction s'y étendaient dans chaque rue. Une dizaine d'années auparavant, la cité avait en partie été réduite en cendres en même temps que le château du duc de Mecklembourg-Strelitz, Adolf-Friedrich, auprès de qui je me rendais afin de prendre des renseignements sur sa fille. Il habitait désormais un grand pavillon de chasse sur les bords d'un lac aux eaux très vertes en attendant que son nouveau palais sortît de terre. C'est dans cette demeure qu'il me reçut fort civilement au milieu d'une petite cour. Nous échangeâmes quelques politesses, mais avant que j'en vienne à la raison de ma présence – qu'il n'ignorait pas –, un gentilhomme très élégant s'avança et me salua dans un parfait français. Je lui demandai s'il l'était.

— Je le fus jusqu'à ce qu'on ne laissât d'autre choix à ma famille que de ne plus l'être, répondit-il dans un franc sourire.

Je compris qu'il s'agissait d'un de ces nombreux huguenots que l'Allemagne avait accueillis. Il ajouta :

— J'étais impatient de votre arrivée.

— Ah ? Et peut-on savoir pourquoi ? lui demandai-je.

— Afin de vous parler d'affaires confidentielles, répliqua-t-il en jetant un œil vers le duc, qui acquiesça.

Et ce dernier nous invita à nous rendre tous trois dans un petit salon. Là, le gentilhomme se présenta :

— Je suis le chevalier de La Perrière, et j'ai été envoyé à Strelitz sur ordre de Sa Majesté le roi de Prusse. Je dois d'abord vous prévenir que nous n'ignorons pas le véritable but de votre mission.

J'étais maintenant habitué à être démasqué, et je fis comme à chaque fois, à savoir que je ne répondais rien.

— À ce titre, poursuivit La Perrière, j'ai pour ordre de clairement vous signifier que Sa Majesté le roi de Prusse n'a nulle intention de postuler à devenir le père d'une reine de France.

— J'entends, répliquai-je, toutefois je m'étonne que ce message n'ait pas directement été diligenté auprès de mes maîtres.

La Perrière sourit.

— De la même manière que votre mission est officieuse, dit-il, la réponse du roi l'est tout autant. Et de vous à moi, Frédéric est un souverain ombrageux qui n'entend pas que sa fille soit mise en concurrence avec d'autres et qui apprécierait encore moins que cela se sache.

Je comprenais mieux pourquoi Fleury m'avait intimé d'éviter Berlin. Il devait avoir eu vent de l'humeur de Frédéric. On pouvait donc retirer la princesse de la liste. Mais le duc de Mecklembourg-Strelitz, qui s'était tenu coi jusque-là, prit à son tour la parole :

— Ma famille est honorée d'avoir retenu l'attention de vos puissants maîtres, débuta-t-il d'un ton fort aimable, et je transmettrai à Versailles ma gratitude, toutefois...

Il s'interrompit, se tourna vers La Perrière, qui sembla l'encourager du regard.

— Toutefois, continua le duc, notre petit duché a depuis longtemps veillé à se garder d'alliances qui heurteraient nos plus proches voisins. En l'occurrence, la Prusse a pour nous les meilleurs sentiments, et je souhaite que cela perdure. Bref, il vaut mieux ne pas fonder de spéculations sur la princesse Marie-Sophie, ma fille.

La Perrière ajouta :

— Ne soyez pas trop désappointé, monsieur l'abbé, car si j'en crois une rumeur venant de votre ambassade à Berlin, un choix serait en passe d'être fait à Versailles. Peut-être même l'est-il déjà à cette heure. Il s'agirait d'une des sœurs du duc de Bourbon.

Je restai interdit. J'étais donc venu jusque dans ce pays de corbeaux pour rien. Concevant ma contrariété, La Perrière se montra cordial et me proposa de souper avec lui le soir même. Désormais désœuvré, j'acceptai, bien que je soupçonnasse que ce gentilhomme voulût peut-être me soutirer des renseignements sur le déroulement de ma mission. Il n'en fut rien. Et pour cause. Il connaissait déjà la majeure partie de mes étapes en Allemagne et me cita même d'autres prétendantes qui avaient été dévolues à la mission de Lozilières. Décidément, cette mission secrète semblait la plus connue d'Europe. Tant pis. Je n'en étais pas responsable. À part cela, notre souper se passa au mieux, La Perrière ayant convié quatre jeunes femmes dont la conversation nous divertit beaucoup. La Perrière me demanda aussi des nouvelles de France, mais je ne pense pas lui avoir appris grand-chose. Enfin, ma soirée s'acheva chez une des invitées, preuve qu'en Allemagne comme en France on est toujours curieux de sonder la vocation des jeunes abbés.

Le 16 octobre au matin, j'embarquai dans ma voiture en direction de la France. Le voyage de retour s'annonçait long : je décidai d'avancer à marche presque forcée en réduisant chaque étape à quelques heures seulement. Par ailleurs, on voyage avec plus de célérité lorsque l'on est léger, c'est connu, et je plantai à Strelitz Guerard, mon traducteur, dont je n'avais plus besoin, mais aussi Armand, à qui j'ordonnai de rentrer par ses propres moyens. Il me supplia de le garder auprès de moi, jura qu'il se ferait petit, mais ma décision était prise et je laissai à ce fâcheux une vingtaine de thalers pour qu'il se débrouillât seul.

Frantz me démontra bientôt qu'il était à la hauteur de mon impatience de rallier la France au plus vite. Pas moins de deux cent cinquante lieues nous séparaient de Versailles. Nous roulâmes vers l'ouest de jour et presque aussi de nuit, Frantz crevant nos bêtes d'un train de possédé. Au bout de seulement quatre jours, nous étions à Hanovre. J'étais rompu et je nous accordai une nuit complète de repos. Je troquai également au passage ma voiture contre une plus légère, puis nous reprîmes de plus belle la route. Frantz ne faiblit pas. Encore quatre jours plus tard, nous entrions dans le duché de Berg et nous fîmes une halte d'une journée à Düsseldorf. Je passe au lecteur les détails de cette équipée qui ne laisse dans mon souvenir que de la poussière et des courbatures. Le 26 octobre, notre course vers le royaume de France continua, toutefois, les routes devenant plus difficiles, nous n'atteignîmes Maubeuge que le 31 octobre. Là, j'interrogeai Frantz pour savoir s'il consentait à continuer jusqu'à Versailles. J'avais dans l'esprit de le conserver à mon service. Il ne réfléchit pas longtemps et accepta la proposition. Et pour me montrer son zèle, nous dévalâmes les quatre-vingts dernières lieues qui nous séparaient de Versailles en trois jours et demi. Enfin, le samedi 4 novembre 1724, près de trois mois après être parti, ma voiture faisait halte sur la place d'armes du château. Dans la nuit, je m'étais arrêté à mon logement parisien pour refaire ma garde-robe, vous savez maintenant comme je suis coquet.

12

Le propre des hommes d'État est de ne s'étonner de rien et, lorsque je me présentai au cabinet de Son Excellence sans m'être fait annoncer, Fleury me reçut comme si nous nous étions quittés la veille. Il me demanda d'un air sévère si mon rapport était prêt, ce à quoi je répondis par l'affirmative, car, en plus des courriers réguliers que j'avais transmis, j'avais consciencieusement tenu à jour mes observations dans deux grands cahiers noirs tout au long de mon périple. Je les lui remis puis il les posa distraitement sur une pile de dossiers qui encombraient une petite sellette. Ensuite, toujours d'une mine fermée, il me toisa un long instant, tandis que je ne savais trop quelle attitude adopter. La situation commençait à devenir embarrassante quand Son Excellence me lança tout à coup :

— Le cardinal Dubois ne s'était pas trompé sur votre compte, monsieur l'abbé. Vous êtes un homme de ressources. Je suis content de la manière dont vous avez mené votre mission, d'autant que certains se sont ingéniés à l'entraver, on dirait.

Soulagé, j'opinais respectueusement.

— De ce que vous m'avez relaté dans vos courriers, continua Fleury, je pense qu'il y a là la main de l'Espagne, mais pas seulement. D'autres avancent masqués car, pour se trouver sur votre parcours, il fallait à ces sbires de bons renseignements. Et nous sommes peu dans la confidence de votre mission.

— Si je puis me permettre, Votre Excellence, répliquai-je, j'ai pu me rendre compte que le secret en semblait bien éventé. Dans de nombreuses cours, on connaissait mon véritable but.

Le visage de Fleury s'assombrit.

— Oui, je le sais, grogna-t-il, mais c'est bien justement là la preuve que le ver est dans le fruit.

— Il y a aussi autre chose… osai-je du bout des lèvres.

— Quoi donc ?

— Eh bien, il se dit à Berlin que la future reine est déjà trouvée.

— Fichtre ! D'où cela sort-il ? s'étonna Fleury.

— De notre ambassade…

— Ah ? Et qui est l'heureuse élue, selon eux ?

— L'une des sœurs de Son Altesse le duc de Bourbon…

— Peuh ! Foutaise ! s'emporta alors Son Excellence.

Et il se mit à faire les cent pas dans son cabinet d'un air préoccupé.

— Je n'ignore pas que des bruits courent à ce sujet dans toute l'Europe, reprit-il. Certains jouent un drôle de jeu, mais rien n'est encore décidé. Le Conseil secret doit se réunir dans quatre jours. Avant cela, le chevalier de Lozilières sera également rentré de son voyage. Bref, nous pourrons apprécier les renseignements que vous et lui avez glanés. Nous aurons alors à amender la liste des princesses et vous verrez qu'il y a encore fort loin avant que le roi ne convole.

Fleury souhaita ensuite quelques détails supplémentaires sur mon périple et se divertit beaucoup à mon récit de l'épisode dans l'auberge de Cassel, avec Van Bruyn et Ayala. Enfin, il me prévint que Mme de Prie risquait de vouloir me rencontrer au plus tôt.

— On ne pourra pas s'y opposer, dit-il, cependant je ne souhaite pas qu'elle vous voie avant le Conseil secret. Vous y assisterez avec moi, mais d'ici là, ne vous montrez plus à Versailles jusqu'à ce que je vous prévienne. Il nous faut être prudents.

Son Excellence me congédia ensuite un peu plus aimablement qu'il ne m'avait accueilli, en même temps qu'il se plongea dans la lecture de mes deux cahiers de notes.

Je restai à Paris les jours qui suivirent, respectant à la lettre les recommandations de Son Excellence. J'en profitai pour mettre un peu d'ordre chez moi, rue des Petits-Champs. Je vous ai déjà entretenu des trois pendards qui faisaient office de domestiques dans ma maison. Figurez-vous que, pendant mon absence, ces bougres s'étaient une nuit disputés assez sauvagement après avoir vidé quelques bouteilles de ma cave, et l'un avait même éborgné l'autre dans la bagarre. Ses hurlements de bête avaient alors alerté une patrouille du guet qui s'était emparée sans ménagement de l'agresseur. Il croupissait depuis dans une cellule du Châtelet, tandis que le blessé n'avait pas repris son service. Dans le remue-ménage, deux ou trois chaises avaient été brisées et des bibelots disparurent, ainsi que plusieurs dizaines de bouteilles. Le troisième lascar resté indemne m'affirma qu'il n'était pour rien dans tout ce qui était arrivé, me joua l'air de l'innocent, ajoutant que selon lui c'étaient les gens du guet qui avaient dérobé les objets disparus. La ficelle n'est pas si grosse, car ces bougres-là sont des rançonneurs qui valent la pire canaille, et il ne m'étonnerait pas qu'ils en aient profité pour piller ma maison. Il n'empêche, je passai ma rage à coups de canne sur l'échine du troisième larron avant de le jeter dehors. J'installai ensuite Frantz en gardien de ma maison. Je recrutai également un jeune garçon du nom d'Étienne pour faire fonction de domestique. Il devait avoir à peine seize ans, était grand de taille, promenait une tignasse blonde au-dessus d'une belle figure de précoce gibier de potence. Et puis il y avait chez lui de cette arrogance des faubourgs qui déplaît tant à la bonne société. Le tout me plut.

La veille de la date fixée pour le Conseil secret, Son Excellence me fit avertir de le rejoindre le lendemain à 10 heures du matin à Versailles. Je m'y rendis au milieu de la nuit pour ne pas être en retard au rendez-vous, et je toquai à l'appartement d'une certaine comtesse dont j'ai déjà évoqué son goût pour le clergé. Sa surprise de me trouver devant sa porte et les transports que cela lui causa me confirmèrent cette dévote appétence. Je la laissai au matin pour retrouver Son Excellence.

Fleury, comme à son habitude, ne s'embarrassa pas de mots. Il me fit signe de le suivre jusqu'aux appartements du duc de Bourbon, où devait se tenir le Conseil. Nous arrivâmes les premiers. On nous introduisit dans la même bibliothèque que la précédente fois. Son Excellence avait emporté avec elle mes deux cahiers desquels dépassaient des morceaux de papier de différentes couleurs, comme des marque-pages. Quelques instants plus tard, un domestique introduisit un gentilhomme que je reconnus aussitôt pour être le chevalier de Bréville. Il me fit un large sourire, salua Son Excellence, puis s'en retourna avant de revenir en ouvrant le chemin à un personnage qui ne m'était également pas inconnu : Mgr le duc d'Orléans. Fleury ne parut pas surpris et me demanda de sortir, tandis que le duc fit de même avec Bréville. Nous nous retrouvâmes dans une petite antichambre en compagnie de Lozilières qui venait également d'arriver. L'aparté entre Fleury et le duc d'Orléans nous laissa le temps d'échanger. Bréville et Lozilières me racontèrent que leur voyage avait été calme – plus que le mien –, ne rencontrant comme écueil que les mauvaises routes montagneuses du nord de l'Italie. Je dois avouer que je fus content de les voir, surtout Bréville, que mon instinct me donnait pour un homme loyal, je vous l'ai déjà dit. Je lui demandai d'ailleurs la raison de la présence du duc d'Orléans :

— Eh bien, durant notre absence, comme je vous en avais prévenu, Son Altesse n'a pas manqué de rappeler qu'il y aurait une grande faute à le tenir éloigné d'un choix si crucial. Et avouez qu'en cette affaire, il n'est pas le seul à être juge et partie... Son Altesse le duc de Bourbon a aussi quelques intérêts à faire valoir, si j'en crois la rumeur. N'est-ce pas ?

J'opinais dans un sourire, sans rien ajouter, car je n'oubliais pas que nous nous trouvions justement dans les murs du duc, et en ce pays, la prudence était de mise. De toute façon, un domestique nous avertit bientôt de revenir dans la bibliothèque.

Nous y découvrîmes que tous les acteurs du précédent Conseil étaient maintenant là, assis dans des fauteuils toujours installés en demi-cercle face au duc de Bourbon et à Mme de Prie, sa maîtresse. Elle m'apparut plus belle que jamais. Sous les regards de cette noble assemblée, je rejoignis ma place auprès de Son Excellence, tandis que Lozilières se campa aux côtés de Fleuriau de Morville, et Bréville, debout, un peu en retrait du duc d'Orléans. Le Conseil débuta.

— D'abord, mon cousin, lança le duc de Bourbon en se tournant vers le duc d'Orléans, je me réjouis vivement de l'intérêt de Votre Altesse pour le grave sujet qui nous réunit ce jour.

— Merci, cher cousin, je n'ai jamais douté de votre conviction que l'avenir du royaume ne peut souffrir d'aucune absence, répliqua le duc d'Orléans d'un ton dont il eût fallu être sourd pour ne pas relever l'ironie.

Le duc de Bourbon ne cilla pas, ni Mme de Prie qui ne quittait pas un énigmatique demi-sourire. À côté de moi, Fleury gardait le nez dans une feuille remplie de notes. Un bref silence s'installa, que rompit Fleuriau de Morville :

— Avant que nous ne débattions des résultats de la mission confiée à nos envoyés, j'aimerais informer le Conseil de nouvelles qui viennent de me parvenir d'Angleterre. Le comte de Broglie, notre ambassadeur à Londres, me prévient que le roi George n'est pas opposé à l'union de l'une de ses petites-filles, les princesses de Galles, avec Sa Majesté. Pour autant, il a également laissé à penser à notre ambassadeur qu'il ne concevrait aucun dépit si la chose ne devait se faire car il s'épargnerait ainsi les tracas liés à la question religieuse.

— Fort bien, se félicita le duc de Bourbon, voici une manière élégante de nous donner quitus pour le choix d'une autre candidate.

— Et c'est au fond un service que nous lui rendrons, ajouta Fleuriau.

— Ainsi qu'à nous-mêmes, lâcha alors le duc d'Orléans. Il y a selon moi une très grande faute de chasser notre catholique cousine l'infante, mais cela serait plus impardonnable encore si on la remplaçait par une anglicane. Nous liguerions contre nous jusqu'au pape.

Le duc de Bourbon blêmit devant cet assaut inattendu. Mais cette fois, il trouva un allié en la personne de Fleury.

— Votre Altesse, dit ce dernier en s'adressant au duc d'Orléans, fait preuve de clairvoyance. Il n'y a en effet que de mauvaises raisons à chercher l'union avec une princesse anglaise, tout autant que de briser celle avec une princesse espagnole. Toutefois, l'avenir du royaume de France, à Dieu ne plaise, ne peut passer par Londres ni par Madrid, Votre Altesse en sera d'accord, je pense.

Le duc d'Orléans l'admit d'un mouvement de tête. L'argument était subtil car le duc savait qu'à Madrid on lorgnait le trône de France si la place venait à être vacante. Tout comme lui, peut-être.

— C'est pour cela, reprit Fleury, que nos envoyés, et le vôtre, je crois, ont mené leur mission auprès de princesses dont nous devrons veiller à ce que celle qui sera choisie ne heurte aucun de nos alliés, ou du moins ne nous procure pas plus d'ennemis que ceux que nous avons déjà.

— C'est là la voix de la sagesse, intervint le duc de Bourbon, trop heureux de cette eau apportée à son moulin.

— Merci de votre approbation, Votre Altesse, continua Fleury, et vous serez donc aussi d'avis que la future reine ne devra complaire à aucune coterie pour ne pas être source de divisions au sein même du royaume.

Son Excellence venait de jeter une pierre dans la roue du moulin du duc de Bourbon. Mme de Prie intervint :

— Cela va de soi, monsieur de Fréjus, concéda-t-elle, toutefois il faudra très certainement ne pas guigner l'impossible. Nous ne recherchons pas une orpheline sans famille. Et il faut surtout se garantir que l'élue sera loyale et docile. En plus de sa fécondité, ce seront là ses deux plus grandes vertus.

— Ce sont celles des reines, c'est indéniable, madame la marquise, confirma Fleury dans un sourire.

Mme de Prie quitta alors le sien, et il me sembla qu'elle faisait un effort pour ne pas réagir à ce qui pouvait s'entendre comme une insolence. Heureusement, Fleuriau de Morville reprit la parole :

— Il est temps de passer à l'examen des rapports de nos envoyés. Nous en avons déjà eu des abrégés au fur et à mesure de leurs étapes, vous le savez, cependant nous aurons aujourd'hui besoin de toutes leurs observations afin de fonder nos choix. Débutons donc sans tarder.

Chaque participant au Conseil se vit alors remettre la fameuse liste des trente-quatre princesses, à laquelle on avait ajouté des commentaires issus des courriers que Lozilières et moi avions fait parvenir à Versailles. Il y avait là un pensum d'une vingtaine de pages à lire. Le marquis d'Uxelles soupira devant cette corvée et garda les feuilles sur ses genoux en attendant la suite. Le maréchal de Villars, lui, se plongea dans la lecture du dossier avec le sérieux d'un vieux militaire qui étudie la carte d'un champ de bataille. Pendant ce temps, Fleuriau de Morville commença d'égrener à voix haute, un par un, les noms des princesses que j'avais visitées. Pour chacune des postulantes, après la lecture de la synthèse de mes observations, un débat s'ouvrit. Certaines se trouvèrent évincées en deux minutes, d'autres, en dix, mais quelques-unes suscitèrent de longues discussions entre les ducs de Bourbon et d'Orléans, jamais d'accord, tandis que Son Excellence intervenait également à presque chaque candidate. Mme de Prie se taisait, se contentant de souffler au duc de Bourbon ce qui semblait être ses recommandations. Quant à Fleuriau de Morville, en bon diplomate, il veillait à ne heurter personne, à la différence du maréchal de Villars dont les manières de soldat ne s'embarrassaient pas de jugements abrupts sur les impétrantes. Enfin, le marquis d'Uxelles paraissait pressé de la fin et se gardait bien d'intervenir autrement que par des grognements d'impatience. À plusieurs reprises, les notes de mes deux grands cahiers furent lues par Fleury. Je crois que la précision de mes observations impressionna l'assemblée. Les cas de la princesse de Bade-Durlach et de la princesse de Schwarzbourg me valurent même de devoir satisfaire aux questions de Son Altesse le duc d'Orléans. Fleury me surveillait du coin de l'œil et parut content de mes réponses. C'est alors que Mme de Prie sortit étrangement de son mutisme lorsqu'il fut question de Charlotte-Wilhelmine de Saxe-Eisenach et de sa sœur.

— Il nous revient que les renseignements recueillis sur ces princesses diffèrent grandement de ceux fournis par notre ambassadeur, lâcha-t-elle d'une voix de reproche sans me regarder.

Fleury leva aussitôt le nez.

— C'est vrai, confirma Son Excellence, et c'est heureux que vous en soyez au courant.

Puis il sortit de sa poche deux peintures en miniatures.

— Je tiens ici à disposition du Conseil les portraits des deux princesses, reprit-il, et chacun pourra constater combien le temps qui passe est cruel à notre ambassadeur car il lui faut la vue bien basse pour trouver plus de qualités à la cadette qu'à l'aînée.

Et Son Excellence fit passer à son plus proche voisin, le duc d'Orléans, les deux miniatures. Elles allèrent ensuite de mains en mains, sauf dans celles de Mme de Prie, qui laissa le duc de Bourbon jeter un œil distrait dessus. L'affaire était entendue. Y compris pour le fameux Quincy de Placey que Fleuriau promit de faire mettre à la retraite.

Il fallut en tout trois bonnes heures pour venir à bout de l'inventaire des princesses de ma liste. À l'issue, le Conseil fut interrompu une heure afin que ses membres se restaurent. On leur servit une appétissante collation tandis que Lozilières, Bréville et moi eûmes le loisir de les regarder manger. Les débats reprirent ensuite. Le marquis d'Uxelles s'assoupit dans son fauteuil. On fit sans lui. Fleuriau passa en revue les candidates rencontrées par Lozilières, en compagnie de Bréville. Les débats devinrent alors encore plus vifs entre les membres du Conseil. Du moins surtout entre le duc d'Orléans et le duc de Bourbon, soutenu sur presque tous ses jugements par Fleuriau. Fleury, cette fois, se tint en retrait par rapport à ses avis tranchés sur les précédentes princesses. Les discussions s'enflammèrent en particulier au sujet de l'une des filles de l'électeur de Bavière que le duc de Bourbon jugeait trop âgée – elle avait vingt-cinq ans – mais que le duc d'Orléans estimait une excellente prétendante, d'autant qu'elle était catholique et réputée très pieuse. Le maréchal de Villars souligna également que les électeurs de Bavière étaient de fidèles alliés de la France, ce qu'ils avaient d'ailleurs démontré lors de la guerre de succession d'Espagne, dix ans plus tôt. Ce n'était pas un point à négliger. On évoqua ensuite une litanie d'obscures princesses jusqu'à l'intéressante princesse de Wurtemberg, jeune, jolie et catholique. Une princesse de Schwarzenberg, en Autriche, retint aussi l'attention. Puis on aborda les princesses italiennes. Beaucoup avaient par le passé fourni des épouses aux fils de France, et l'une des filles du grand-duc de Toscane parut remplir beaucoup des conditions souhaitées. Fleuriau rappela d'ailleurs que voilà soixante-dix ans, c'était déjà dans cette famille que l'on avait cherché une épouse au roi Louis XIV. En vain, précisa cependant Fleury, puisque Louis le Grand avait en fait convolé avec Marie-Thérèse d'Autriche. Enfin, parmi les Italiennes, la fille du duc de Modène suscita l'intervention de Mme de Prie, qui insista sur la rumeur d'une liaison secrète de cette jeune femme fort belle avec un prétendant au trône d'Angleterre, un Stuart. Cette candidature fut très discutée. Trois nouvelles heures étaient passées quand vint le moment de l'examen de deux impétrantes que les membres du Conseil avaient repoussées pour la fin : celui des sœurs du duc de Bourbon. Toutefois, l'orage attendu entre ce dernier et le duc d'Orléans ne tonna pas. Les qualités et défauts des deux princesses furent étudiés avec respect. Mlle de Vermandois, animée d'une fervente piété depuis l'enfance, avait vingt et un ans, était dotée d'une grande beauté, ainsi que d'un caractère trempé. Elle aimait à se tenir souvent à distance de la Cour en se retirant notamment à l'abbaye de Fontevraud où elle trouvait excellente la société des sœurs de ce couvent. Mlle de Sens, sa cadette de deux années, affirmait moins de grâce, mais se voyait, elle, pourvue d'un caractère fort doux dont on fait les épouses soumises. Le débat sur ces deux candidates dura presque une heure d'un ton fort civil, et même Son Excellence se garda de manifester sa défiance. Je suis rompu aux intrigues de cour, et je soupçonnais que cette bienveillance de façade augurait de sourdes luttes à venir. Car il y a à Versailles des coteries plus clandestines et influentes encore que le Conseil secret.

Ce fut à 6 heures du soir que Fleuriau de Morville récapitula le résultat des travaux du Conseil secret. De ce jeu de massacre, seulement dix princesses restaient en lice : les deux sœurs du duc de Bourbon, ainsi que cinq parmi celles visitées par Lozilières – trois Allemandes, deux Italiennes – et aussi trois issues de ma liste. Y figuraient la princesse de Lorraine, celle de Bade-Durlach et également la fille de l'ex-roi de Pologne, Maria Leszczinska. La chose était étonnante. Il me parut toutefois qu'on l'avait épargnée comme l'on conserve parfois dans sa garde-robe un vêtement passé de mode, mais dont un je-ne-sais-quoi dans la coupe ou l'étoffe engage à ne pas s'en séparer tout de suite.

13

La marquise de Prie n'était pas femme à tirer des lettres de change sur la banque du hasard. Sa volonté était sa seule boussole, et elle entendait bien faire plier l'échine à tout ce qui pouvait contrarier ses desseins. En l'occurrence, elle menait de longue main le projet de se rendre indispensable à la future reine, dont elle s'imaginait devenir une sorte de tutrice. Elle avait des candidates favorites pour ce rôle d'élève, en particulier certaines qui la touchaient de près. Oui, le choix de l'une de ses presque belles-sœurs offrirait à n'en pas douter de solides garanties à ses ambitions, cogitait-elle. Le duc de Bourbon pensait évidemment de même et, dès le lendemain du Conseil secret, les intrigues se nouèrent en ce sens. Une coterie bien pourvue en puissants personnages la soutint dans les soupers de Versailles. Le fameux financier Joseph Pâris-Duverney, proche ami de la marquise et du duc, soutint à prix d'or cette propagande. On en parla partout, et les noms de Mlle de Sens et de Mlle de Vermandois résonnèrent bientôt jusque dans les antichambres des ambassades étrangères. À la fin de novembre, la rumeur avait si bien travaillé qu'il semblait acquis pour beaucoup que la future reine serait l'une des deux sœurs, le dernier doute résidant dans le choix de l'aînée ou de la cadette. Ce vacarme agaçait Fleury, qui tenta d'attiser des contre-feux face à cette agitation. Il me chargea tout au long du mois de décembre de porter des missives à nombre de seigneurs proches du duc d'Orléans. Je compris vite qu'il y avait entre les deux une alliance objective pour contrecarrer les vœux de Mme de Prie. Je le saisis d'autant mieux qu'un certain jour, dans le secret de son cabinet, Son Excellence, excédée d'une nouvelle rumeur donnant pour certain le choix de l'une des sœurs du duc de Bourbon, lâcha :

— Je ne laisserai pas le roi de France sous l'influence d'une famille qui s'est abandonnée à une aventurière...

Je fis bien sûr comme si je n'avais rien entendu. Dans mon métier, il est toujours bon d'épouser les causes de son maître, mais sans jamais s'en prévaloir auprès de lui. Les hommes d'État ne veulent pas de complices, seulement des serviteurs loyaux. Ceci posé, je n'en compris pas moins que la réussite des plans de Mme de Prie aurait considérablement amoindri la position de Son Excellence auprès du roi, en même temps que cela aurait sonné le glas de ses ambitions. Je suis loyal mais point sot.

La fin de l'automne et le début de l'hiver se passèrent ainsi et il serait difficile d'expliquer les méandres des discrètes intrigues qui agitaient Versailles, d'autant que l'infante d'Espagne se trouvait toujours au château. Chaque jour qui passait, son renvoi à Madrid faisait moins de doute pour toute la Cour, sauf pour elle, la pauvre enfant, que l'on tenait dans l'ignorance de la pénible suite. Âgée de sept ans désormais, elle vivait sous la férule de dames de compagnie qui l'entretenaient dans la fiction de son destin de future reine de France. À la cour d'Espagne, en revanche, le doute n'était plus de mise et on attendait la main sur l'épée que la France osât l'avertir clairement de cette forfaiture. Notre ambassadeur là-bas n'osait même plus sortir de chez lui, disait-on. Mais pour l'heure, à Versailles, on se gardait d'une quelconque annonce officielle tant qu'une remplaçante n'aurait pas été désignée. D'ailleurs, bien que Fleuriau de Morville épousât les vœux du duc de Bourbon, donc de Mme de Prie, dans le choix d'une candidate, son cabinet échangeait encore avec ceux de Fleury et du duc d'Orléans sur les noms restants dans la liste. Ainsi, si les sœurs du duc de Bourbon étaient poussées par une sourde conspiration, on continuait à recueillir des renseignements sur les autres. Son Excellence y passait elle-même beaucoup de temps, recevant ou visitant une foule de personnages à même d'apporter des informations nouvelles. Il me demanda de l'accompagner dans toutes ces démarches afin d'en tenir une archive de ce qui s'y disait. Dans cette affaire, je semblais lui être devenu un homme indispensable, bien qu'il ne me demandât jamais mon avis sur ce que nous entendions. J'étais ensuite chargé d'en transmettre la synthèse aux cabinets du duc d'Orléans et de Fleuriau. Bref, nous rencontrâmes en quelques semaines pléthore de diplomates et de gentilshommes allemands, autrichiens ou italiens qui ajoutèrent des détails plus ou moins intéressants sur les candidates. Parmi eux, un vieux comte polonais qui vivait d'expédients entre deux tables de jeu se montra très loquace sur la fille de l'ex-roi de Pologne. Il avait été un compagnon de jeunesse de Stanislas et entretenait encore avec lui une correspondance. Ce qu'il raconta piqua la curiosité de Son Excellence qui, le lendemain, me demanda de lui reparler de ce que j'avais vu à Wissembourg, chez le roi en exil. On se souvient du peu de lustre de cette cour d'opérette, ce que je relatai à Son Excellence, ainsi que je lui rappelai les persiflages sur la santé de la princesse. Étrangement, il me demanda aussi mon sentiment personnel sur cette candidate. C'était la première fois.

— De ce que j'ai constaté, expliquai-je, la princesse Maria Leszczinska a été élevée avec la simplicité et la rigueur des cours du nord, et il en ressort un air de franchise qui ne me semble pas joué. Elle n'est point la mieux faite de celles que j'ai pu voir et porte son âge sans chercher à le diminuer, ce qui la distingue de beaucoup. Enfin, son père a ce genre de bonhomie qui rend les rois aimables, mais je peine à l'imaginer en beau-père du premier des souverains de l'Europe.

Fleury resta songeur un instant avant de me lancer :

— Gardez tout ceci pour vous, monsieur l'abbé. Mieux, oubliez que vous l'avez pensé.

Je fis ainsi.

Le matin du 18 février 1725, Versailles s'arrêta de respirer. Les salons se vidèrent, les galeries résonnaient de pas pressés, des ombres se faufilaient d'un appartement à l'autre. Beaucoup ne purent alors s'empêcher de se souvenir de la même chape de plomb qui s'était abattue sur le château dix ans plus tôt, le jour de la mort de Louis le Grand. Au premier étage du château, l'accès aux appartements royaux fut fermé par un cordon de soldats des gardes du corps. Seuls les ducs de Bourbon et d'Orléans, Fleury, quelques gentilshommes et un cortège de médecins eurent le droit d'y aller et venir. Le ballet dura jusqu'au soir avant que toute la Cour n'apprenne ce qu'elle redoutait : le jeune roi souffrait d'une forte fièvre qui l'avait terrassé au sortir d'un repas. Les docteurs dépêchés prescrivirent unanimement d'opérer une, puis deux saignées, mais sans que le malade ne s'en ressentît mieux. Au contraire. Et le lendemain, Fleury ne quitta plus la chambre du roi, qui ne voulait que Son Excellence auprès de lui, comme lorsqu'il était enfant et que son précepteur, déjà, le veillait pendant ses fréquentes maladies. Le duc de Bourbon en fut mortifié. Il errait comme un perdu dans les galeries du premier étage, imaginant déjà une issue fatale qui donnerait le trône au duc d'Orléans ou, pire, à l'Espagne. Bref, le deuxième jour s'acheva sans que l'état de Sa Majesté ne s'améliorât. Le brave Mareschal, premier chirurgien du roi, était l'unique médecin qui l'approchait désormais. Il décida d'arrêter les saignées. Au troisième jour, Versailles bruissa plusieurs fois de la rumeur de la mort de Louis. Je fus convoqué ce soir-là par Son Excellence, qui me reçut dans l'antichambre de l'Œil-de-Bœuf, seulement éclairée de quelques chandeliers. J'eus moi aussi le sentiment que le deuil était déjà commencé. Fleury me confia alors une lettre cachetée qu'il me commanda de donner en main propre au duc d'Orléans. Je la portai dans l'instant jusqu'aux appartements du duc. Là-bas aussi, l'ambiance était lugubre. Il se faisait tard, et je ne trouvais d'abord personne à qui m'adresser, mais le hasard voulut que le chevalier de Bréville arrivât justement. Nous nous saluâmes amicalement, et je lui expliquai ma mission.

Quelques minutes plus tard, il m'introduisait dans un salon où le duc s'entretenait avec une très belle jeune femme. Je lui remis la lettre de Son Excellence. Le duc la décacheta devant moi puis la parcourut. Son visage s'éclaira d'un sourire. Je soupçonnai alors que le pire venait d'advenir, ce qui faisait de lui le possible nouveau monarque. Le duc se tourna alors vers la jeune femme qui l'accompagnait.

— Grâce soit rendue au Seigneur, dit-il, Sa Majesté est sauvée. La fièvre est tombée.

De ce jour, je sus que le duc d'Orléans était un homme d'une grande loyauté.

Le coup était passé très près, toutefois Sa Majesté se remit vite de sa maladie dont aucun médecin ne put d'ailleurs expliquer la cause. On murmura même qu'il s'agissait peut-être là d'un empoisonnement. Quoi qu'il en soit, les jours suivants, les débats sur le mariage du roi reprirent de plus belle. Et ce qui était pressé devint désormais urgent. Une semaine après le rétablissement du roi, Son Excellence me convoqua tardivement dans son cabinet. Je savais que ces rendez-vous nocturnes auguraient souvent d'une mission tout aussi ténébreuse. Il faisait froid et je trouvais Son Excellence devant sa cheminée en train de tisonner les braises.

— Nous avons devant nous un double défi, débuta-t-il sans préambule : marier le roi et contrer les manœuvres de Mme de Prie.

Il se retourna pour me jeter un coup d'œil. Fleury avait utilisé le « nous » et je sentis qu'il jaugeait ma réaction. Je ne me départis pas de mon flegme.

— Nous savons, continua-t-il, quelle personne le duc de Bourbon et elle rêvent de mener à l'autel. Cela ne peut et ne doit pas se faire. Je ne suis pas le seul à le penser, mais les souhaits de la marquise plaisent cependant à beaucoup. Trop. Et pour éviter que ses vœux ne se réalisent, il faut de la méthode autant que de la discrétion.

Son Excellence s'écarta de la cheminée pour s'installer dans un fauteuil. Il saisit au passage une couverture qu'il posa sur ses jambes grêles. Je restai debout.

— Vous m'avez bien servi jusqu'alors, reprit-il, et je souhaite vous confier une mission délicate. Elle concerne l'une des deux sœurs du duc, Mlle de Vermandois, à cette heure retirée dans un couvent de Fontevraud. C'est une âme pieuse, pure et intègre – une bizarrerie dans cette famille – mais elle a aussi l'orgueil de sa race. Bref, nous pouvons tenter quelque chose de ce côté.

Et il m'expliqua son plan. Une heure plus tard, je ressortais de son cabinet en songeant que la politique n'a de grâce que pour les sournois.

De Paris à l'abbaye de Fontevraud, il y a soixante-quinze lieues de bonnes routes. Frantz garantit que nous y serions en moins de deux journées. J'embarquais également avec moi le jeune Étienne, mon nouveau domestique, dont je vais maintenant vous dire quelques mots. Autant Frantz était un taiseux, autant Étienne n'avait pas sa langue dans sa poche. Et vous savez maintenant combien je goûte une conversation point trop stupide afin de meubler les longues heures de voiture. Je trouvais encore plus d'intérêt à la gouaille d'Étienne que je m'aperçus qu'il venait du faubourg Saint-Marcel, où j'avais passé mes quinze premières années dans le costume de vaurien. Étienne fut d'ailleurs étonné de ma connaissance des pires gargotes de l'endroit et je crois bien que sa cervelle vive lui souffla qu'il n'y avait pas que du curé en moi. Surtout quand je m'amusai à lui lâcher quelques mots du jargon secret de la pègre du faubourg, dont je m'aperçus qu'il le comprenait sans mal.

— Tu *jaspines*[1] bien, dis-je, tu l'as appris en *caruche*[2] ?

— Oh, certes non, m'sieur l'abbé, se défendit-il.

1. Parler le jargon de la pègre.
2. Prison.

— Alors tu auras eu un *daron*[1] qui te l'aura enseigné ?

— Ben, c'est un p'tit peu ça, avoua-t-il.

— C'est un *déffardeur*[2] ?

— Point d'ça, il tient une *piolle*[3], rue Mouffetard, et j'ai *maquillé*[4] chez lui.

— Hum, tu as été à bonne école, alors. Je ne connais aucun *piollier* du faubourg qui ne soit du gibier pour l'*abbaye de Monte-à-Regret*[5].

— Ah, c'lui-là, le *tollard*[6] n'est pas près d'lui passer la *tourtousse*[7] autour du col, ricana Étienne.

Et comme ce brave garçon se sentait en pays de connaissance, il me narra par le menu sa vie au faubourg. Cela vous intéresse sûrement d'en connaître le détail, mais je ne suis pas une *mouche*[8] et je garderai cela pour moi. J'avisai toutefois Étienne de ne pas s'ouvrir à d'autres de son passé. Pour ma part, je me félicitai d'une recrue dont l'on n'est jamais embarrassé en certaines occasions.

Nous arrivâmes à Fontevraud sous une fine pluie glacée qui se transforma bientôt en neige. J'étais en habit ecclésiastique, et je demandai audience à Mlle de Vermandois au prétexte de lui délivrer les témoignages de fidélité d'un membre éminent de la Cour, M. de Fréjus. Elle y fut sensible et me reçut dans l'heure dans un rustique salon de l'abbaye. Je n'avais encore vu Mlle de Vermandois qu'en portrait, et je fus saisi de l'éclat de sa beauté. Vêtue très simplement, la grâce de ses gestes comme le naturel de sa distinction annonçaient déjà une souveraine. Elle

1. Maître, père.
2. Voleur.
3. Cabaret.
4. Travaillé.
5. Gibet.
6. Bourreau.
7. Corde.
8. Mouchard.

se montra aimable dès ses premiers mots de bienvenue. Je lui répondis du même ton, puis elle s'enquit de savoir si j'étais déjà venu à Fontevraud, ce à quoi je lui répliquai que je n'en avais pas encore eu l'occasion dans ma jeune carrière. Elle poursuivit par deux ou trois autres questions en apparence banales mais dont les esprits fins savent tirer d'utiles enseignements afin de jauger à qui ils ont affaire. Une reine ne fait pas autrement. Après ce doux interrogatoire, je me permis de lui exposer l'objet de ma mission :

— Son Excellence M. de Fréjus, mon maître, souhaite vous assurer de toute sa loyauté et se réjouit que la grâce divine distingue le destin de Votre Altesse. Le royaume de France ne peut espérer plus sincère et plus dévouée protectrice.

Mlle de Vermandois eut un délicieux sourire.

— J'ai une grande estime pour M. de Fréjus, dit-elle, vous le lui rappellerez, et vous l'informerez également que je n'ai jamais eu pour but de chercher ce que d'aucuns souhaitent vouloir m'offrir ces jours-ci. Je sais combien l'on parle de moi à Versailles, toutefois il y a loin de l'autel d'une simple abbaye jusqu'à celui d'une cathédrale. Je n'ignore pas non plus les vœux fraternels du duc de Bourbon pour cette union, dont je connais les intérêts. Et en acceptant d'y souscrire, c'est une vie que je voulais fuir que je rejoindrais. Cependant, il y a dans toute action terrestre le souffle de Dieu, vous le savez, monsieur l'abbé.

J'acquiesçai.

— Et on ne peut échapper à ce que le Tout-Puissant semble nous réserver, reprit Mlle de Vermandois. Ma soumission à sa loi aura peut-être pour vertu de placer auprès de Sa Majesté une fervente servante de la foi. Le royaume en a besoin.

— Vous me voyez le plus convaincu des hommes de cette urgence, répliquai-je.

Mlle de Vermandois sourit à nouveau.

— Mme la marquise de Prie ne pense d'ailleurs pas autrement quant à votre puissant rôle à ce sujet, ajoutai-je.

Le visage de Mlle de Vermandois se ferma brusquement.

— Que vient faire là cette personne ? lâcha-t-elle d'une voix aigre.

Je ne me troublai pas.

— Mme de Prie est très attachée à la cause de votre famille, expliquai-je. Elle œuvre avec dévotion dans votre sens et…

La fière sœur du duc m'interrompit :

— Je vous croyais l'envoyé de M. de Fréjus et non celui de Mme de Prie.

— Certes, Votre Altesse, mais la bienveillance de Mme de Prie ne compte pas pour rien à Versailles, me permis-je d'un ton innocent.

Mlle de Vermandois pâlit. Son beau visage se peignit d'une expression de courroux mal dominé.

— Je vois que la marquise n'ambitionne pas que la soumission de mon frère. On m'en avait parlé. Mais après tout, c'est l'héritage des mœurs de sa caste.

Et elle fit de fielleuses allusions à sa basse extraction et aux déboires de son financier de père. J'aiguillonnai encore un peu sa colère en ignorant ses récriminations et en troussant benoîtement quelques louanges aux qualités de la marquise. Ce fut trop pour Mlle de Vermandois, qui écourta l'entretien. Je repartis de Fontevraud le jour même, la tête pleine de ses reproches.

Le piège de Fleury avait fonctionné. L'orgueilleuse Mlle de Vermandois pouvait peut-être accepter de sacrifier sa vocation pour le trône, mais jamais elle ne le ferait si elle se sentait un instrument dont on attend obéissance, d'autant plus si elle devait rendre compte à une femme qu'elle méprisait.

Dix jours plus tard, Mme de Prie, qui savait le caractère entier de la sœur du duc, vint à Fontevraud afin de s'assurer qu'elle aurait en elle une alliée dévouée. Elle en fut pour ses frais. Mlle de Vermandois la battit froid. La marquise repartit mortifiée et lui retira son soutien. Désormais, elle plaça ses espoirs dans Mlle de Sens.

Je ne sais trop comment, mais il me revint ensuite que Mme de Prie n'ignorait pas mon rôle dans cette histoire. Peut-être que Fleury avait fait transpirer la chose afin de bien me corseter dans son camp. Quoi qu'il en soit, il m'arriva peu de temps plus tard de croiser la marquise. Elle me salua gracieusement, s'enquit même de ma santé. Je frémis. Chez cette femme double, l'ostensible sollicitude envers un inférieur était l'aveu qu'elle ne manquerait pas de l'écraser si l'occasion lui en était donnée.

14

Le 30 mars 1725, le Conseil secret fut précipitamment réuni au petit matin. J'y accompagnais une nouvelle fois Fleury, bien que ma présence ne semblât pas nécessaire, ni même protocolaire, et elle me posait presque en intrus dans ce cénacle. Mais Son Excellence semblait désormais avoir à cœur de m'installer aux yeux de tous comme son homme de confiance. C'était en effet devenu un peu le cas dans cette affaire, cependant, chez ce genre de personnage, il y a toujours un double mécanisme dans ses affectations. Et pour l'heure, je n'en perçais pas le secret.

Les participants au Conseil étaient identiques à la précédente fois, excepté le marquis d'Uxelles qui ne se montra pas, soit qu'il ne fût point convié, soit que l'heure trop matinale eût laissé ce vieux jouisseur au fond de son lit. Fleuriau de Morville ouvrit les discussions en prévenant l'assemblée que notre ambassade à Madrid était dans une situation intenable. La colère du roi d'Espagne, et de la reine, surtout, ne faiblissait pas, au contraire, et l'attente de ce qui devait arriver exacerbait leur rage. On parlait même de guerre, bien que le royaume d'Espagne ne pût se payer ce luxe. En revanche, leur diplomatie ne se gênait plus pour courtiser tous ceux qui, en Europe, de près ou de loin, avaient des intérêts contraires à la France.

— Bref, il faut maintenant très vite percer l'abcès, résuma le secrétaire d'État, car chaque jour qui passe enchérit le prix à payer pour le renvoi de l'infante.

Le duc de Bourbon prit la parole. La marquise de Prie se tenait bien sûr à ses côtés.

— Oui, il est temps de jeter les masques, confirma-t-il, mais nous devons auparavant désigner celle qui prendra la place de l'infante. Il n'y a plus à tergiverser, et je rappelle que la dernière fièvre de Sa Majesté nous y engage plus promptement encore.

— Voilà beaucoup de mauvaises raisons pour choisir la mère d'un futur roi de France, lâcha le duc d'Orléans, et vous savez ce que je pense de nos maladresses dans cette affaire.

Le duc de Bourbon se rembrunit.

— Mais puisque le mal est fait, continua le duc d'Orléans, agissons du mieux que nous le pourrons pour en atténuer les conséquences. Où en sommes-nous de la liste des princesses ?

Fleuriau de Morville tira un papier d'un portefeuille.

— Après les derniers échanges entre nos cabinets, expliqua-t-il, il apparaît que nous sommes désormais en accord sur quatre noms.

— Dites plutôt que nos désaccords ne portent plus que sur quatre noms, s'irrita alors Fleury d'un ton glacial en même temps qu'il se leva de son fauteuil.

Ce n'était pas dans les manières de cet homme posé que de se montrer si soudainement belliqueux. Tout le monde fut surpris, moi y compris, je l'avoue. Le maréchal de Villars lança d'un air de reproche :

— Monsieur de Fréjus, quand la bataille a commencé, il n'est plus temps de se quereller entre alliés.

Fleury le foudroya du regard.

— Monsieur le maréchal, je ne m'engage jamais dans une guerre qu'en bonne compagnie. Et la meilleure est celle du roi.

Le vieux militaire tressaillit devant cette remontrance tandis que Mme de Prie se pencha à l'oreille du duc de Bourbon, ce qui parut agacer le duc d'Orléans.

— Le secret de ce Conseil s'applique-t-il aux conférences entre ses membres ? grinça-t-il.

Fleuriau de Morville intervint, feignant de ne pas avoir saisi la pique envers le duc et la marquise :

— Certes non, Votre Altesse, dit-il d'un ton apaisant, d'ailleurs voici au grand jour les noms des princesses sur lesquelles...

Il s'interrompit, regarda en direction de Fleury, qui se tenait toujours debout, puis ajouta :

— ... il nous reste encore à débattre : Son Altesse Mlle de Sens, la princesse de Lorraine, la princesse de Modène, la princesse Leszczinska.

Fleury ne laissa pas la discussion débuter et lança aussitôt :

— Après presque quatre mois maintenant depuis la dernière réunion du Conseil, je m'étonne que figurent encore dans cette liste des noms qui, s'ils étaient choisis, nourriraient un terrible ressentiment contre nous, le royaume et le roi. La princesse de Lorraine, d'abord. Son père n'a jamais fait mystère de ses ambitions et, si Sa Majesté devenait son gendre, cela n'en fouetterait que plus son orgueil auprès des princes du sang. Rappelez-vous les troubles que cette famille a par le passé déjà suscités lorsque l'une de ses filles fut reine de France.

Les ducs de Bourbon et d'Orléans, à qui s'adressait cette mise en garde, acquiescèrent sans mal.

— Quant à la princesse de Modène, reprit Son Excellence, elle est issue d'une maison dont les liens probables avec une famille louchant sur le trône d'Angleterre nous mettraient dans une fausse position avec le roi George. Et comme vous l'avez signalé, madame la marquise, s'y ajoute la rumeur d'une affaire intime que l'on ne peut négliger. Une reine de France ne peut connaître qu'une seule couche.

Mme de Prie eut un sourire de contentement devant ce ralliement à son point de vue.

— Ensuite, sur Mlle de Sens, continua Fleury, il n'y a rien à redire qui ne soit favorable à cette digne princesse.

Le duc de Bourbon se rengorgea. Son Excellence poursuivit :

— Son sang, sa santé, sa beauté et son caractère sont de ceux qu'un souverain s'honore de mener à l'autel. Toutefois, il y a dans ce projet d'union une difficulté majeure : le roi ne la souhaite pas.

Mme de Prie sursauta tandis que le duc de Bourbon s'enfonça dans son fauteuil.

— Pourtant, il n'a jusqu'alors rien fait savoir en sa défaveur, lança la marquise.

— Compte tenu de l'assourdissante rumeur sur cette candidate, se raidit Fleury, il n'a non plus rien fait savoir en sa faveur. C'est déjà positivement une réponse. En outre, je désapprouve personnellement ce choix car il sera source de discorde entre les princes.

Et il se tourna vers le duc d'Orléans, qui resta de marbre, mais qui n'infirma pas cet argument. Le duc de Bourbon, qui n'était pas de taille à s'aliéner Fleury et son cousin, sentit que la partie ne pouvait se gagner.

— Mais alors, qui reste-t-il ? grommela-t-il, tandis que la marquise toisa d'un regard de mépris cet amant si peu combatif.

— Il demeure une candidate, répondit alors Fleury en regagnant son fauteuil. Certes, elle ne peut trouver grâce dans cette épreuve que parce que ses concurrentes ont été éliminées. Elle est obscure, sans relief, sans prétentions, sans fortune, sans ambition, sans alliances, bref, elle n'arrange pas grand monde, mais elle ne dérange personne. Ce cadeau inespéré fait à une famille décavée la rendra assurément reconnaissante et soumise. Et si je voulais faire le cynique, je dirais que chaque coterie pourra s'imaginer gagner sa reconnaissance et s'en faire une alliée. Enfin, vous le disiez, monsieur le secrétaire d'État, le temps presse, et ce n'est pas d'une lignée, d'une beauté ou d'une intelligence dont nous avons besoin, mais d'un ventre.

Le plaidoyer de Fleury laissa le Conseil muet. Chacun paraissait abasourdi de la proposition de cette drôle de candidate, qui n'avait jamais été écartée, certes, mais dont la désignation relevait de l'inimaginable quelques instants plus tôt. Moi-même, je crus à un nouveau subterfuge de Son Excellence afin de favoriser un obscur dessein. Le maréchal de Villars réagit le premier :

— C'est donc là votre choix ? demanda-t-il, incrédule.

— Non, celui de Son Altesse, le roi de France. Il a donné son accord à cette union pas plus tard qu'hier soir.

— Mais... balbutia le duc de Bourbon avant que le duc d'Orléans ne se levât.

— Qu'il en soit ainsi, alors, dit-il d'un ton grave. Vive la reine !

Le maréchal de Villars, Fleuriau et le duc de Bourbon se levèrent à leur tour. La cause était entendue. Mme de Prie, elle, resta assise.

Le Conseil achevé, Fleury me demanda de le raccompagner. Il était d'une humeur que je ne lui avais jamais connue. Il ne marchait pas, il sautillait presque de joie.

— Vous avez vu ma petite comédie ? Je puis jouer les utilités au Théâtre-Français, non ? plaisanta-t-il. Bien, je vais maintenant avertir Sa Majesté. Il est bon qu'il connaisse enfin le nom de sa future épouse.

Cet homme était un démon.

Ce même jour, à 2 heures de l'après-midi, Fleury m'envoya chercher. Je le trouvai d'humeur toujours aussi guillerette. Et pour cause. Sa Majesté avait accepté sans rechigner la proposition de nouvelle épouse qu'il venait de lui faire. Depuis plusieurs mois, Fleury avait tout de même pris soin de tenir le roi au courant de l'avancée des recherches, et la princesse polonaise n'était pas tout à fait une inconnue pour lui. Quoi qu'il en soit, il fallait maintenant procéder avec méthode, m'expliqua-t-il.

— Tout d'abord, ce jour, un courrier va se rendre à Madrid pour annoncer officiellement ce que l'on sait déjà là-bas, et l'infante sera dans moins d'une semaine raccompagnée à la frontière. Ensuite, aujourd'hui également, Fleuriau de Morville enverra un messager chargé d'avertir le roi Stanislas de notre décision. Mais celle-ci devra encore être tenue sous le sceau du plus parfait secret. Il reste en effet diverses choses à régler, et des médecins iront discrètement à Wissembourg dès que possible afin de s'assurer que nous faisons là un bon placement, si je puis dire. Bref, j'ai besoin d'avoir des yeux et des oreilles au plus près de tout cela. Vous me comprenez ?

Le message était clair, et je n'eus qu'à hocher la tête d'un air d'obéissance pour obtenir la suite.

— Vous êtes déjà connu à Wissembourg, et on vous y fera le meilleur accueil, je n'en doute pas. Par ailleurs, ici, personne ne s'étonnera de vous voir accompagner le messager de Fleuriau à la cour de Stanislas. Vous êtes désormais pour tous mon homme de confiance, donc celui du roi.

L'expression de mon visage trahit alors sûrement l'honneur qui m'était fait.

— Ne vous réjouissez pas trop vite, tempéra Fleury, j'attends de vous des rapports quotidiens sur ce qui se passera, mais je veux aussi que vous veilliez sur la princesse. À ce titre, quelques-uns de vos talents particuliers peuvent être utiles. J'ai dans l'idée que la fille de Stanislas va désormais nourrir les rancunes de beaucoup. Passer ainsi de l'ombre à la lumière ne se fait jamais sans danger, et il y a dans la nature des exemples de créatures qui n'y résistent pas.

Il n'avait évidemment pas tort, et j'entrevis que ma nouvelle mission était de celles qui ne garantissent pas des nuits sereines. Bah, la perspective des embûches n'a jamais été pour me déplaire, vous le savez, et vous ne me liriez pas si j'étais un bonnet de nuit. Non, la seule chose qui gâta un peu mon humeur fut que Son Excellence exigeât de moi que je sois prêt à partir avant 5 heures du soir. Et pas question de prendre une voiture. La nouvelle devant arriver au plus tôt à Wissembourg, c'était à bride abattue que le voyage se ferait, en compagnie du messager de Fleuriau et d'une escorte d'une dizaine de cavaliers des gardes du corps. Enfin, Fleury me remit plusieurs lettres de change pour une valeur de dix mille livres, ainsi que trois passeports avec des noms différents. Je m'en étonnai.

— Prenez cela et ne discutez pas, répliqua-t-il sèchement. Les voyages réservent leur lot de surprises, vous ne l'ignorez pas. Et l'on n'est jamais embarrassé d'identités si l'on doit circuler incognito.

C'était un diable, vous dis-je.

J'eus donc à peine une paire d'heures pour mettre en ordre mes affaires. Tout d'abord, ne sachant combien de temps durerait ma mission à Wissembourg, je résolus de n'y pas séjourner seul. J'envoyai un message chez moi, à Paris, dans lequel j'ordonnais à Frantz et Étienne de charger ma voiture avec quelques habits de ma garde-robe, ainsi que mes pistolets de voyage, et de prendre tous deux aussitôt la route vers Wissembourg. Je calculai que le zèle de Frantz devrait les y mener en à peine six jours. Quant à moi, après de brefs adieux à une certaine connaissance féminine, je passai un vêtement de voyage, chaussai mes bottes, puis je rejoignis les écuries des gardes du corps où une monture m'attendait. Ces messieurs de la garde du roi me virent arriver avec un peu de morgue. Je ne m'en formalisai pas, car c'est dans leur manière vis-à-vis du reste du monde. L'escorte du messager de Fleuriau, un très jeune officier, se composait d'une dizaine de cavaliers. On n'attendait plus que moi, et à peine fus-je en selle que nous partîmes. Je suis bon cavalier, je crois, mais l'exercice de courrier à cheval est rude pour celui qui n'a pas l'habitude de passer plusieurs heures dans les étriers. Il peut même s'avérer un calvaire si la chose est menée à grand train. D'ordinaire, un messager royal parcourt vingt-cinq lieues par jour. Wissembourg était à cent vingt-cinq lieues, mais nous avions ordre d'y arriver au plus tard le 2 avril, en fin de journée. Nous étions le 30 mars, et je vous laisse calculer combien il nous fallait alors abattre de route chaque jour pour réaliser cette prouesse. Heureusement, la maison du roi a autorité sur les postes du royaume et des relais y étaient prévus toutes les deux ou trois heures. Il n'empêche, si les bêtes étaient changées, les hommes qui les montaient restaient les mêmes. Et au bout des deux premiers relais, je ne sentis déjà plus mon corps. Nous fîmes étape à minuit dans une auberge proche de Coulommiers, à presque vingt lieues de Versailles. Le lendemain, le départ fut fixé à 5 heures du matin. La journée fut terrible. Il pleuvait, et la boue des chemins nous transforma vite en mannequins de terre. Nous couvrîmes tout de même trente-cinq lieues sous ce déluge avant d'arriver à la nuit dans une mauvaise hostellerie entre Saint-Dizier et Bar-le-Duc. Je dormais depuis déjà une heure sur ma selle. Au matin suivant, notre course folle reprit sous un pâle soleil. Cette fois, les relais étaient plus rapprochés et la fraîcheur de nos montures nous amena au soir à Rohrbach, dans le comté de Bitche, à seulement vingt lieues de notre but. J'étais brisé. L'auberge sentait le propre, et je ne soupais pas pour me coucher aussitôt. Mes compagnons, bien que rompus aux cavalcades, jugèrent également qu'il était raisonnable de s'octroyer un peu de repos supplémentaire : nous ne reprîmes la route qu'à 8 heures le lendemain. Enfin, le 2 avril, les cloches de l'église de Wissembourg sonnaient 5 heures de l'après-midi quand nous arrivâmes aux portes de cette cité. Wissembourg est une petite ville et notre cortège ne passa pas inaperçu jusqu'à la résidence de Stanislas. Ce dernier sortit d'ailleurs lui-même sur le modeste perron de sa demeure pour s'enquérir de ce qu'il se passait. Il était pâle. Devant cette martiale troupe de cavaliers gris de poussière, l'ancien roi de Pologne crut peut-être que l'on venait s'emparer de sa personne. Le jeune officier chargé du message de Fleuriau monta alors lentement les marches vers Stanislas. Et en s'inclinant respectueusement, il lui remit la miraculeuse missive.

15

Stanislas ne prit même pas le temps de rentrer pour prendre connaissance du courrier. Il décacheta fébrilement la lettre, puis la lut. Après quelques secondes, il leva le nez, regarda l'émissaire d'un air incrédule, avant de se replonger dans sa lecture. Enfin, au bout d'un long moment, son visage s'éclaira. Il se signa par trois fois et s'engouffra dans la maison en tenant sur son cœur le message. Il fila droit vers le salon où se réunissait chaque fin d'après-midi sa famille avec les membres de leur petite cour et s'exclama en brandissant le courrier :

— Ah, ma fille, ma chère épouse, mettons-nous à genoux et remercions Dieu !

Puis, sans rien dire de plus, il entraîna sa femme et Maria dans l'intimité d'un boudoir. J'entrais au même moment dans le salon, où les familiers de l'ex-roi de Pologne restaient stupéfaits de ce qu'ils venaient de voir. Mon irruption, escorté d'un officier des gardes du corps, ajouta encore un peu plus de trouble à ce petit monde. Bientôt, nous fûmes assaillis de questions auxquelles nous prîmes bien garde de ne répondre autrement que par des politesses. À force, quelques-uns voulurent croire que ces dérobades maquillaient l'annonce que leur souverain allait bientôt retrouver son trône. Nous ne démentîmes rien. Enfin, le roi Stanislas ressortit de son aparté avec sa femme et sa fille. Ses courtisans l'entourèrent, mais il les écarta d'un geste de la main pour venir vers moi et l'officier. Il nous invita alors à le suivre dans son cabinet particulier. Au passage, il demanda que l'on avertisse son conseiller, le baron Misiak, de nous rejoindre.

Stanislas, je l'ai décrit plus haut, était un homme dont les excès de table avaient considérablement alourdi la silhouette, cependant l'expression de son visage conservait une réelle distinction. Et la lumière qui l'éclairait en cet instant y ajoutait encore de la noblesse. Bref, je songeais que, finalement, cet air-là plairait à Versailles. Mais pour l'heure, nous étions encore dans une obscure demeure au fin fond de la Lorraine et, jusqu'à nouvel ordre, cela devrait rester en l'état comme le stipulait la missive de l'annonce du choix de Maria. Stanislas nous expliqua que, bien sûr, il se conformerait à l'injonction de garder secrète la grande nouvelle. Il s'enquit cependant de savoir quelle forme prendrait la suite, ce à quoi je ne pus que lui répliquer que de prochaines instructions ne tarderaient pas à arriver de Versailles. Des médecins, notamment, étaient attendus, ainsi qu'une vieille comtesse autrefois proche d'Adélaïde de Savoie, la mère du roi. Elle devait commencer à initier la fille de Stanislas aux arcanes de la cour de France. Tout cela, encore une fois, dans la plus grande discrétion possible. Le baron Misiak fit toutefois remarquer qu'on ne pourrait empêcher la minuscule cour de l'ex-roi de Pologne de jaser, ce qui était d'ailleurs déjà le cas. Il fut donc convenu qu'on laisserait se propager la rumeur d'un possible retour en grâce de Stanislas en Pologne, sans en préciser plus. De toute façon, c'était l'affaire de quelques semaines, au plus, avant que l'annonce ne devienne officielle, me permis-je d'avancer. En fait, je n'en savais rien, mais, de par mon expérience du manque de discrétion de notre diplomatie, j'imaginais mal que le secret ne soit pas éventé avant. Quoi qu'il en soit, tout à sa joie, le brave roi Stanislas promit tout ce que l'on voulait. Il appela ensuite sa femme et sa fille, à qui, l'officier des gardes du corps et moi, nous offrîmes nos respectueux et dévoués services. Maria nous remercia d'une voix à peine troublée par l'incroyable mue que venait de connaître sa condition. Anonyme princesse sans royaume le matin, elle était devenue ce soir-là la future reine du premier des États de l'Europe. Et, voyez comme va le monde, sa mine s'en trouvait déjà plus remarquable aux yeux de notre petite assemblée.

À l'issue de l'entrevue, le roi donna des ordres pour que nous soyons logés au palais, et j'héritai pour ma part du petit appartement que j'avais déjà occupé lors de ma première visite. Stanislas nous laissa ensuite pour rejoindre ses courtisans afin d'étancher leur curiosité par quelques fausses pistes, nous prévint-il. Je craignais toutefois que son trop évident enthousiasme ne dupe pas longtemps les exilés de Wissembourg.

Le lendemain, je m'autorisai une longue grasse matinée afin de rembourser un peu mon corps des efforts dépensés au cours de la cavalcade depuis Versailles. Je fus toutefois réveillé sur les coups de 11 heures du matin par un domestique qui m'avertit que le baron Misiak souhaitait déjeuner avec moi chez un ami à lui, à une demi-lieue de Wissembourg. Je trouvai l'invitation un peu surprenante, cependant j'acceptai et, après une rapide toilette, je montai dans une voiture que l'on avait mise à ma disposition. Frantz et Étienne n'étaient bien sûr pas encore arrivés avec mes malles, et j'avais pu la veille me fournir quelques habits neufs auprès d'un boutiquier de Wissembourg trop content de rouvrir son échoppe à 9 heures du soir pour satisfaire à ma coquetterie. Je délaissai ainsi mes habits de voyage et ce n'est point trop mal fagoté que j'arrivai au rendez-vous. L'endroit était charmant et l'accueil du maître des lieux, un certain chevalier Welsdorff, ne le fut pas moins. Misiak m'attendait dans un salon où une table avait été dressée. Je remarquai qu'il n'y avait que deux couverts. Le conseiller de Stanislas me prévint alors que nous déjeunerions seul à seul, et son ami se retira en nous laissant aux bons soins d'une paire de domestiques. Misiak s'expliqua bientôt :

— Monsieur l'abbé, veuillez me pardonner de faire tant de mystères, mais j'avais besoin de vous entretenir de certaines choses dans la plus grande discrétion. La demeure du roi Stanislas, vous l'avez constaté, n'est pas de celles qui garantissent contre les commérages.

Misiak était un homme doux, à la parole mesurée, aux manières courtoises et dont jusqu'à la physionomie exprimait qu'il n'y avait nulle raison de se méfier de lui. Je l'écoutais donc avec intérêt, en même temps que nous passâmes à table. Il m'exprima d'abord combien l'inespérée décision de choisir Maria comblait son maître, Stanislas, et combien lui-même se réjouissait que la nation polonaise fût ainsi honorée.

— La gratitude et la loyauté de mon peuple en seront acquises au royaume de France pour longtemps, ajouta-t-il.

Et il porta un toast à nos deux pays.

— Toutefois, reprit-il, il n'a pas échappé à la cour de France que les vicissitudes de la politique ont placé le roi Stanislas dans une position précaire. Son exil dure depuis quinze ans maintenant, et celui qui occupe aujourd'hui le trône à Varsovie s'est ingénié à priver Sa Majesté du moindre secours. Il a donc fallu tout au long de ces années user d'expédients afin de garder la maison du roi sur un pied honorable.

Je commençais à comprendre où voulait en venir le conseiller Misiak, qui me gratifia toutefois d'un petit exposé sur certaines mœurs de son pays.

En Pologne, m'expliqua-t-il, une dizaine de grandes familles, les magnats, tiennent dans leur orbite l'immense majorité des autres nobles et s'endettent pour mille ans à force d'entretenir ces parasites, mais c'est là la condition de leur puissance. En fait, ces gens sont toujours à court. Et quand le banquier leur prête, c'est à un taux qui ferait passer nos usuriers pour de délicieux philanthropes. Là-bas, les arriérés se transmettent de génération en génération comme l'on lègue un titre. Prêteurs et débiteurs s'en retrouvent liés, ligotés plutôt, par un écheveau de contrats, les héritiers des uns devant toujours plus aux rejetons des autres, sans que pourtant rien ne se solde jamais. Car dans ce doux pays qu'est la Pologne, si l'argent coûte plus cher qu'ailleurs, il ne fait pas bon réclamer bruyamment l'échéance à un magnat. Les agios sont le plus souvent payés à tempérament par ces derniers, qui s'il le faut ne s'embarrasseront pas de rudement malmener le créancier trop pressant. La justice n'y trouve rien à redire, le commerce de la dette étant réputé vil dans cette pieuse contrée. Mais alors, direz-vous, pourquoi prête-t-on à ces pirates ? Tout simplement parce que, en échange, c'est pour les prêteurs le gage de pouvoir tondre le reste des Polonais. Dans ce pays, la prodigalité des grands nobles est remboursée au centuple par la rapacité d'une myriade de petites gens de finance et autres agioteurs, qui tirent sans vergogne une rente exorbitante de leurs compatriotes, m'expliqua Misiak.

Mais, ajouta-t-il, dans ce beau paysage, le tort de Stanislas avait été de s'endetter auprès d'un de ses pairs, un puissant magnat, beaucoup plus chatouilleux quant au remboursement de son argent qu'un usurier de famille. Toutefois, Stanislas n'avait pas eu le choix, car au-delà d'une certaine somme, même le plus accommodant des banquiers polonais ne pouvait s'engager. Bref, je saisis que l'ex-roi devait certainement une somme exorbitante.

— Je ne puis m'engager pour mes maîtres, intervins-je, cependant il n'y a pas à douter qu'ils pourvoiront très bientôt aux embarras de Sa Majesté Stanislas et dédommageront ce créancier.

— Oui, oui, certes, acquiesça Misiak, c'est certain, toutefois la dette est ici... comment dire... de celles qui ne se soldent pas aisément.

Misiak eut alors l'air très embarrassé. Je compris que l'affaire était grave.

— Vous pouvez vous confier à moi, le rassurai-je, il n'y a rien qui ne puisse trouver de solution.

— Il faudra nécessairement en trouver une si l'on veut que la princesse Maria soit un jour reine de France, laissa alors tomber Misiak d'un air sombre.

— Comment ? m'exclamai-je. Que vient faire là la princesse ?

Misiak prit une grande inspiration.

— Depuis votre première venue à Wissembourg, il y a six mois, Sa Majesté Stanislas avait perdu espoir qu'un prince du sang ne s'allie avec sa famille. Et loin d'imaginer la nouvelle que vous nous avez portée hier, il a dû songer à un avenir pour sa fille. Et pour lui. En clair, le mois dernier, la princesse Maria a été liée par un accord de mariage avec le prince Lubienski, qui demeure à Rawicz, à côté de Leszno, le berceau de la famille de Stanislas. En échange, il a déjà avancé une somme de quatre cent mille zlotys, soit trois cent mille de vos livres, à valoir sur un million de zlotys à payer. L'union devait avoir lieu avant l'été.

Je restai stupéfait. Et avouez qu'il y avait là de quoi surprendre. Pourtant, je conjecturais que le problème trouverait à se régler promptement et ce n'était pas un obscur prince polonais qui entraverait la volonté de la France. C'est ce que j'expliquai en substance à Misiak.

— Oui, peut-être, répondit Misiak, c'est d'ailleurs ce dont est persuadé Sa Majesté Stanislas. Pour lui, la chose n'est pas grave, il ne s'agit là que d'un détail, mais je crains qu'il n'ait pas conscience du danger. Le prince Lubienski est un personnage irascible. Il sera difficile à convaincre et il est même à redouter qu'il ne fasse un fort tapage autour de cette histoire. Cela déconsidérerait Sa Majesté aux yeux de beaucoup car on pourrait l'accuser d'avoir promis puis repris sa fille comme un vulgaire maquignon. L'honorabilité de Maria en serait gravement affectée. Je m'alarme d'autant plus que le prince Lubienski courtise l'actuel roi de Pologne, et ce mariage pouvait aussi être le gage que Stanislas se tiendrait désormais tranquille en échange de subsides. Si la promesse venait à être brutalement rompue, je ne sais comment réagirait Varsovie.

On le voit, tout ceci méritait que j'en relate aussitôt les détails à Son Excellence. Dans l'instant, je ne pouvais rien faire de mieux, et je remerciai Misiak de sa franchise en même temps que je l'assurai de ma discrétion. Le soir, un courrier partit à toute bride vers Versailles. Je pris soin de le chiffrer selon un code dont Fleury m'avait fourni la clé.

Le lendemain, je passai la journée dans la demeure de Stanislas, où sa petite cour se disputa ma conversation. Je fus cajolé par les uns et les autres jusqu'au soir, chacun espérant en apprendre un peu plus des raisons de ma présence ici. Je déçus tout le monde, mais avec assez de grâce pour qu'on ne m'en tînt pas rancune. J'occupai ensuite ma soirée à une innocente partie de cartes où je m'abstins de forcer la providence. Le jour suivant, ma journée fut réglée sur un train identique. J'eus cependant une entrevue avec le roi Stanislas et sa fille, qui souhaitaient s'enquérir de quelques potins de Versailles. À cette occasion, je remarquai dans l'entourage de la princesse une ravissante jeune personne qui promenait sur le monde un regard émeraude comme il est rare d'en voir chez les joailliers. Je crus d'ailleurs discerner que ces beaux yeux s'étaient attardés plusieurs fois sur ma personne, si bien qu'à l'issue de mon audience je me permis de l'aborder. Elle se nommait Hanna Kriszska, était vicomtesse et ne se montra pas effarouchée de ma hardiesse, toutefois elle ne laissa pas non plus percer la moindre équivoque dans notre brève conversation. Et mon expérience me souffla qu'il y avait là une femme dont on pouvait s'épuiser à faire le siège.

Ce soir-là, ma voiture arriva enfin avec Frantz et Étienne. Je récupérai mes bagages, puis je logeai mes deux gaillards dans une petite auberge proche du palais. Un peu plus tôt dans la journée, une autre voiture avait débarqué à Wissembourg deux médecins et la fameuse comtesse envoyée par Versailles.

Au sixième jour de mon séjour à Wissembourg, un courrier arriva à mon intention. C'était la réponse de Son Excellence qu'un nouveau service spécial de messager jusqu'à Wissembourg avait acheminé en seulement deux jours et deux nuits. La lettre était chiffrée et je passai une bonne heure à décoder ce qu'elle contenait. La situation paraissait alarmer le Conseil secret et Fleury m'enjoignait de me rendre toutes affaires cessantes en Pologne. J'avais carte blanche ainsi qu'un crédit illimité afin de rompre l'accord avec le prince Lubienski. Plusieurs lettres de change en blanc accompagnaient le message. Son Excellence me prévenait aussi que l'union de la princesse Maria avec le roi de France devait demeurer secrète et qu'il n'était pas question d'en arguer auprès de Lubienski afin de défaire la promesse de mariage. Enfin, Fleury finissait en m'avertissant que l'infante avait quitté Versailles. La rupture avec l'Espagne était désormais consommée. En achevant la lecture du courrier, j'avoue avoir été saisi d'un vertige à la pensée que reposait sur mes épaules une si grave mission. Car il ne s'agissait rien moins que de racheter la liberté de la future épouse de Sa Majesté. Comment ? Je n'en savais encore rien. On aurait été intimidé à moins, non ?

Je pris mes dispositions pour mon départ vers la Pologne que je fixai au 11 avril. Il me restait donc deux jours. Je rencontrai à nouveau le baron Misiak à qui je communiquai les instructions de Fleury. Le conseiller de Stanislas parut soulagé, cependant il m'engagea à la plus grande prudence avec le prince Lubienski. C'était, me prévint-il, un personnage brutal et imprévisible dont l'orgueil dictait les actes. J'en pris bonne note. Misiak m'avisa aussi qu'il rendrait compte à Stanislas de ma mission.

La résidence du prince Lubienski se situait à Rawicz, autant dire le bout du monde, et j'ordonnai à Frantz de trouver une voiture légère afin de nous y rendre. Depuis Wissembourg, c'étaient plus de deux cents lieues que nous allions devoir parcourir, dont une large partie sur des routes particulièrement mauvaises. Je prévoyais également d'embarquer Étienne dans l'aventure. À part ces préparatifs, j'occupai mes deux dernières journées à Wissembourg à me reposer. Je restais dans la demeure de Stanislas où sa petite société s'était habituée à me voir. On me posait moins de questions, et je pouvais goûter un peu de quiétude avant mon prochain périple. Cela m'offrit aussi l'occasion de croiser à nouveau plusieurs fois la fameuse vicomtesse aux yeux verts. Nous échangeâmes quelques politesses, et j'avoue que mon intérêt pour elle s'en renforça à chacune de nos rencontres de hasard. Et le palais de Stanislas était petit.

Ah, avant de partir, j'oubliais de vous tenir informé d'une chose : les médecins diligentés par Versailles avaient secrètement examiné la princesse puis l'avaient soumise à un questionnaire serré. Il en ressortait que la santé de Maria était robuste, sa conformité des plus normales et que les soupçons sur une maladie héréditaire n'avaient guère de fondements. Bref, les docteurs en conclurent que rien ne s'opposait à ce qu'elle devînt mère un jour. Ils repartirent apporter la bonne nouvelle à Versailles le même jour que mon départ pour la Pologne.

16

Les premiers jours de ma marche vers Rawicz, le dieu des voyages sembla avoir décidé de m'être agréable. Le beau temps accompagna en effet notre parcours les quatre premiers jours, ce qui, ajouté aux bonnes routes allemandes, nous permit d'avaler quatre-vingts lieues jusqu'à la ville de Bayreuth. De là, Frantz nous guida ensuite vers le royaume de Bohême où, disait-il, on trouvait également d'excellents grands chemins. Ce qu'il n'avait pas prévu, c'était que le ciel cesserait de nous être favorable, au sens propre. De véritables trombes s'abattirent sur nous trois jours durant. Malgré tout, l'excellent Frantz mena les bêtes d'une main ferme sous ce déluge, si bien qu'au soir du 18 avril nous franchissions l'Elbe. Il nous restait un peu plus de soixante lieues jusqu'à Rawicz, cependant nous avions mangé notre pain blanc. Désormais, plus nous nous enfoncions vers l'est, moins les routes et le décor encourageaient à aller plus avant. Aux campagnes prospères et bien entretenues succédèrent des paysages sauvages, dont les rares fermes suintaient la misère. Il n'était d'ailleurs pas rare que les habitants des taudis que nous croisions abordassent notre voiture pour quémander une aumône. Les villages n'étaient pas mieux lotis, et il devint difficile de trouver des étapes sûres. Mais quand c'était à peu près le cas, les auberges étaient tellement mal tenues qu'elles faisaient regretter de n'avoir pas passé la nuit sur la route. À l'arrivée en

Silésie, les choses empirèrent encore, et je conseille aux voyageurs curieux de venir ici avec leur lit. Sans parler de la langue de ces gens, que même Frantz ne comprenait qu'à moitié. Ce fut pire encore lorsque nous pénétrâmes en Pologne après avoir passé un méchant pont sur une rivière en crue. La misère est là-bas de celles dont on ne se figure rien tant qu'on ne l'a pas vue. Et l'on y rencontre parfois dans les campagnes des êtres que les bêtes de nos paysans de France n'envieraient pas. Bref, le 23 avril au matin, alors que nous arrivions enfin à Rawicz, il me tardait déjà de repartir de ce pays.

Que dire de Rawicz ? Peu de choses. Cette cité était en complète reconstruction après un incendie qui l'avait dévastée quinze ans plus tôt lors d'une énième guerre dont on ne tient plus le compte dans cette région. Russes, Saxons, Autrichiens, Suédois, tout est passé par là au gré des alliances et mésalliances des rois de Pologne. Une partie de la ville avait toutefois conservé de nombreux palais où se cantonnait l'aristocratie locale. Comme partout en Pologne, elle régnait avec arrogance sur la cité, et le fameux prince Lubienski en était le chef, sa fortune l'érigeant sans conteste à cette position. Lui-même ne vivait d'ailleurs pas à Rawicz, mais dans une antique forteresse à une lieue de là, sur la route de Wroclaw. Nous y reviendrons. Pour l'heure, je cherchais à me loger du mieux possible, sachant que ma méconnaissance de la langue ajoutait à la difficulté de l'entreprise. Heureusement, l'utile Frantz trouva vite un Polonais qui parlait allemand et nous pûmes sur ses conseils poser nos malles dans une auberge pas trop miteuse.

J'avais tout au long de mon voyage eu le temps de réfléchir à une stratégie pour résoudre le défi de reprendre à un fiancé susceptible sa promise. Le premier de mes arguments résidait dans la force de persuasion que confère une bourse bien garnie. En l'occurrence, le portefeuille de lettres de change en blanc faisait de moi un interlocuteur à prendre en considération. Il fallait toutefois que je m'assure le concours d'un banquier local afin de garantir mon crédit. À ce chapitre, l'austère Rawicz n'en manquait pas, car la ville était le cœur d'une prospère activité de manufacture de tissage dont la réputation allait jusqu'en Russie. Des gens de finance accompagnaient cette industrie et, dès le lendemain de mon arrivée, on me conseilla l'établissement d'un certain Koslow, un Russe qui avait également l'avantage de parler français, m'assura-t-on. Je m'y rendis, mon portefeuille sous le bras. L'endroit était une grosse maison blanche et carrée, sans ornements, mais dès que j'en passai la porte, je découvris un intérieur dont le goût de la décoration n'aurait pas fait injure à un hôtel particulier parisien. Le maître non plus. Âgé d'une soixantaine d'années, le banquier Koslow, dans le cabinet duquel un domestique en livrée venait de m'introduire, avait une belle figure campée sur un corps robuste et bien pris dans de forts élégants habits. Nul doute qu'il était l'homme le plus gracieux de cette ville perdue. Il me reçut d'un ton courtois dans un excellent français que son accent slave rendait piquant. Je lui présentai sans tarder les raisons de ma venue en lui montrant mes lettres de change. Il les observa longuement, puis consulta deux ou trois grands registres, avant de me lancer :

— Monsieur l'abbé, il n'est pas fréquent de voir des billets à ordre en blanc, mais le tireur en est suffisamment réputé pour que l'on ne s'en inquiète pas.

Mes lettres avaient été émises par le financier Samuel Bernard, le banquier du Trésor royal. L'homme était connu dans toute l'Europe.

— Puis-je savoir quelle somme comptez-vous tirer sur ces billets ? continua Koslow.

— Je n'en sais encore rien, répliquai-je. Je dois en connaître le montant d'ici quelques jours, mais avant, je souhaitais m'assurer que vous accepteriez ces lettres.

— Ce sera un honneur, répondit Koslow. Mais, pardonnez ma curiosité, êtes-vous à Rawicz pour les affaires du culte ?

— Non.

— Ah ? Pour d'autres affaires alors ?

— En quelque sorte, oui.
— Le commerce des tissus, peut-être ?
— Non, répondis-je à nouveau.
— Bien, bien, je n'insiste pas, dit alors poliment Koslow.
Je sentis que je pouvais un peu me confier à lui, et puis j'avais besoin de certains renseignements.
— Je dois rendre visite demain au prince Lubienski, l'éclairai-je alors.
Le banquier s'étonna :
— Bigre, si vous êtes en affaires avec lui, voilà un homme qui pourrait endosser vos lettres sans problème. Vous n'avez nul besoin de moi.
— Je ne souhaite pas que le prince sache que mon crédit est, comment dire… hum, presque illimité, car de ce qu'il me revient, il en abuserait, ne croyez-vous pas ?
Koslow sourit.
— Certes, acquiesça-t-il, il n'est jamais bon de donner les clés de son coffre à un homme tel que lui.
Il me tendit les lettres de change.
— D'ailleurs, ajouta-t-il d'un ton plus grave, si je puis vous donner un conseil, c'est d'être très prudent dans vos affaires avec le prince.
— Ah ! Pourquoi donc ? demandai-je.
— Lubienski est un homme aux manières anciennes et brutales. Il parvient le plus souvent à ses fins grâce à cela et, ici, beaucoup le craignent.
— Pas vous ?
— J'ai été deux ou trois fois en relation avec lui, mais ma maison ne lui doit rien. De plus, je suis russe, et les Koslow sont banquiers de Smolensk jusqu'à Saint-Pétersbourg ; cela suffit à ma sérénité face à un prince polonais dont le roi est redevable de son trône à ma patrie.
— Je comprends. Je vous remercie pour vos conseils, et je ferai, je pense, bientôt appel à vos services, concluais-je en rangeant les lettres de change dans mon portefeuille.

Koslow me raccompagna jusqu'à la porte de sa demeure.

— Si vous me permettez une dernière recommandation, me dit-il, évitez de promettre au prince ce que vous n'êtes pas certain de tenir. Il a la rancune tenace et violente.

J'exprimai à nouveau ma gratitude à Koslow pour son bienveillant avertissement, toutefois je songeais qu'il allait pourtant falloir que je reprenne à l'ombrageux Lubienski le serment qu'il avait reçu d'un autre.

Le château du prince était perché sur une petite colline qui dominait une épaisse forêt d'un côté et un hameau délabré de l'autre. Flanquée de tours ancestrales, la demeure gardait l'allure d'une forteresse bien que l'on eût percé quelques larges fenêtres dans ses murailles grises. J'y arrivai en compagnie d'un traducteur que Frantz m'avait déniché car j'ignorais si mon interlocuteur parlait le français. Je m'étais fait annoncer depuis la veille par un courrier dans lequel je m'intitulais l'envoyé du duc de Bourbon. En outre, dans ce pays catholique, je ne lésinais pas sur les arguments en ma faveur, et c'est en habit ecclésiastique que je me présentai au prince. On me fit d'abord patienter dans une espèce d'antichambre aux allures de salle de garde dont les murs étaient recouverts de trophées et d'armes, certaines très anciennes. Mon attente ne dura point trop longtemps : je fus bientôt introduit dans un salon tendu de velours pourpre. Même les tentures des fenêtres étaient rouges. Au milieu de ce décor écarlate, un grand et maigre personnage se tenait debout dans une espèce de long habit presque militaire. Il avait la peau très pâle et une blondeur de chaume tandis que l'on ne pouvait rien reprocher à ses traits, ce qui en eût fait un bel homme si une méchante expression n'avait gâté cette figure. Je compris vite qui il était. Il ne prit d'ailleurs pas la peine de me le dire et il m'interpella d'un ton rogue dans sa langue. Mon traducteur m'expliqua que le prince voulait connaître la raison de ma présence chez lui. La partie commençait. Je donnai du travail à mon traducteur car je gratifiai dans un premier temps Lubienski d'une bordée de sornettes où je lui transmettais les compliments empressés de mes maîtres, en particulier du duc de Bourbon, dont je brodais être l'aumônier. Les mensonges ne coûtent rien quand on est à trois cents lieues de chez soi, d'autant plus quand ils sont exprimés par un autre et dans une langue barbare. Après cette entrée en matière, je peignis d'un pinceau non moins romanesque la violente passion qui avait assailli Son Altesse le duc de Bourbon lorsque le hasard d'un voyage l'avait conduit dans la cité de Wissembourg. Le regard bleu de Lubienski s'assombrit. Je n'avais pas encore nommé la princesse Maria. J'attendis encore un peu en assaisonnant mon récit de considérations générales sur les tourments de l'amour lorsqu'ils s'aggravent de la clandestinité. Je ne comprends pas le polonais, mais l'apostrophe que lança tout à coup le prince me laissa à penser qu'il s'impatientait. Mon traducteur me le confirma, et je lâchai enfin le nom de la fille de Stanislas. Un coup de fouet n'eut pas plus fait réagir un tigre. Lubienski s'emporta tellement que mon traducteur ne sut me rapporter tout ce qu'il éructait, mais nous saisîmes qu'il promettait le pire à l'auteur de cette trahison. Je laissai passer l'orage, puis je l'informai que le duc de Bourbon avait été mis au courant de l'accord qui le liait à Stanislas et qu'il le dédommagerait amplement. Mon lecteur sait ce que de l'alcool versé sur de la braise produit. Eh bien qu'il s'imagine la flamme qui embrasa alors le prince. Je n'en attendais pas moins. Les cris et les vociférations redoublèrent jusqu'à ce que Lubienski se calmât d'un coup. Il me regarda dans les yeux, s'avança vers moi et, à moins d'un pas, me lança dans un excellent français :

— L'honneur de ma famille ne cède devant personne, pas même un fils de France.

Pour le coup, je restai surpris quelques secondes, tandis que le prince ajouta en me montrant la porte :

— La princesse Maria est à moi !

En repartant vers Rawicz dans ma voiture, je me félicitai de cette entrevue. Le lecteur se demande certainement pourquoi, alors que le prince m'avait chassé sans vouloir discuter plus avant. Eh bien, je lui répondrai que la première partie de ma stratégie avait fonctionné. Oui, comme lors d'un siège, j'avais assailli sans prévenir les murs de l'ennemi, qui avait dû mobiliser toutes ses forces pour se défendre. Mais au soir d'un premier affrontement si violent, les assiégés cogitent toujours sur la suite, surtout quand ils se savent dans une position fragile. Laquelle, me direz-vous ? Celle de défenseurs d'une forteresse qui n'ignorent pas que l'on creuse des sapes sous leurs pieds. En clair, le prince s'était montré inflexible, mais il avait aussi bien entendu que j'avais laissé à croire que la princesse avait déjà cédé au duc. Cette situation ne pouvait que travailler son esprit. Et tous les généraux vous diront que le moral est l'arbitre des défaites ou des victoires, plus que la force. Le poison instillé dans la cervelle du prince, il ne restait désormais qu'à attendre pour tourner ses positions. Vous trouvez ma méthode indigne ? Peut-être. Mais vous n'êtes pas à ma place. Et lequel parmi vous a déjà assiégé une ville ?

17

J'avais trouvé pour Frantz et Étienne un logement sous les toits de mon auberge. Les deux s'entendaient à merveille, bien qu'ils eussent près d'une trentaine d'années de différence. Frantz se montrait même parfois presque paternel à l'égard de son cadet. Je leur laissais la bride sur le cou, et ils avaient pris l'habitude de sortir ensemble pour je ne sais quelles frasques. La chose ne me dérangeait guère, pourvu qu'ils fussent ponctuels dans leurs services. Le soir de ma visite au prince Lubienski, ils vaquèrent tard dans la nuit à leurs débauches, tandis que je restais sagement dans mon auberge, bien décidé à ne pas attirer l'attention sur ma personne. Le lendemain matin, Étienne vint prendre ses ordres auprès de moi, la mine encore mâchée et l'air préoccupé. Je lui en demandai la raison.

— Eh bien, y a qu'on rencontre de drôles de gens dans c'*paquelin*[1], me dit Étienne. Figurez-vous qu'hier soir, dans une *piolle* derrière les murailles, on s'était attablés avec le Frantz pour une partie de cartes avec un natif de Berlin qui baragouinait un peu l'*francillon*, quand deux espèces de capuchons se sont pointés dans c'taudis. J'les ai remarqués parc'qu'ils avaient d'bien belles bottes pour des pratiques d'l'endroit, et pis surtout, un des deux

1. Pays.

traînait une *flambe*[1] qui dépassait de son manteau. Se sont plantés à une table à trois pas d'la nôtre, et j'ai vite r'niflé qu'on les intéressait. Au bout d'un moment, un des lascars, c'lui avec la flambe, et qu'avait toujours son capuchon sur l'crâne, est allé *rousquailler*[2] avec un troisième larron qui v'nait d'entrer. C'lui-là, il était à visage découvert. C'tait une sorte de colosse qui a jacté un moment avec l'autre en j'tant des œillades vers *nouzaille*[3]. Mais *mezière*[4] et Frantz, on a continué not'partie sans trop s'tracasser. Jusqu'à c'que l'géant se pointe et d'mande en allemand s'il pouvait entrer dans l'jeu. Dame, c'est pas la coutume d'refuser et il a casé ses *guibons*[5] sous la table. Là, entre deux levées, comme il *entravait*[6] pas l'francillon, il a surtout jacté avec Frantz. Y voulait savoir c'qu'on faisait ici, d'où qu'on v'nait, et tout plein d'choses qu'intéressent les *mouches*. Bref, Frantz a senti l'coup fourré et m'a avisé qu'il valait mieux pas faire d'vieux os dans c'te bicoque. V'là donc qu'on change d'cantine pour aller chez une maquerelle à trois rues d'là. Un endroit coquet, d'ailleurs, mais d'vinez qui qu'on voit rappliquer parmi l'monde une d'mi-heure plus tard ? Les deux capuchons. Et ils r'commencent leur manège à nous *mouchailler*[7] de loin. Ah, c'te fois, j'dis à Frantz que j'voudrais bien les confesser – euh, pardon m'sieur Baptiste –, enfin j'veux dire par là qu'ça m'a piqué de leur tirer les vers du nez. Bref, j'me lève et j'vais droit vers eux.

— Tu n'es pas très prudent, lui reprochai-je alors en fronçant les sourcils.

— Ben, faites excuse, m'sieur Baptiste, mais c'est comme à la brusquembille, on rafle jamais rien si on a pas d'cran. D'ailleurs, j'ai dû leur faire peur à ces deux-là, cause qu'ils ont aussitôt

1. Épée.
2. Parler.
3. Nous.
4. Moi.
5. Jambes.
6. Comprendre.
7. Épier, surveiller.

déguerpi. Rien à faire, j'm'entête et j'les suis, mais quand j'allais les r'joindre, leur collègue, l'grand type, eh ben il est sorti d'nulle part ce diable et s'est planté devant la *lourde*[8].

— Et alors ? Qu'as-tu fait ?

— Eh ben, comme à la brusquembille quand on a plus d'quoi r'lancer, j'ai abandonné la partie et j'suis retourné voir Frantz, avoua Étienne, penaud.

— Tu as été sage, le rassurai-je. Ce devait être des *mions de boules*[2] qui préparaient un mauvais coup. Avec Frantz, tenez-le-vous pour dit et arrêtez vos bamboches jusqu'à ce que nous soyons repartis.

Étienne me jura qu'il m'obéirait. Je prêtai peu foi à sa promesse, cependant ce n'était pas cela qui me préoccupait le plus. Cette petite aventure était-elle fortuite ? Ou bien était-ce déjà la conséquence de ma visite au prince ? Ou autre chose encore ? Quoi qu'il en soit, je résolus de continuer à éviter de me faire remarquer, et je ne quittai pas l'auberge de la journée. J'avais d'ailleurs un courrier à écrire et à faire porter à Lubienski afin de lui rappeler que je n'avais pas levé le siège.

Le lendemain, nous étions le 27 avril et le froid mordait comme un mois de janvier à Paris. Je venais de m'extraire avec peine de la chaleur de mon lit quand je reçus des nouvelles du prince Lubienski. Dans un courrier très sec, il m'avisait qu'il m'accorderait une audience le jour suivant. Il n'ajoutait rien, sauf de venir seul, sans traducteur. J'eus le sentiment que ma missive de la veille avait touché juste. Du moins je l'espérais. Mais vous êtes évidemment curieux de savoir ce que j'avais envoyé. Je vais vous en informer avant mon entrevue avec le prince, ce qui vous mettra sur un pied d'égalité avec lui. Mieux, voici une copie de la lettre en question :

---

8. Porte.
2. Coupeurs de bourses.

Votre Altesse,

Sachez tout d'abord combien il y eut toujours dans l'esprit de mon maître, Son Altesse le duc de Bourbon, le vif désir de ne porter nulle offense à votre nom. Et soyez certain que le prestige de votre lignée est connu jusqu'à Versailles.

C'est d'ailleurs pour cette éminente raison que je me permets de respectueusement attirer votre attention sur un fait dont je n'ai pas eu l'opportunité de vous entretenir lors de notre dernier trop bref entretien.

Son Altesse le duc de Bourbon souhaite en effet vous témoigner sa sincère reconnaissance d'une façon toute particulière et sans équivoque quant à l'estime dans laquelle il vous tient.

À ce titre, en sus des dédommagements qu'il s'engage à solder dans l'instant, et dont je suis l'exécuteur, il serait honoré que vous consentiez à prendre en considération un projet d'union entre Votre Altesse et une princesse du sang française.

Je fais le vœu que mon courrier saura vous convaincre de me laisser très bientôt vous en exposer plus à ce sujet.

Dans l'attente de votre réponse, je vous prie de croire, Votre Altesse, en l'assurance de ma plus haute considération.

Je ne ferai pas l'injure au lecteur de lui laisser conjecturer qu'il y avait le moindre début de vérité dans cette proposition de mariage. Non, cela était faux, évidemment. Mais il me fallait bien fournir au prince l'occasion de redorer son blason alors qu'il se croyait déjà cocu. Un mensonge pour racheter un mensonge, un jésuite m'aurait félicité.

Le lendemain, je me présentai donc au rendez-vous en fin de matinée. On m'introduisit aussitôt auprès du prince dans le même salon que précédemment. Il avait cette fois troqué sa martiale tenue contre un habit civil, mais qui aurait prêté à se gausser à Versailles tant il accusait une dizaine d'années de retard sur la mode du jour. Lubienski commença par m'adresser en français une bordée de reproches, mais d'un ton exempt de brutalité, ce qui chez ce genre de personnage vaut pour une preuve d'amabilité. Il fustigeait en particulier le fait qu'on ne l'eût pas instruit plus tôt de ce qui se tramait. Après cette entrée en matière, il souhaita que je l'éclaire sur le fameux projet dont je l'avais averti, précisant cependant que c'était par courtoisie envers le duc de Bourbon, et qu'il n'entrait pas dans ses intentions de convoler avec quiconque d'autre que la princesse Maria. La partie s'engageait. Je tiens de ma jeunesse dans le faubourg Saint-Marcel une imagination vive qui a servi plus d'une de mes filouteries d'alors, tandis que le séminaire m'a enseigné plus tard à ajouter à cette verve le masque de la conviction. Oui, j'ai dans ma manière de converser sur n'importe quel sujet la foi en ce que je dis, et mon interlocuteur sera toujours frappé de cette sincérité, même si c'est une mystification. Ce talent – car c'en est un, n'en doutez pas, dans la rue, en chaire ou dans les salons –, je le déployai donc avec le prince, si bien que je me rendis vite compte qu'il buvait mes paroles. À sa décharge, je dois confesser que le tableau que je lui brossais aurait captivé n'importe qui. Je lui expliquai en effet comment le duc de Bourbon, sachant sa position fautive à son égard, souhaitait réparer par le même moyen qui en était la cause. Une union avec une princesse française garantirait ainsi au prince une alliance bien au-delà de celle qu'il avait envisagée avec Maria, développai-je. Et dans le feu de ma plaidoirie, je m'aventurai à sous-entendre qu'être le gendre d'un roi déchu ne se pouvait comparer avec la perspective de devenir le beau-frère d'un prince du sang dont les deux sœurs restaient à marier. Voyez les malices de l'imagination lorsqu'on lui lâche la bride. Quoi qu'il en soit, au bout de vingt bonnes minutes de ce feu nourri, le prince Lubienski commença à montrer moins de hargne à soutenir le siège. Bientôt, il ouvrit la porte à des prémices de pourparlers de paix. D'abord, il me demanda comment se passerait la chose si, de manière improbable, continua-t-il d'affirmer, la perspective d'épouser une princesse de France l'agréait. Je répliquai que j'en informerais immédiatement mon maître et que, sans tarder, des émissaires se rendraient auprès de lui afin de lui présenter des candidates. Oui, je me payai le luxe de lui laisser penser qu'il aurait le choix.

C'est alors que l'argument sembla tonner dans son esprit comme le dernier coup de canon du combat. Il me déclara aussitôt qu'il y aurait très mauvaise grâce à ne pas entendre cette offre. Et ce visage froid et austère s'anima d'une grimace qui se voulait peut-être un sourire cordial.

Lubienski était désormais bien campé à la table de négociation. Une bonne heure, nous discutâmes du recouvrement de la somme avancée à Stanislas. Cet homme aurait eu sa place parmi les plus âpres banquiers de Hollande. Qu'on en juge. En sus du remboursement des quatre cent mille zlotys déjà payés, il exigeait ni plus ni moins qu'on lui acquittât la différence avec le million de zlotys qu'il aurait dû verser à Stanislas une fois le contrat de mariage signé. Cette drôle de logique m'interpella, mais Lubienski argua qu'il s'agissait là d'une compensation morale. Je ne tentai pas d'ergoter sur ce point ni sur aucun autre. Le prince sembla très satisfait de ma complaisance avec sa rapacité, et il m'avisa qu'il se donnait encore un peu de temps pour réfléchir à tout ceci. Une coquetterie de son orgueil car je ne doutai pas que la cause était déjà entendue. En rentrant à Rawicz, je fis d'ailleurs un détour par chez Koslow afin de l'informer que j'aurais besoin de ses services incessamment. Je lui demandai également de bien vouloir servir de greffier à l'accord avec le prince, dont je lui révélai par avance le contenu. Vous me trouvez imprudent ? Non, rassurez-vous : un banquier vaut un curé au chapitre du secret de la confession. Et puis j'avais besoin d'un témoin de ce qui allait s'acter.

Je n'eus pas à attendre longtemps la réponse de Lubienski. En début de matinée suivante, un de ses domestiques vint m'avertir qu'il acceptait les termes de l'accord. Il me laissait une journée pour en rassembler le règlement et m'attendait le lendemain dans son château. Mes dispositions étant déjà prises, je répondis au valet d'informer le prince que je pouvais être chez lui l'après-midi. En affaires, il ne sert à rien de lanterner. Le domestique fila ventre à terre et revint avant midi avec l'assentiment de son maître. Je partis immédiatement voir Koslow, dont la célérité avait déjà prévu de convertir en pièces d'or l'une de mes lettres de change pour une valeur de quatre cent mille zlotys, tandis qu'il endossa personnellement une autre de mes lettres pour les six cent mille zlotys restants, avant d'émettre des bons de la même somme sur sa propre banque. Et c'est avec ce pactole que Koslow et moi nous embarquâmes dans mon carrosse jusqu'à la demeure de Lubienski, accompagnés de Frantz et d'Étienne, chacun tenant sous sa pelisse l'un de mes pistolets.

Lubienski tordit un peu le nez en constatant que j'étais venu avec Koslow, toutefois il s'adoucit vite lorsque nous lui présentâmes les cinq grosses cassettes qui renfermaient les pièces d'or. Koslow lui tendit également dans un portefeuille les bons de sa banque. L'œil du prince brilla. J'en profitai pour lui demander de signer un abandon de créance, doublé d'un codicille qui stipulait précisément les détails de l'accord de mariage passé avec Stanislas ainsi que les modalités de sa rupture. Lubienski me fit remarquer qu'il n'y avait dans ce contrat aucune allusion à la promesse d'une union avec une princesse française. Je répliquai que c'était à dessein car cela aurait fâcheusement donné une impression de troc à l'accord. Et je sortis un autre document où était officiellement formulée la proposition de mariage faite au prince. Je l'avais personnellement contresigné et cacheté. Autant dire que cela n'avait pas plus de valeur qu'un laissez-passer pour le paradis. Lubienski resta la plume en l'air un moment, les deux contrats sous le nez. Je commençais à m'inquiéter lorsqu'une idée me traversa l'esprit. Et j'annonçai au prince que cet engagement était assorti du versement d'un acompte de cinq cent mille zlotys sur la future dot. Lubienski parapha alors dans l'instant les deux documents. De mon côté, je remplis avec la somme évoquée ma dernière lettre de change que Koslow convertit aussitôt en valeur sur sa banque au nom du prince. Cette dispendieuse paperasse achevée, je ne m'attardai pas chez Lubienski, dont la méchante mine réjouie avouait qu'il s'estimait avoir triomphé après s'être cru acculé à la capitulation.

J'en avais assez vu de Rawicz pour ne pas rester plus qu'il ne fallait dans ce trou. Mes bagages furent prêts le soir même, toutefois il y eut dans la nuit une terrible pluie qui défonça les chemins. Au matin, Frantz m'indiqua qu'il n'était pas prudent de partir et je remis mon départ au lendemain, mais point trop tôt afin de profiter encore un peu d'un lit passable. Le jour suivant, on tambourina cependant à l'aube à ma porte. Je me levai en chemise, bien décidé à frotter les oreilles de l'importun, quand je découvris sur le palier le banquier Koslow. À sa figure, je compris que l'affaire était grave. Je le fis entrer dans ma chambre en lui demandant la raison de sa présence.

— Eh bien, je suis retourné hier soir chez Lubienski, m'expliqua-t-il, car ce rapace m'avait fait prévenir le matin qu'il voulait déjà convertir ses bons en or. Mais une fois chez lui, je l'y trouvai en grande conversation avec deux individus. Il paraissait en rage, et à peine fus-je entré qu'il se précipita vers moi en me traitant de traître et de menteur. Cet homme est un sanguin, il me déballa tout. Ses visiteurs, qui étaient au courant de votre mission, venaient de lui affirmer que la princesse Maria était en réalité destinée au roi de France et non au duc de Bourbon.

— Que dites-vous là ? l'interrompis-je d'un ton que je voulais d'innocence, bien que j'avoue avoir été désarçonné par ce qu'il m'annonçait.

Koslow s'en rendit d'ailleurs peut-être compte.

— Quoi qu'il en soit, reprit-il, j'ai eu bien du mal à le convaincre que je n'étais pour ma part au courant de rien et que je ne me trouvais être qu'un intermédiaire. C'est là que l'un des deux visiteurs m'interpella en allemand. Il me lança d'un ton de reproche que j'avais participé à une affaire dont l'actuel roi de Pologne et ses alliés pourraient se sentir à raison outragés car elle faisait de Stanislas une menace pour eux en devenant le beau-père du roi de France. Et Lubienski d'enrager à nouveau d'avoir été votre dupe.

— Vous me voyez atterré de ce que vous me dites là, je ne comprends rien, tentai-je à nouveau.

— Alors peut-être avez-vous aussi été la dupe de vos maîtres, lâcha-t-il d'un air que je sentis narquois. Il n'empêche, je voulais vous avertir de tout ceci car après tout vous êtes mon client.

Il s'interrompit, réfléchit, puis ajouta :

— Et par ailleurs, pour être parfaitement honnête, je dois vous confier une chose. Je n'y ai pas fait allusion car je ne savais pas jusqu'à avant-hier l'objet de vos échanges avec Lubienski, mais je vous avoue que désormais cela prend un relief particulier dans mon esprit. Je m'explique. Voilà une dizaine de jours, une certaine petite musique est revenue à mes oreilles par mes cousins établis à Dresde. Entre banquiers, nous échangeons ce genre de nouvelles qui peuvent être utiles à nos affaires. Bref, ils m'informaient que, selon leurs informations, une princesse polonaise aurait été choisie pour devenir l'épouse de votre souverain. Ils n'en connaissaient toutefois pas l'identité.

Je restai stupéfait en calculant dans ma cervelle que la nouvelle avait été aussi vite que moi depuis Versailles. Je ne confirmai bien sûr rien à Koslow et continuai dans mon mauvais rôle d'innocent. Je lui précisai cependant être désolé de l'avoir involontairement peut-être mis dans l'embarras.

— Oh, à ce propos, ne vous inquiétez pas, fit-il dans un sourire. Je suis riche et l'argent rachète tout, non ? Et puis, si tout ceci est vrai, je pense que le roi de France sera reconnaissant à un honnête banquier d'avoir concouru à ses noces, n'est-ce pas ? Enfin, dans ce cas, Stanislas redeviendra un candidat au trône de Pologne. Là encore, vous pensez bien qu'il saura lui aussi me remercier d'avoir rendu cela possible. Vous voyez, je gagnerais beaucoup à ce que cette histoire ne soit pas fausse.

Devant tant de perspicacité, je ne pus réprimer moi aussi un sourire qui parut pleinement satisfaire Koslow. Il me pressa toutefois de quitter les lieux car ce qu'il avait vu de Lubienski et des deux personnages qui étaient chez lui n'engageait pas à se croire en sécurité. Je le remerciai du conseil et filai réveiller Frantz et

Étienne qui attelèrent ma voiture en hâte. Moins d'une heure plus tard, nous roulions au galop vers la Silésie. Entre deux cahots de la route, je songeais à Lubienski. J'étais tranquille : il ne pourrait plus entraver le mariage et encore moins faire de scandale car j'avais les preuves de notre accord. Désormais, c'était lui dont l'honneur serait bafoué en ayant accepté de l'argent pour reprendre sa parole. En revanche, il ne fallait pas que ces documents puissent tomber dans d'autres mains. La publicité des termes du marchandage n'aurait pas laissé indemne la réputation de Maria et de sa famille. Quant au chapitre du baroque projet de mariage d'une princesse avec Lubienski, ce dernier attendrait encore longtemps des nouvelles d'une postulante et ne pourrait s'en plaindre à quiconque sans encourir là encore la moquerie. La promesse que je lui avais signée n'ayant que la valeur qu'un sot pouvait lui prêter. Ou un arrogant aveuglé par son orgueil.

Restait maintenant pour moi à échapper à son ressentiment afin d'arriver entier à Wissembourg.

18

Nous roulâmes toute la journée du 1er mai à une allure soutenue malgré les ornières causées par les pluies de la veille. Le soir, nous fîmes étape dans une minuscule bourgade dont je ne me souviens pas du nom. En avait-elle un, d'ailleurs ? Là, une bâtisse en terre faisait office d'auberge où je louai une chambre tandis que Frantz et Étienne se logèrent avec les bêtes, dans l'écurie. J'avais décidé de voyager au nom d'un des passeports que m'avait fournis Son Excellence avant mon départ de Versailles. Désormais, j'étais le chevalier de Bernay.

Après une affreuse nuit dans ce taudis qui se prétendait une auberge, je repartis à l'aube. Et il était à peine 9 heures du matin quand nous aperçûmes la ligne sombre de l'Oder qui marquait la frontière avec la Silésie. On nous indiqua un bac situé deux lieues plus loin, à côté d'un village nommé Schwusen. Nous le rejoignîmes bientôt. Mais alors que j'étais descendu de ma voiture avec Frantz pour m'enquérir des conditions de passage, une troupe de cavaliers, des militaires, surgit tout à coup de nulle part. Ils entourèrent mon carrosse. Encerclèrent serait plus juste. L'un d'eux, un géant, descendit de cheval et se dirigea vers nous. Frantz eut le temps de me glisser à l'oreille qu'il reconnaissait le fameux colosse avec lequel il avait joué aux cartes avec Étienne. Tiens, Étienne, justement, il n'était plus avec nous car une envie pressante l'avait tenaillé. Arrivé devant moi, le cavalier ne s'embarrassa pas de manières : il exigea en allemand que je lui présente mon passeport. Il le parcourut rapidement, haussa les épaules, puis brailla en direction de ses hommes ce qui me sembla un ordre. Quatre d'entre eux sautèrent alors de leurs selles, pistolet et sabre aux poings, pour venir s'emparer de nous. J'avais sur moi l'un de mes pistolets, toutefois la situation était trop à notre désavantage. On me délesta de mon arme et je ne pus que me laisser embarquer de force dans ma voiture sous la garde de trois hommes, tandis que Frantz fut sommé de prendre les rênes, un pistolet sous le nez. Escortés par les autres cavaliers, nous revînmes sur nos pas durant une vingtaine de minutes pour nous retrouver devant une espèce de maison forte située un peu à l'écart d'un grand plan d'eau. Ensuite, toujours sous les aboiements du géant, on nous descendit sans ménagement de la voiture. Je fus cette fois séparé de Frantz et une paire de sbires me poussa dans la maison avant de me faire dévaler un escalier qui débouchait sur un couloir obscur. Je distinguai une enfilade de portes. On en ouvrit une pour me jeter dans une cave sans fenêtre.

Vous êtes-vous déjà trouvé enfermé seul dans l'obscurité absolue ? Je veux dire, sans idée de ce à quoi ressemble l'endroit où vous êtes ? L'expérience vaut d'être vécue, mais si vous en ressortez, elle vous laissera sûrement des cheveux blancs. Et pour ceux que cela intéresse, je puis apporter quelques conseils utiles lors de ce genre de situation. Le premier étant, et c'est que je fis, de méthodiquement explorer les lieux en suivant à tâtons la paroi de la geôle depuis la porte jusqu'à y revenir. Une fois ce tour du propriétaire accompli, faites un saut dans l'inconnu et laissez la porte dans votre dos afin d'avancer vers la paroi d'en face en comptant vos pas. Réalisez la chose plusieurs fois de suite afin de maîtriser un peu mieux l'espace, puis arrêtez-vous à la moitié de la distance en pas entre chaque mur et opérez un quart de tour pour effectuer une reconnaissance à droite ou à gauche, toujours en comptant vos pas jusqu'au mur perpendiculaire. Revenez ensuite vers la porte en longeant la paroi et recommencez en explorant le côté opposé à celui précédemment choisi. Bref, à la fin de ce petit pensum de géométrie, vous aurez une meilleure vision, si je puis dire, du caveau dans lequel on vous aura relégué. Pour ma part, l'exercice m'avait permis de me rendre compte que j'étais dans une pièce rectangulaire de sept pas sur dix, dans l'angle de laquelle je découvris une paillasse et un seau d'aisance.

L'autre problème qui se pose à celui qui reste cloîtré dans une obscurité forcée, c'est de se faire une idée juste de l'heure, comme de la durée de son enfermement. Là encore, j'engage le lecteur curieux à faire l'expérience de rester trois bonnes heures reclus dans un cagibi et il comprendra que la perception de l'écoulement du temps est l'un des mystères les plus impénétrables. Dans mon cas, je restai donc un moment difficilement mesurable mais qui me sembla fort long dans ma nuit d'encre avant qu'un bruit de la serrure ne m'indiquât que j'allais enfin en savoir plus. La lumière d'une lanterne m'aveugla d'abord, puis je discernai les silhouettes de trois hommes. Le premier était le géant qui m'avait fait jeter là. Il n'était plus en uniforme et tenait à la main un pistolet dont il me menaçait. Il ordonna de me fouiller, du moins c'est ce que je compris puisqu'un de ses compagnons m'ôta mon manteau, ma veste, mon gilet, se permit de palper sous ma chemise et presque dans ma culotte. Je dus également retirer bas et chaussures. Rien de ce qu'il résulta de cette fouille – à savoir de l'argent, une tabatière, un calepin et deux mouchoirs – ne parut satisfaire mes geôliers. C'est alors que le troisième personnage s'avança vers moi. Son visage se dissimulait sous un capuchon. D'un geste lent, il le laissa retomber sur ses épaules. Je restai médusé. Van Bruyn, l'un de mes agresseurs de l'auberge de Cassel, se tenait là, devant moi, un vilain rictus sur les lèvres.

— Vous goûtez les voyages, monsieur l'abbé, on dirait, s'amusa-t-il. Voici à peine plus de sept mois que nous nous sommes quittés, et je vous retrouve encore en excursion. Vous recherchez toujours des âmes à sauver ?

— Beaucoup de celles que je rencontre ces temps-ci n'en valent pas la peine, répondis-je.

— Bigre, je vous ai connu plus miséricordieux.

— Plus libre, aussi...

— Ah, ça, il ne tient qu'à vous que cela change, dit Van Bruyn.

— Je vous écoute.

— Eh bien, tout d'abord, il ne vous aura pas échappé que je vous porte un certain intérêt.

— Vous avez de drôles de façons de le manifester, répliquai-je.

— Oh, croyez bien que je n'ai rien de trop personnel contre vous, bien que je ne vous cache pas que notre dernière rencontre ait suscité chez un de mes bons amis une certaine rancune à votre égard, mais avouez que l'on vous croise souvent dans une certaine affaire où je suis, comme vous, l'instrument de puissants personnages.

— De quoi voulez-vous parler ?

— Allons, dois-je vraiment vous éclairer ? demanda Van Bruyn.

— Dans ma situation, je ne refuse pas de lumière...

— Alors je m'en vais vous en apporter, mais j'espère en retour que vous n'en serez pas avare non plus. Bref, j'ai l'honneur de servir la couronne d'Espagne depuis une dizaine d'années maintenant dans diverses circonstances où ma discrétion et mon zèle ont été appréciés. C'est pour cela que, voici quelque temps, je fus invité à suivre de près une certaine expédition, dont le dessein contrariait positivement les intérêts de mes maîtres.

— À serrer de trop près, on se brûle parfois, le coupai-je.

— Gardez vos fanfaronnades, monsieur l'abbé, rétorqua Van Bruyn. Ici, personne ne viendra à votre secours. Et vous avez été bien présomptueux de croire que votre chance serait éternelle.

— Ni vous ni moi ne le sommes, ne pus-je m'empêcher d'ajouter.

Van Bruyn fit un signe au géant qui m'administra aussitôt un violent coup de poing dans le ventre. Je m'affaissai sur moi-même, tandis que j'entendais :

— Vous avez raison, monsieur l'abbé, nous ne sommes que de passage, mais pour certains, le chemin va en se raccourcissant.

Je sentis ensuite que l'on me saisissait sous les bras. C'était mon bourreau qui me redressait. Van Bruyn se planta face à moi.

— Je suis aussi bien informé que vous sur le rôle que l'on prévoit pour la princesse Leszczinska et sur les détails de votre mission, me lança-t-il. Quant à votre petit jeu de dupes avec Lubienski, ne croyez pas avoir raflé la mise. Vous allez me dire où vous avez caché les documents qu'il a signés. On a fouillé vos bagages, ils n'y sont pas.

Je ne répondis rien. Van Bruyn fit un nouveau signe à la brute derrière moi. Je sentis ses larges mains enserrer ma gorge.

— Où sont-ils ? hurla Van Bruyn.

Ma position devenait difficile à tenir, vous voudrez bien le reconnaître. Si je parlais, je ne donnais pas cher de ma peau et, si je ne disais rien, elle ne valait pas beaucoup plus. Je choisis une option :

— Je ne les ai plus, avouai-je.

— Quoi ? s'étonna Van Bruyn.

— Oui, je les ai confiés à mon domestique. Il est parti une journée avant nous en courrier à cheval.

— Vous êtes un menteur ! beugla Van Bruyn en me saisissant lui aussi à la gorge.

— Je vous dis la vérité...

— Peuh... Laisser des documents si importants à un domestique, voilà qui aurait été imprudent. Je ne vous crois pas.

— Ce qui eût été imprudent, ripostai-je, c'était de les conserver avec moi. La preuve, voyez ma situation. À l'heure qu'il est, il est au moins à cinquante lieues d'ici.

Van Bruyn parut réfléchir. Bientôt, il me lâcha et ordonna au géant de faire de même. Il échangea quelques mots avec lui en allemand, puis il s'adressa à moi :

— Monsieur l'abbé, si c'est encore un de vos mauvais tours, nous le saurons vite. Pour l'instant, recommandez votre âme au

Seigneur ou au diable. De toute façon, vous n'aurez que cela à faire.

Et il tourna les talons, suivi par ses sbires. La porte se referma sur ma nuit.

Pauvre Étienne, voilà que j'avais mis à ses trousses cette bande de mercenaires. Car c'en étaient, leurs uniformes n'étant à l'évidence qu'un déguisement. Toutefois, pour être honnête, je ne m'inquiétai pas trop de mon domestique. D'abord, parce que j'avais surtout du souci pour moi. Ensuite, parce que Étienne, vous le savez, n'était pas à courir les relais comme je l'avais prétendu à Van Bruyn. En outre, j'espérais aussi – sans trop y croire – que sa sagacité de filou du faubourg l'aurait engagé à chercher un moyen de me sortir de là. Mais en attendant, j'étais seul. Combien de temps avais-je devant moi ? Pas beaucoup, sûrement. Partis à la recherche d'un cavalier fantôme, les poursuivants se rendraient assez vite compte qu'il n'était nulle part et reviendraient me demander des comptes.

L'avantage d'être seul et de n'avoir rien à faire de la journée, c'est que votre esprit peut se consacrer à l'essentiel. En l'occurrence, dès le premier instant de ma captivité, je passai en revue toutes les possibilités de me sortir de ce mauvais pas. J'en conclus qu'il y avait des choses à tenter – il y en a toujours, même se pendre –, cependant, auparavant, il me fallait à nouveau faire un état des lieux de ma geôle. Cette fois, j'inspectai minutieusement l'état des murs de ma demeure à tâtons. Puis je fis pareil avec le sol. Rien de particulier ne se signala, si ce n'est des dalles disjointes qui se brisaient d'un coup de talon de botte et sous lesquelles il n'y avait que du sable humide. Quant à la porte de mon cachot, on l'avait bardée de ferraille, mais elle n'était pas très épaisse, si bien que j'entendais les bruits du couloir. Et à l'écoute des allées et venues, je compris vite qu'un autre locataire habitait la cave voisine. Sûrement Frantz, espérai-je.

Je l'ai dit, l'un des problèmes lorsque l'on est reclus dans une nuit d'encre, c'est de se faire une idée du temps qui passe.

Heureusement, mes geôliers étaient assez bourgeois dans leurs habitudes. Je ne les entendais que très peu entre leurs deux visites régulières dans mon sépulcre. Une fois pour me changer mon seau d'aisance ainsi qu'une autre pour me laisser une miche de pain et une ignoble soupe, avec un broc d'eau. J'en déduisis que la première visite se faisait le matin, et la seconde le soir. D'ailleurs, après qu'on m'eut apporté ma pitance, plus aucun bruit ne filtrait depuis l'extérieur, la preuve que la nuit était sûrement venue. Bref, après deux repas, et que l'on eut vidé mes besoins une paire de fois, le calcul était simple : j'étais dans ce cul de basse-fosse depuis deux jours.

À ce que j'estimais donc être le matin du troisième jour, un plan commença de se faire jour dans ma cervelle. J'étais maintenant convaincu que Frantz se trouvait derrière le mur de ma geôle. J'avais entendu un éclat de sa voix au moment du repas, et je suis sûr qu'il avait fait exprès de se signaler ainsi. J'attendis la nuit pour tenter quelque chose. J'avais une cuillère pour seul couvert. Je l'utilisai afin de taper délicatement mais très régulièrement sur la paroi qui me séparait peut-être de Frantz. Je comptais en même temps mes coups en tenant un rythme de métronome jusqu'à ce que, quand j'eus atteint trois cent vingt, une réponse me parvint sous la forme d'une série de coups similaires. Je jubilais. J'entrepris alors de gratter avec la queue de ma cuillère à l'endroit d'un joint entre deux pierres. J'avais repéré lors de mon inspection des murs qu'il paraissait friable. Je passai à ce labeur un temps qui pour un homme sans horloge me parut une éternité. Quoi qu'il en soit, celui qui se trouvait derrière la cloison pratiquait d'une manière similaire, compris-je bientôt. Et au bout de ce travail de concert, je touchai enfin avec mon instrument de fortune le bout d'un autre objet. La jonction était opérée. Je collais aussitôt ma bouche sur le petit trou et murmurais un « Frantz ? » qui fut payé de retour par un « oui ». Un marié à l'autel n'aurait pas plus été content que moi d'entendre ce mot.

Nous nous mîmes à échanger à voix basse. Frantz m'expliqua qu'il n'avait pas été trop mal traité jusqu'alors, ce qui l'étonnait. Moi pareillement, car de ce que je savais maintenant de la détermination de nos ravisseurs, il était étrange qu'ils se soient embarrassés de mon cocher. Peut-être avaient-ils un plan en tête. Pour l'instant, cette aubaine me fournissait l'occasion d'en savoir plus à divers chapitres. D'abord, la cellule de Frantz possédait un soupirail, et il put me confirmer que je ne me trompais pas dans mon appréciation du temps. Nous étions bien la nuit. Il me donna également des informations qu'il avait glanées en entendant nos gardiens parler entre eux en allemand. Leur chef, le géant, s'appelait Marek et était, lui, polonais. De ce que Frantz avait compris, c'était une bande de soudards à la solde de Van Bruyn. Plus intéressant encore, il m'expliqua que, selon lui, il n'y avait pas plus de quatre ou cinq hommes commis à notre garde, les autres étant partis avec Marek. Il ignorait pourquoi. Moi, je le savais, et je lui révélai mon stratagème au sujet d'Étienne. Frantz espéra alors qu'il avait trouvé une cachette sûre. Je vous le dis, ces deux-là étaient devenus bons amis. Après une bonne heure de conversation, nous arrêtâmes que nous nous reparlerions le lendemain soir, et je rebouchai superficiellement le trou.

Un jour passa, puis un autre, sans que je n'eusse de nouvelles de rien. Cela me laissa le temps de quelques préparatifs. Je récupérai ainsi sur le sol des morceaux de dalles cassées et je les arrimai solidement entre eux avec des lanières de tissu que je déchirai de ma chemise. Ensuite, j'enveloppai le tout dans une manche de cette même chemise, au bout de laquelle je fis un nœud. Je m'entraînai à faire tournoyer l'objet et je jugeai ce casse-tête aussi réussi que ceux que j'avais appris à confectionner quelques années plus tôt au faubourg Saint-Marcel. Mais j'y avais été instruit d'autre chose encore. Je le confiai bientôt à Frantz, ainsi que les détails de mon plan.

Au petit matin du sixième jour de ma captivité, j'utilisai le manche de ma cuillère, que j'avais aiguisé en pointe aiguë sur une pierre, afin de me percer une veine de l'avant-bras en un endroit très précis. Je vous rassure, je n'avais nul désir d'attenter à mes jours, cependant au cours de ma jeunesse turbulente, on m'avait enseigné l'art du simulacre d'un suicide. La chose est impressionnante, demande un peu de fermeté, mais s'avère – en principe – sans danger. Et elle peut être fort utile, jugez-en. Mon sang coulant abondamment, je m'en barbouillai les vêtements et je braillai à plein poumons qu'on vienne à mon secours. Il ne fallut pas longtemps pour que l'un de mes gardes entrât dans ma geôle. Il me vit me traîner sur le sol, le bras ensanglanté, et ressortit d'un air de panique. J'en profitai pour me relever et j'allai me camper contre le mur, à côté de la porte. Un instant plus tard, elle s'ouvrit à nouveau : deux gardes s'avancèrent dans la pièce. J'étais juste derrière eux. Je fis alors tournoyer mon casse-tête d'une demi-volte en allongeant le bras. Il s'écrasa violemment sur le crâne du premier geôlier qui s'effondra dans un cri sur son camarade. Je sautai aussitôt sur celui-ci et, mon genou sur sa poitrine, je lui plongeai ma dague de fortune dans la gorge. Il expira dans un râle. Dans ce genre d'entreprise, l'issue dépend de la promptitude. Et je m'emparai de l'un des sabres des gardes juste à temps pour le passer au travers du corps d'un troisième sbire qui venait de se précipiter dans l'obscurité. Il se piqua comme un papillon. J'attendis ensuite quelques instants tapi dans l'ombre du couloir. Plus rien ne se passa. Je pouvais maintenant libérer Frantz, à qui je donnai une arme avant que nous ne gravissions l'escalier de la cave. Mais, arrivés en haut, un halo de lumière nous signala qu'un autre garde s'approchait, une lanterne à la main. Il gueula quelque chose en allemand, auquel Frantz répondit d'un « *Ja, komm her !* ». L'homme continua à s'avancer, tandis que Frantz, empoignant un sabre comme une lance, le projeta dans l'obscurité. Il y eut un hurlement terrible. La lanterne vacilla et bascula en même temps que l'on entendit un corps s'affaler. Sur le sol, un garde gisait, le sabre planté en pleine poitrine. Je ne connaissais pas ce talent à mon cocher, toutefois je remis à plus tard mes félicitations. Nous attendîmes quelques minutes encore, les sens aux aguets, puis nous sortîmes à pas de loup de la maison. La pleine lune éclairait la cour. Elle était déserte, à notre grand soulagement. La chance semblait avec nous car nous trouvâmes bientôt ma voiture à deux pas, dans une autre cour. Frantz attela les chevaux. Je montai avec lui sur la banquette avant qu'il ne lançât les bêtes d'un coup de fouet rageur. La voiture brinquebala sur le chemin, cependant, au premier virage, une silhouette jaillit tout à coup des fourrés pour se planter devant nous en agitant les bras. Les chevaux se cabrèrent et il s'en fallut de peu que la voiture ne se renversât. Je sautai de la banquette l'épée à la main pour faire un mauvais sort à l'inconnu quand la lueur de la lune me révéla la bonne trogne d'Étienne, tout sourire. Je le saisis alors par le col pour le faire grimper dans la voiture. Frantz, hilare, fit claquer son fouet et lança les chevaux à fond de train.

Afin de ne pas hasarder de rencontrer nos poursuivants, je décidai que nous emprunterions une route différente de celle que la logique imposait pour rejoindre Wissembourg. Nous filâmes ainsi plein sud vers Breslau, avec dans l'idée de traverser la Silésie et la Moravie en direction de l'Autriche, après laquelle nous gagnerions la Bavière et le Wurtemberg afin d'atteindre notre but. Cet itinéraire augmentait d'au moins cinquante lieues le trajet, mais il devait nous affranchir de toute mauvaise rencontre. Et puis nous étions maintenant sur nos gardes.

Étienne nous raconta aussi comment il avait passé les journées avant que nous ne nous retrouvions. En fait, au moment où il revenait de satisfaire ses besoins, le brave garçon avait été témoin de notre enlèvement près du bac sur l'Oder, mais il s'était caché, jugeant à son tribunal personnel qu'il ne pouvait que s'ajouter au nombre de prisonniers s'il se manifestait. Il n'avait pas tort. Pour autant, il ne se sauva pas puisqu'il se mit en devoir de suivre notre trace, ce qui le mena à notre lieu de détention. Il dut cependant vite se résoudre à admettre qu'il pouvait peu de chose pour nous. Toutefois, il ne voulut pas nous abandonner, espérant que la Providence viendrait à notre secours. Il resta donc dans les environs six jours durant, maraudant sa pitance quotidienne et logeant dans des ruines toutes proches de l'endroit où nous étions prisonniers. C'était là qu'il avait entendu le cri strident du garde que Frantz avait embroché, et il s'était précipité pour comprendre ce qui se passait. Ensuite, en voyant notre voiture débouler, son instinct l'avait bien conseillé. Je dois dire que j'étais heureux de l'avoir retrouvé, et Frantz plus encore. J'expliquai au passage à Étienne mon mensonge à Van Bruyn, et le rôle dangereux que je lui avais attribué pour me donner un peu de temps.

— Tu ne m'en veux pas ? m'amusai-je à lui demander.

— Bah, *bernicle*[1], m'sieur Baptiste ! L'est pas encore baptisé c'lui qui pourra m'*embander*[2].

Au fait, le lecteur se demande certainement où étaient passés les documents que j'avais fait signer à Lubienski. Eh bien, avant de quitter Rawicz, je les avais tout bonnement confiés à Koslow. Il disposait de courriers sûrs et rapides pour ses affaires avec ses cousins de Dresde, qui eux-mêmes correspondaient d'une identique manière avec toute l'Europe. Bref, à l'heure qu'il était, les deux documents, accompagnés d'une lettre d'explication, n'allaient plus tarder à arriver sur le bureau de Fleury, à Versailles.

1. Non.
2. Attraper de force.

19

Afin de voyager le plus discrètement possible, j'avais décidé que nous éviterions désormais de nous arrêter dans des auberges. Nous roulâmes ainsi chaque jour du lever au coucher du soleil, et parfois une partie de la nuit, avant de faire halte dans des fermes où nous demandions l'hospitalité, quitte à la susciter avec un peu d'argent. Frantz s'acquittait des négociations en expliquant que nous nous étions perdus, ce qui était presque vrai tant certaines des contrées que nous traversions n'avaient que des ébauches de route. Il arriva même que nous passions la nuit à la belle étoile. Quoi qu'il en soit, grâce au train que nous gardâmes jour après jour, et en changeant souvent de chevaux à prix d'or, le Wurtemberg fut atteint en seulement douze jours. Deux jours plus tard, nous arrivions sans encombre à Wissembourg, le 22 mai.

J'étais parti six semaines plus tôt, et le conseiller Misiak fut soulagé de me revoir. Je lui expliquai que j'avais réussi à libérer le roi Stanislas de sa promesse et que la preuve de l'engagement de Lubienski était désormais entre les mains de Fleury, à Versailles. Je m'ouvris aussi à cet honnête homme de mes aventures sur le chemin du retour, ce qui ne fut pas sans le troubler.

— Après votre départ, me confia-t-il, nous avons appris que la tsarine Catherine avait eu vent de la recherche d'une épouse pour votre roi et qu'elle s'était piquée de proposer la candidature de sa fille, la princesse Élisabeth. Sa Majesté Stanislas s'en est ému, mais un message de votre secrétaire d'État, M. Fleuriau de Morville, nous a bien vite rassurés. Je sais toutefois que votre ambassadeur à Saint-Pétersbourg a eu le plus grand mal à dissiper la colère de Catherine qui ne veut pas en démordre de son caprice. Je crains, si elle ne le sait déjà, que l'annonce du choix de la princesse Maria ne redouble son ressentiment. Elle ne supportera pas que la fille d'un souverain que son pays a renversé supplante sa propre fille. Il ne m'étonnerait pas qu'elle ne cogite désormais de sombres manœuvres avec le roi de Pologne.

— Bigre, répliquai-je, il est probable que l'affront fait à la tsarine fera écho jusqu'à la reine d'Espagne. Et la princesse Maria va devoir se garder de la rancune de deux louves outragées.

— Tout cela m'inquiète vivement, reconnut Misiak, cependant il ne faut pas alarmer la princesse à ce sujet. Ni le roi Stanislas. Je le connais, il est fier, il serait capable d'envenimer la situation par des déclarations maladroites.

Oui, il avait raison : avec des ennemis espagnols, polonais et maintenant russes, la corbeille de la mariée était déjà bien remplie. Misiak me relata ensuite un peu de ce qui s'était passé pendant mon absence. D'abord, un ballet d'envoyés de Versailles avait mis en émoi la petite cour de Wissembourg, que l'on avait dû abreuver de pieux mensonges pour préserver le secret. Il se disait donc parmi les courtisans de Stanislas que la France œuvrait fermement pour son retour sur le trône de Pologne, ce qui expliquait la présence de Français ces derniers temps à Wissembourg. L'arrivée de la comtesse à qui l'on avait confié la mission d'éclairer Maria sur les arcanes de la cour de France fut également beaucoup discutée, m'expliqua Misiak, mais là encore on éteignit les rumeurs en arguant que la vieille dame préparait la princesse à son prochain rôle à Varsovie. Hors de cela, la vie de la famille royale n'avait pas connu de bouleversements, et elle était restée réglée sur ses bourgeoises habitudes, se félicitait le conseiller. Stanislas lui-même avait su faire taire son impatience, officiellement au moins. Mais le jour approchait où il n'aurait plus à donner le change. D'ailleurs, Misiak m'invita à lui rendre visite dans l'instant afin de le tenir au courant de ma mission à Rawicz. Nous rejoignîmes donc discrètement le roi dans son cabinet, où il me témoigna force remerciements pour mon zèle à le servir. Il s'en souviendrait, me jura-t-il, en m'offrant une jolie petite tabatière en or pour preuve de sa gratitude. C'était bien la moindre des choses envers un homme qui venait de dépenser un million et demi de zlotys pour lui.

À l'issue de l'entrevue, je retrouvai mon petit appartement avec une certaine joie, je le confesse. Avant de prendre du repos, je m'appliquai cependant à envoyer à Fleury un message chiffré dans lequel je lui racontais tout ce qui était advenu depuis mon départ de Rawicz. Je n'omettais pas de l'informer que nos ennemis n'ignoraient rien du choix de la princesse Maria, et je me permettais d'ajouter que je soupçonnais qu'un espion gravitait peut-être auprès du Conseil secret.

Grâce au service spécial de courrier mis en place entre Wissembourg et Versailles, la réponse de Son Excellence me parvint quatre jours plus tard. Il m'y avisait qu'il avait bien reçu les documents concernant Lubienski – il ne me gratifia d'ailleurs pas d'un seul mot de félicitations – et il me donnait une série d'instructions afin de veiller à la sécurité de la princesse Maria. Fleury avait les mêmes inquiétudes que Misiak au sujet de l'alliance polono-russe qui n'allait pas manquer de se faire pour entraver le mariage. Quant à l'Espagne, il me confirmait dans son message que les pires rumeurs de vengeance couraient à Madrid. Le courrier m'informait également qu'afin de faciliter ma tâche auprès de la princesse et de toute autre autorité, je pouvais arguer du statut d'envoyé extraordinaire, des lettres de créance avaient été transmises en ce sens. Enfin, Fleury m'avertissait que la déclaration publique du choix de la princesse Maria – que l'on devait désormais appeler Marie – aurait lieu à Versailles le 27 mai, soit le lendemain de la réception de ce courrier. Toute l'Europe allait en retentir.

L'annonce du prochain mariage du roi de France avec la fille de Stanislas fut également dévoilée le 27 mai à la cour de Wissembourg. Un tremblement de terre n'aurait pas eu moins d'effet sur les courtisans. Partout dans la maison de Stanislas on s'interpellait, on riait, quelques-uns criant même leur joie de ce miracle. Dans le grand salon, Stanislas fit un discours et le vin de Champagne coula à flots, asséchant encore un peu plus la maigre bourse de l'ex-roi. Qu'importait. Dorénavant, les jours maigres s'achevaient, et les fidèles du roi en exil se félicitèrent d'avoir tenu bon à ses côtés. Le soir, profitant de la douce tiédeur du printemps, la cour s'attarda dans les salons ouverts sur le jardin de la demeure. Des candélabres éclairaient une petite foule de courtisans – dont beaucoup que je n'avais jamais vus – qui semblaient vouloir encore savourer ce jour exceptionnel. Autour de trois ou quatre tables de jeu, on papotait joyeusement, tandis que deux violons jouaient sur la terrasse. J'avais moi aussi décidé de profiter du moment et je m'installai sur une chaise en bas des trois marches qui menaient au jardin. Là, j'observais le monde, discutant de bonne grâce avec les uns et les autres sur l'incroyable nouvelle. Bientôt, je remarquai une certaine jeune personne qui déambulait dans une allée du jardin avec une autre femme. Il s'agissait de la ravissante vicomtesse aux yeux émeraude, Hanna Kriszska. Je n'avais pas encore eu l'occasion de la croiser depuis mon retour. Tout en conversant avec mes interlocuteurs, je gardais un œil sur elle, et peu à peu sa promenade la rapprocha de moi. Quand elle ne fut plus qu'à quelques pas, je la saluai d'un mouvement de tête. Elle me répondit également d'un adorable hochement, glissa un mot à l'oreille de sa compagne, puis vint sans façon vers moi. Je me levai aussitôt.

— Je ne pensais pas vous revoir parmi nous, monsieur l'abbé, me lança-t-elle.

— J'ai été appelé assez loin d'ici pour de pressantes affaires, répondis-je, mais je suis heureux que mon absence ait été remarquée.

— Elle est d'autant plus remarquable que vous réapparaissez en un moment si important pour nous, répliqua la vicomtesse en me délivrant un sourire à se damner.

Et rappelez-vous que c'est à un prêtre qu'elle parlait.

— Je ne peux nier qu'il n'y a pas là que du hasard, avouai-je. Et il faudra désormais vous habituer à me voir plus souvent.

— C'est ce qui m'est revenu, assura la vicomtesse.

— Oh, vous avez de bons espions, on dirait, m'amusai-je.

— Les meilleurs.

— Présentez-les-moi, alors, je suis assez friand de ces gens-là, plaisantai-je encore.

— Vous les connaissez, affirma alors la vicomtesse.

— Ah bon ? Et qui sont-ils ?

— Le roi Stanislas et la princesse Maria, ou plutôt dois-je maintenant dire la princesse Marie.

Et elle m'expliqua que l'épouse du roi et sa fille n'avaient aucun secret pour elle. Leurs familles étaient liées depuis des lustres et, Hanna Kriszska ayant perdu ses parents fort jeune, elle avait grandi avec la princesse.

— Vous étiez donc déjà dans le secret de cette union ? demandai-je.

— Depuis le premier jour.

Cette révélation me contraria un peu. La vicomtesse le soupçonna.

— Rassurez-vous, monsieur l'abbé, Maria est comme une sœur pour moi, et vous êtes le premier à qui je fais l'aveu de ma connaissance de tout cela.

— Et pourquoi donc cette confidence ? insistai-je.

— Pour que vous sachiez que je suis une alliée. Je n'ignore pas que la princesse va devoir affronter beaucoup d'épreuves avant d'accéder à la place qui lui est promise. Et je vous le dis, ma famille est loyale aux Leszczinski depuis toujours. J'en suis la dernière représentante, je ne faillirai pas à notre fidélité.

— Je saurai m'en souvenir.

— Je saurai vous le rappeler, ajouta-t-elle d'un ton altier.

Nous fûmes alors interrompus par un vieux baron et son épouse qui parlaient à peine français mais qui voulaient, me traduisit la vicomtesse, porter un toast à la France et au roi Louis. Je dus y satisfaire, tandis que la vicomtesse en profita pour s'esquiver.

Je la perdis ensuite de vue, et la soirée s'acheva sans que je ne pusse reprendre ma conversation avec elle. Je rentrai à une heure avancée de la nuit dans ma chambre, l'esprit encombré de questions sur son compte. Pouvais-je lui faire confiance ? Ou bien était-elle une subtile intrigante ? Peut-être pire encore ? Je résolus de me renseigner discrètement sur elle auprès de Misiak dès que je le pourrais.

Une compagnie du magnifique régiment de Berry arriva bientôt à Wissembourg et des soldats établirent un piquet devant la demeure de Stanislas. Le quotidien de la petite ville en fut chamboulé. Tout ce qui comptait dans la cité se piqua de faire le siège de la princesse Marie. Et même ceux – ils étaient nombreux – qui avaient jusqu'alors ignoré, voire moqué la cour de carnaval de l'ex-roi de Pologne se mirent à envoyer des compliments, ou à briguer des audiences. Des messages parvinrent également de plusieurs villes alentour, dont les notables voulaient profiter de ce voisinage pour approcher la future reine de France. Misiak récupérait et examinait toutes les demandes avant de répondre invariablement par la négative. Les ordres de Versailles étaient fermes : l'étiquette de la cour de France s'appliquait dorénavant à la princesse Marie, et elle devait se garder de toute sollicitation jusqu'à ce que les membres de sa maison soient nommés. Pour l'heure, elle pouvait conserver auprès d'elle ses précédentes dames de compagnie. En outre, la date du mariage restant à fixer, le Conseil secret avait statué que, pour ne pas envenimer un peu plus les relations avec l'Espagne, la nouvelle fiancée ne prendrait pas la place de l'infante à Versailles. En réalité, on ne souhaitait surtout pas soumettre cette inconnue et sa famille aux persiflages des coteries de la Cour. Bref, Marie devait rester encore quelques semaines à Wissembourg avant de se transporter en un lieu encore à choisir où se déroulerait l'union avec le roi. Le mois d'août était évoqué.

En attendant, il fallait aussi veiller à sa sécurité. Des soldats étaient donc désormais là, toutefois cette belle organisation ne me parut pas suffisante. J'avais besoin de moins de prestige, de moins de soumission au règlement, et de plus de vice pour m'épauler dans la faction qui m'avait été confiée par Son Excellence. Et le jour même de l'officialisation, je demandai à Étienne de se rendre à bride abattue au faubourg Saint-Marcel, à Paris, afin de ramener au plus vite quatre lascars de longue connaissance. Étienne fit diligence. Au cinquième jour de juin, ils étaient là. Belle mine pour chacun, pouvant figurer au milieu du meilleur monde sans faire tache, mais têtes brûlées capables de tout pourvu qu'on payât le prix des folies qu'on exigeait d'eux. Souffrez que je vous les présente. Tout d'abord, il y avait un certain garçon qui se faisait appeler le chevalier de Saint-Gilles, cependant le mieux renseigné des généalogistes aurait été incapable de lui retrouver un ancêtre blasonné. En revanche, ce chevalier de fortune figurait en lettres d'or dans le gotha des poignardeurs de Paris. Un autre, nommé Chambon, eût pu lui se faire une place dans une œuvre de bienfaisance, tant sa mine de bon père l'y disposait. Un œil avisé se serait toutefois plutôt attardé sur ses terribles mains qui signalaient une vocation d'étrangleur. Appétence que partageait celui qui répondait au patronyme de Santerre, et qui y ajoutait le goût des armes à feu, desquelles il se plaisait à maîtriser le tir jusqu'à trente pas. Enfin, le surnommé Grand Cœur, le plus séduisant, promenait un air d'homme du monde à lui donner sa fille, si l'on n'avait su que, des quatre, c'était lui dont la science homicide était la plus experte : corde, épée, poignard, pistolet, rien de ce qui assassine ne lui était inconnu. En théorie et en pratique.

Je logeai cette digne phalange en ville, mais chacun venait à tour de rôle chez Stanislas où je leur demandai de monter une garde discrète auprès des appartements de la princesse Marie. Et quoi de mieux que des prédateurs pour veiller sur une proie.

20

Les premiers jours de juin s'écoulèrent dans la légèreté d'une fin de printemps qui fleurait déjà l'été. Après l'euphorie de l'annonce, le calme était un peu revenu, d'autant que le conseiller Misiak faisait bonne garde et écartait tous les solliciteurs. Les courtisans eux-mêmes se tenaient tranquilles, soucieux de ne pas importuner la princesse et son père au moment où tout ce petit monde allait pouvoir tirer les dividendes de sa fidélité. Marie, elle, gardait ses habitudes, et on pouvait la voir chaque fin d'après-midi avec sa mère et son père dans le grand salon de leur demeure. La matinée, en revanche, était désormais consacrée à de longs entretiens avec la vieille comtesse envoyée par Versailles, et à laquelle s'étaient depuis peu ajoutées deux jeunes couturières chargées de réformer la garde-robe de la princesse. De mon côté, une douce routine s'était installée et, hors des contraintes de ma mission, je pouvais m'accorder de longs moments d'oisiveté. J'en profitais pour échanger souvent avec Misiak, dont j'appréciais de plus en plus la cordiale honnêteté. Je me permis d'ailleurs de l'interroger de façon détournée sur la vicomtesse Kriszska. Il m'en fit un tableau flatteur et s'inquiétait qu'elle ne puisse peut-être rester auprès de Marie à l'avenir. Je fus rassuré. D'ailleurs, je pus bientôt vérifier combien la vicomtesse était précieuse.

Le 13 juin au soir, un coup de tonnerre retentit dans le beau ciel bleu de la demeure de Stanislas. Le médecin personnel de l'ex-roi avait été appelé au chevet de la princesse Marie. Prise de faiblesses pendant une promenade dans les jardins, elle avait vomi plusieurs fois avant de devoir se coucher. Bientôt, pourtant, on donna des nouvelles rassurantes à la cour inquiète : la princesse avait mal digéré une viande et elle devrait faire maigre quelques jours. La vérité était bien différente. Au cours de la nuit après son malaise, une fièvre se déclara, que le médecin ne sut traiter autrement que par une saignée. C'était un vieux Polonais qui semblait plus apte à guérir une jument qu'une princesse – comme beaucoup de ses confrères. Au matin, l'état de Marie ne s'améliora pas, toutefois il ne se dégrada pas non plus. On réussit à lui faire boire un bouillon, cependant son corps le rejeta moins d'une heure plus tard. En fin de journée, la fièvre n'avait pas quitté la princesse. Sa mère et la vicomtesse Kriszska ne quittaient plus sa chambre, tandis que Stanislas s'était enfermé dans son cabinet. Misiak, très agité, vint me voir dans mon appartement.

— Le mal qui affecte Son Altesse ne connaît pas de répit, m'annonça-t-il. Elle s'affaiblit et je crains que sa santé ne se dégrade plus encore. Il va falloir faire venir un médecin de Strasbourg. Le roi est effondré. Il a peur pour sa fille, et pour les conséquences que la publicité de cette maladie va avoir...

Je réfléchis un instant.

— Je crois qu'il faut que chacun conserve son calme, assurai-je. Et d'abord, il faut garder le secret et tenir les appartements de la princesse fermés à quiconque hors ses proches. Faites dire aux autres qu'elle va très bien mais que cet épisode l'a fatiguée. Envoyez aussi chercher un médecin à Strasbourg en ne révélant pas l'identité de celle qu'il aura à soigner.

Misiak s'étonna.

— Vous n'allez pas faire un rapport à Versailles sur ce qui se passe ? demanda-t-il.

— Qu'est-ce que cela changerait ? Quand la princesse sera rétablie, nous aviserons.

— Merci de votre bienveillance, mais si elle ne se rétablit pas ? osa Misiak du bout des lèvres.

— Nous n'en sommes pas là, balayai-je. C'est une jeune femme qui jouissait jusqu'alors d'une santé éclatante, non ?

Le brave Misiak soupira, et il me sembla que son regard se brouillait.

— Elle rend une bile noirâtre, se lamenta-t-il, et je crois que...

Il s'interrompit, soupira à nouveau, puis reprit :

— Ce dont souffre Son Altesse n'est... peut-être pas... une maladie ordinaire, bredouilla-t-il.

— Comment cela ?

— Eh bien... hésita-t-il encore, dans mon pays, j'ai vu bien des cas de ce genre.

— Une épidémie ?

— Non. À chaque fois, il s'agissait d'un... empoisonnement, lâcha-t-il alors d'une voix blanche.

Et il me raconta combien ce fléau moissonnait la Pologne depuis des générations. Toutes les grandes familles l'avaient éprouvé à un moment ou un autre. Dans celle des Leszczinski, on comptait au moins trois membres qui avaient péri par le poison, m'expliqua Misiak. Je tentai toutefois de le rassurer en lui conseillant de ne pas imaginer le pire, puis je lui recommandai de mettre en œuvre les mesures que je lui avais proposées. Il me remercia à nouveau de ma loyauté et se retira. Une fois seul, je cogitai longtemps. À la fin, il me parut qu'il y avait tout de même du bon sens dans la théorie de Misiak.

La deuxième nuit de maladie de la princesse passa sans que sa santé ne connût de progrès, me confia la vicomtesse Kriszska, que je croisai au matin dans le grand salon, les yeux rougis par sa veille nocturne. Elle allait se reposer un peu avant de reprendre sa garde auprès de son amie. Elle m'avoua son inquiétude. J'essayai de la réconforter, elle aussi, mais elle ne me répondit que d'un triste sourire.

Ce même matin, je me rendis dans les cuisines de la maison. Je voulais me renseigner sur ce que l'on avait servi à la princesse la veille et le jour de son malaise. L'endroit était plutôt bien tenu et assez richement approvisionné, le roi Stanislas accordant un intérêt particulier à la qualité de sa table, son embonpoint en témoignait. Une demi-douzaine de commis y œuvrait sous la férule d'un intendant et d'un maître-queux, le premier allemand et l'autre polonais. Seul l'intendant parlait le français. Il m'indiqua de bonne grâce tout ce que je souhaitais connaître. Il n'ignorait pas ce que l'on disait être la cause des maux de la princesse, et il avait déjà vérifié ce qui lui avait été présenté à table, à savoir des plats à la mode polonaise où l'on trouvait du veau bouilli, du bœuf et des cailles rôties, de la fricassée de purée de pois au lard gras, du chou salé et des galettes de sarrasin au pavot. Les vins étaient allemands et français. Je demandai également à l'intendant de me décrire le service, ainsi que les rôles de chacun en cuisine. Il y avait là autant de Polonais que d'Allemands. Tous étaient dans la maison depuis trois années, au moins, m'expliqua-t-il, tandis que lui et le chef cuisinier servaient Stanislas depuis huit années. Mais à l'instant où il disait cela, il jeta un regard alentour, puis héla un commis. Il échangea brièvement avec lui en allemand, avant de m'apporter une précision : le pâtissier, lui, était français. Il n'avait été engagé qu'une semaine plus tôt. Et il manquait ce jour. Je m'enquis alors de savoir si la princesse avait mangé de ses préparations. L'intendant me répliqua qu'elle n'aimait pas les pâtisseries.

Le pâtissier s'appelait Doucet et se disait originaire de Paris. Il ne me fut pas difficile de découvrir où il habitait. En effet, c'était l'intendant qui lui avait déniché son logement près des remparts de Wissembourg, chez la même logeuse que le précédent pâtissier disparu dix jours plus tôt, du jour au lendemain. Et voilà qu'il semblait que le nouveau venait également de tirer sa révérence. Je me rendis donc sur les coups de midi dans cet immeuble tenu par une sévère Allemande, veuve de son état. Elle parlait très médiocrement le français, et je me félicitai de la présence de Frantz, qui me traduisit l'essentiel de ce qu'elle me raconta sans se faire prier. Le fameux Doucet n'était pas au nid. La logeuse ne l'avait pas vu depuis la veille. La brave dame avait d'ailleurs des griefs contre lui car il s'était permis de recevoir du monde dans le modeste appartement qu'elle lui louait. La chose s'avérait expressément interdite par le règlement. Mais ce n'était pas tout. Ce Doucet aimait la bouteille, se plaignit-elle, ce qui pouvait causer du tapage dans son honnête pension. Il fréquentait des gargotes du faubourg, glissa encore la logeuse, et elle s'étonnait que cet homme puisse garder la main ferme et les idées claires dans son office. J'en convins avec elle.

Quelques minutes plus tard, je lançai les quatre sbires dont je vous ai parlé sur la piste de Doucet. Chez les truands du faubourg, on sait les ficelles d'une enquête, et M. le lieutenant général de police de Paris serait bien inspiré d'en prendre quelques-uns dans son entourage. Bref, il ne fallut pas longtemps – à peine une paire d'heures – pour que l'un d'eux, Grand Cœur, revînt avec une intéressante information. Le pâtissier avait effectivement ses habitudes dans deux cabarets du faubourg de Wissembourg. Il avait commencé de s'y montrer une dizaine de jours plus tôt et s'était fait remarquer par sa générosité à payer à boire aux uns et aux autres. Il est des ivrognes qui détestent boire seuls. Mais il faut également savoir que ce genre de libéralité attire invariablement certaines personnes dont les appas se paient rubis sur l'oreiller. Grand Cœur avait ainsi découvert qu'une maquerelle française s'était avisée de faire de lui un pratique du galetas où elle louait des chambres à des filles. Puisque Doucet ne se trouvait ni chez lui ni dans les cuisines de Stanislas, la logique me dicta d'y aller voir. J'y toquai à la porte au milieu de l'après-midi, accompagné de Grand Cœur. On nous ouvrit aussitôt et une femme sans âge nous introduisit dans un salon miteux. Trois filles en chemise y somnolaient sur des banquettes crasseuses, tandis qu'une autre aux allures de bourgeoise s'avança vers nous, l'œil rivé sur le beau Grand Cœur. Elle se présenta comme la maîtresse des lieux. Je ne m'embarrassai pas d'habiller ma demande et j'exigeai d'une voix cassante qu'elle me conduisît auprès de Doucet. J'ignorais bien sûr s'il était là, mais si le loup veut dîner, il entre toujours dans la bergerie sans demander s'il y a quelqu'un. La maquerelle fut impressionnée de ma petite comédie. L'instant d'après, elle me mena sur le palier de la chambre dans laquelle le pâtissier cuvait avec l'une de ses pensionnaires. Ici encore, rien ne sert de s'annoncer et je poussai vigoureusement la porte. À l'intérieur, un gros homme nu couché sur un lit se redressa à demi, tandis qu'une fille faisait sa toilette dans un coin.

— *Ach, was willst du denn*[1] *?* me lança-t-il.

— J'ai à te parler, Doucet, répondis-je en français.

— Fous le camp ! gueula alors le pâtissier en fourrageant dans la poche d'une veste accrochée à la tête du lit.

Il en sortit un couteau qu'il brandit vers moi. Je souris du cocasse de la situation, tandis que je m'écartai pour faire une place à Grand Cœur qui entra dans la pièce, un pistolet au poing. Le visage du gros homme se crispa. Il baissa son arme en même temps qu'il tira le drap sur lui. Dans son coin, la fille s'était accroupie, pâle de terreur.

— Mais que me voulez-vous, bon Dieu ? demanda le pâtissier.

— Tu le sais bien, lâchai-je avec aplomb en refermant la porte de la chambre.

Que le lecteur se souvienne que depuis des siècles c'est une manie d'ecclésiastique de prêcher à ses ouailles qu'il est dans le secret des mystères. Et là encore, le fidèle crut en la bonne foi du prêtre.

— J'ai fait tout ce qu'on m'a demandé... bredouilla Doucet.

— Tout ? Tu en es certain ? le poussai-je encore en m'avançant d'un air menaçant.

Grand Cœur fit également deux pas. Le pâtissier se recula dans son lit.

— Mais oui... gémit-il presque, je le jure ! J'ai...

Je l'interrompis d'un geste de la main, en même temps que je jetai un œil vers la pauvre fille qui, toujours recroquevillée, assistait à la scène sans oser bouger. Il valait mieux ne pas la

1. Eh, que veux-tu ?

rendre témoin de ce que Doucet pouvait dire. J'ordonnai donc au pâtissier de s'habiller pour quitter les lieux avec nous.

— Pour aller où ? s'inquiéta-t-il d'une voix tremblante.

Je ne répondis rien, et Grand Cœur le poussa hors de la chambre.

Je me dois d'épargner aux lecteurs sensibles le détail d'un interrogatoire que je menai ce soir-là de concert avec Grand Cœur et Chambon, dans une clairière, à une demi-lieue de Wissembourg, tout près d'un cours d'eau nommé la Lauter. Frantz nous y avait menés avec ma voiture. Doucet ne comprit pas tout de suite que nous n'étions pas ceux qu'il croyait. Cependant, il se rendit vite compte que nous étions au moins aussi féroces que ses commanditaires. Chambon, en particulier, sut le rendre attentif à mes questions par des moyens qui lui laissèrent de justesse l'usage de sa langue. Il nous expliqua ainsi qu'il avait été abordé trois semaines plus tôt à Stuttgart, chez un maître pâtissier où il travaillait, par deux personnages qui lui avaient proposé un bel emploi chez un prince polonais. Et pour le convaincre, ils s'étaient fendus d'une avance de trois mois de gages. Doucet accepta mais dilapida en quelques jours cette jolie bourse, avant même de prendre ses fonctions à Wissembourg. Il réclama une rallonge. Ses corrupteurs comprirent vite le parti qu'ils pourraient tirer de ce bougre sans morale. Et Doucet n'avait pas balancé pour accepter le sordide marché qu'on lui avait proposé en échange d'une petite fortune. Il patienta ensuite une semaine pour prendre ses fonctions, le temps que le pâtissier en poste auprès de Stanislas ne fût enlevé et éliminé. Désormais dans la place, Doucet attendit le moment propice afin d'accomplir le forfait qu'on lui avait commandé.

La princesse Marie n'était pas friande de pâtisseries, on l'a vu, toutefois elle sacrifiait à une passion pour le chocolat à laquelle beaucoup de nos contemporains ont succombé depuis l'apparition de ce breuvage. Bref, elle se faisait préparer trois grands bols de chocolat chaque jour, et c'était toujours le pâtissier des cuisines qui s'en chargeait. Rien de plus facile alors, durant plusieurs jours, de verser un peu d'une solution d'arsenic dans la boisson de la princesse, nous avoua enfin Doucet.

Je suis depuis longtemps au fait de la méchanceté et de la cruauté du monde, cependant je dois concéder que cette méchante action du pâtissier me révolta particulièrement. Il n'était pas un criminel, il était seulement vénal et, s'il avait vécu plus longtemps, j'aurais peut-être tenté d'explorer les raisons profondes de cette bassesse d'âme. Malheureusement pour lui, la persuasion de Chambon avait elle aussi un prix, et Doucet n'avait plus assez de crédit pour y faire face. Il succomba juste au moment où je lui demandais de me décrire ses commanditaires.

Après avoir jeté le corps du pâtissier dans la Lauter, nous rejoignîmes Wissembourg en pleine nuit. Je courus chez Misiak pour lui révéler ce que je venais d'apprendre. Je tus les circonstances des aveux. Le conseiller fila aussitôt en ma compagnie vers l'appartement de la princesse. Elle dormait, toujours dans un état fiévreux. La vicomtesse Kriszska se trouvait à son chevet. Misiak lui glissa quelques mots à l'oreille. Elle me jeta alors un regard qui ne s'octroie d'ordinaire qu'aux êtres chers, puis elle appela un valet. Une heure plus tard, elle réveillait la princesse pour lui faire boire une potion qu'elle venait de faire composer.

Le matin du 16 juin, la santé de la princesse Marie donna de francs signes d'amélioration. Depuis le milieu de la nuit, elle buvait chaque paire d'heures une étrange préparation dans laquelle on avait mélangé du lait avec de l'encre et du foie de soufre. La recette était radicale contre l'empoisonnement à l'arsenic, m'expliqua Misiak, pour peu que la dose de poison ingurgitée ne fût pas trop importante. Heureusement, Doucet n'avait pas eu la main lourde, soit qu'il eût des scrupules, soit qu'il n'en ait pas eu le temps. Quoi qu'il en soit, il était désormais, lui, au régime à l'eau.

21

La princesse Marie réapparut bientôt dans le grand salon où la cour de Stanislas avait l'habitude de se rassembler chaque fin d'après-midi. On lui trouva la mine un peu pâle, cependant elle se montra gracieuse avec tout le monde comme à l'accoutumée. Et personne, à part ses parents et deux dames de compagnie, dont la vicomtesse Kriszska, ne se doutait du drame qui avait manqué se jouer. De même aux cuisines où, dépité de la disparition de Doucet, l'intendant s'était résigné à chercher un nouveau pâtissier. Restait que si l'épisode de l'empoisonnement de la princesse avait été tenu secret, il n'en avait pas moins bouleversé Stanislas et son épouse. Le roi déchu était persuadé que ses ennemis tenteraient encore de se venger du bonheur de sa famille par d'odieux moyens, me confia Misiak. Et en bon père, il envisageait désormais l'avenir avec crainte pour sa fille. Il était urgent de le rassurer, écrivis-je à Fleury en même temps que je lui racontais tout ce qui venait de se passer. La réponse ne tarda pas, et le courrier dut certainement crever plusieurs montures pour me rapporter un message de Son Excellence en à peine un jour et demi depuis Versailles. Le ton de la lettre m'expliqua pourquoi l'on avait cravaché jour et nuit. Fleury ne laissait généralement percer aucun état d'âme dans ses missives, mais celle-ci ne travestissait pas sa vive inquiétude. Il m'ordonnait de renforcer les mesures de sûreté autour de la princesse, quitte à lui enjoindre de ne plus se montrer en public. Il me rappelait également qu'il avait donné des consignes pour que j'aie autorité sur les quelques soldats déjà présents à Wissembourg afin qu'ils renforçassent leurs factions. De nouvelles troupes devaient d'ailleurs arriver sous peu, car le départ de la princesse pour Strasbourg ne tarderait plus, m'informait-il. Il avait été décidé que son mariage aurait lieu dans cette ville. Mais le roi ne serait pas là. Un prince du sang dont l'identité ne m'était pas précisée aurait procuration pour unir Sa Majesté avec Marie. La chose m'étonna, et j'en conclus qu'on ne souhaitait peut-être pas exposer la santé du roi à un pénible voyage. Enfin, Fleury achevait son courrier en me tançant de n'avoir pas fait surveiller les cuisines plus tôt. On le voit, mon zèle était bien mal récompensé. Du moins par mon maître, car auprès d'autres, mon crédit se trouvait au zénith.

La princesse Marie, mise au courant de mon rôle dans l'affaire du poison, m'avait reçu dès le lendemain de son rétablissement afin de me signifier toute sa gratitude. Elle le fit simplement, mais avec une grâce qui signait déjà un caractère de reine. Et je me dis ce jour-là que le choix du Conseil secret n'avait pas été mauvais. À ses côtés lors de l'audience, la vicomtesse Kriszska me témoigna à son tour sa reconnaissance. Elle aimait sincèrement Marie, et son dévouement à sa cause m'impressionna. De cet instant, nos relations devinrent d'ailleurs mieux que cordiales. Nous prîmes même l'habitude de nous voir chaque jour, souvent dans les jardins, afin de nous distraire un peu de nos factions respectives. Elle me demandait de lui parler de Paris, de la cour de Versailles, mais pas comme une personne éprise des artifices du pouvoir. Non, Hanna – autorisez-moi à la nommer ainsi désormais – était une jeune femme curieuse du monde qui l'entourait. Elle me raconta aussi beaucoup de choses sur son pays, sa famille, et je goûtais avec elle des moments comme ceux que tous les jeunes gens aiment à partager entre eux. Rien de plus, vous pouvez me croire, malgré ma mauvaise réputation.

Le 24 juin au soir, une surprise m'attendait dans le grand salon de la demeure de Stanislas. J'y trouvai le chevalier de Bréville, tout sourire, dont l'arrivée impromptue me fit la plus grande joie. Et je le conviai aussitôt à m'expliquer les raisons de sa présence en l'invitant à la table de la meilleure auberge de Wissembourg. L'endroit était également réputé pour ses parties de cartes. On ne se refait pas. Nous nous y rendîmes bras dessus bras dessous, comme deux vieux amis, et une fois installés devant une bonne bouteille en attendant notre repas, Bréville me confia pourquoi il était là :

— Il est revenu aux oreilles de mon maître, Son Altesse le duc d'Orléans, que l'on ne se réjouissait pas partout de la désignation de la princesse Marie et que d'aucuns avaient dans l'esprit de troubler la quiétude de son séjour à Wissembourg, débuta-t-il dans un sourire complice.

— Il est certain qu'un bonheur comme celui qui lui est promis est de nature à susciter les jalousies, lui accordai-je sans pour autant lui révéler les péripéties que j'avais eu à affronter depuis mon arrivée ici.

Non pas que je me méfiasse de cet honnête homme, bien au contraire, mais j'ignorais le détail de ce que Fleury avait transmis aux membres du Conseil secret. En politique, surtout dans celle qui se joue en coulisse, il convient de toujours se garder de trop en dire, même aux amis. Mais en l'occurrence, Bréville éclaira bien vite ma lanterne quant à sa connaissance de la situation.

— Vous avez raison, répliqua-t-il, et l'on sait que de la jalousie naissent souvent des passions, disons, malsaines.

Il vida un verre avant de reprendre :

— Bref, soyons clairs, les couteaux s'aiguisent, et Son Altesse le duc d'Orléans souhaite apporter son concours à la protection de la princesse Marie. Je suis ici pour cela, cependant ne me considérez pas comme un rival. Mes ordres sont d'accompagner les mesures déjà prises, et je serais heureux de vous apporter mon appui si nécessaire.

— Et je sais me souvenir qu'en certaines circonstances il est des meilleurs, déclarai-je, en portant un toast à nos retrouvailles.

— En outre, continua-t-il, le départ de la princesse de Wissembourg est prévu pour la fin de ce mois. Elle est attendue à Strasbourg, où elle séjournera quelque temps avant son mariage.

— J'en suis au courant.

— Oui, je m'en doute, toutefois ce que vous ignorez peut-être, c'est que mon maître, le duc, a accepté de venir à Strasbourg afin de représenter le roi pour le mariage par procuration. Et en apposant son nom sur le contrat de mariage de Sa Majesté, il fera taire les méchantes rumeurs. Son Altesse est loyale, et ceux qui en doutent feront là le deuil de leurs médisances.

— Bien, puisque nous voici donc réunis dans la même mission, je puis alors vous dévoiler combien elle recèle d'imprévus.

Et je lui narrai cette fois, sous le sceau du secret, le détail de mes aventures depuis mon voyage en Pologne jusqu'aux derniers événements survenus.

— Il y a derrière tout ceci une même main, je le parie, ajoutai-je, et les mercenaires de l'Espagne qui s'entêtent à la perte de la princesse ont déjà reçu l'aide de sbires polonais. Il ne m'étonnerait pas qu'ils se voient bientôt renforcer dans leurs intrigues par des agents de la Russie.

— Bigre, il va falloir veiller à ce que ce beau monde ne s'invite pas à la noce, s'inquiéta Bréville.

— Certes, mais une fois à Strasbourg, nous serons cependant plus tranquilles. Du moins, je l'espère.

Le chevalier eut une moue incrédule.

— Ah, cela, rien ne le garantit, déplora-t-il, car nous nous rapprocherons alors un peu plus de Versailles. Et en ce pays-là, on prépare d'autres embuscades à la princesse.

— Que voulez-vous dire ? m'étonnai-je.

— Eh bien, depuis que le choix de la fille de Stanislas a été rendu public, m'expliqua-t-il, le fiel de la Cour n'a cessé de se déverser sur elle. Dans les coteries les mieux en place, on se moque de son obscur lignage et on crie à la mésalliance. Pas un jour ne se passe depuis l'annonce sans qu'une nouvelle rumeur ne vienne éclabousser la princesse. Et un peu avant mon départ, la gangrène de la calomnie a trouvé à prospérer dans les doutes que l'on colporte toujours sur sa santé. C'est à qui se vantera de tenir de bonne source qu'elle est scrofuleuse ou épileptique, ou bien encore squelettique et incapable d'enfanter. Je passe sur les libelles qu'on publie à Paris sur la princesse, dont les moindres des amabilités la traitent de sotte et de laideron, les pires lui prêtant des difformités et des humeurs froides. Il a d'ailleurs fallu que M. de Fréjus, votre maître, tente d'y mettre bon ordre en publiant les rapports des médecins venus l'examiner. Bref, je ne sais quelles forces sont à l'œuvre dans cette sournoise entreprise, mais c'est à croire que les ennemis de la princesse ont de biens puissants alliés dans le royaume.

— Il serait pourtant facile de faire taire ces persiflages. Son Altesse le duc de Bourbon a la main sur la police. Que fait-il ? demandai-je.

— Peu de chose, soupira Bréville. Le duc semble regretter les médisances, mais il n'a pas pour l'heure jugé utile d'y remédier. Peut-être estime-t-il qu'elles s'éteindront après le mariage.

— Ou bien tout ce tapage n'est au fond pas pour lui déplaire, lançai-je.

Bréville ne répliqua rien et interpella l'aubergiste pour commander une autre bouteille.

— Voilà une supposition des plus hardies, monsieur l'abbé, reprit-il dans un sourire entendu. Pourtant, mon maître n'est pas loin de la partager. Il ne le dira jamais tout haut, cependant il n'est pas dupe de la frustration de son cousin de n'avoir pu placer l'une de ses sœurs.

— Sans oublier le dépit d'une certaine marquise, ajoutai-je.

— Vous aggravez votre cas, s'amusa Bréville.

— Oh, à ce chapitre, j'ai le sentiment d'avoir déjà usé tout mon maigre crédit auprès d'elle, plaisantai-je aussi.

— Ce n'est pas impossible, toutefois méfiez-vous, m'avertit alors le chevalier. Mme de Prie a toujours un fer au feu et elle intrigue déjà pour influer sur la constitution de la maison de la reine. Elle y veut des créatures dévouées à sa cause. Pensez bien que votre maître et le mien ne goûtent guère cette ambition, quoiqu'ils dussent faire en sorte de ne pas lui déclarer ouvertement la guerre. L'avenir n'est pas encore écrit et il n'est pas dans leurs habitudes de l'insulter.

— Hum, vous allez me faire regretter les bons coups de sabre ou de mousquet de nos ennemis, cela a le mérite d'être plus franc.

— De ce que vous m'avez confié, il se pourrait que vous ne vous en languissiez pas longtemps, jugea Bréville en me servant un verre à ras bord.

— Vous avez raison, répondis-je en trinquant. Buvons à notre santé tant que cela est possible.

Et nous continuâmes notre soirée sur un ton moins grave autour d'un bon repas puis d'une partie de cartes où la chance fut de notre côté jusqu'à tard dans la nuit.

Le lendemain, je présentai Hanna à Bréville. Ils se plurent d'ailleurs assez pour que nous nous attardions tous trois longuement dans les jardins, là ou d'habitude nous n'étions qu'en tête à tête. Lorsque nous nous quittâmes, le chevalier m'avoua qu'il trouvait la vicomtesse fort charmante. Je dois admettre qu'une petite pointe vint alors me taquiner le ventre. Une de celles que les amoureux et les jaloux connaissent bien, mais que je m'étonnai de ressentir après tant d'années d'inconduite sans scrupule ni sentiments. La chose me laissa perplexe, d'autant que le mal empira dorénavant à chacune de mes rencontres avec Hanna. Je me permis ainsi une fois de plaisanter sur son intérêt pour Bréville. Elle s'amusa d'abord de ma sortie, puis elle m'interrogea tout à coup les yeux dans les yeux quant à savoir ce que cela pouvait me faire qu'elle s'intéressât à lui. Je ne sus que répliquer, et je bafouillai en rosissant que cela ne m'importait aucunement. Nous changeâmes ensuite de sujet, toutefois, de ce moment, je puis dire que mon trouble dut également s'immiscer dans l'esprit d'Hanna, car dans nos conversations se logeaient désormais de ces silences gênés que redoutent deux cœurs épris en même temps qu'ils jouissent de ce presque aveu. Heureusement, l'importance de nos missions respectives auprès de la princesse nous absolvait, pour l'heure, de nous voir plus aisément. Et aux lecteurs qui s'offusqueraient qu'une si honnête personne que Hanna ait pu s'autoriser cette ambiguïté avec un jeune ecclésiastique, je leur dirai que c'était justement la droiture de son esprit qui garantissait qu'il n'y eût rien à flétrir dans ses affections, quelle que soit l'issue de nos relations. Une âme pure ne commet jamais d'actions viles. Je reconnais cependant ne pouvoir prétendre l'identique pour ma part.

À la fin du mois de juin, la petite cour de Stanislas s'enflamma à l'annonce de la prochaine arrivée d'un prestigieux envoyé du roi de France. Les courtisans voulurent y voir, à raison, le signal du départ de Wissembourg de la princesse. Chacun intrigua alors pour faire partie de la suite qui accompagnerait Marie et ses parents vers Strasbourg, puisque c'était maintenant officiel, la future union y aurait lieu. On dut pourtant bien vite calmer ce petit monde car il n'était en aucune manière prévu que la cour de l'ex-roi de Pologne n'escortât le cortège de la princesse. Encore moins qu'elle séjournât à Strasbourg. Chez les exilés, on cria bientôt à la trahison, et il fallut toute l'habileté de Misiak afin d'apaiser les rancœurs en affirmant que personne ne serait oublié au moment du mariage, promettant même que les membres de la cour y seraient aux premières loges. Je me suis laissé dire que Stanislas gratifia également les plus bruyants de subsides afin qu'ils prissent leur mal en patience. C'est une manière polonaise.

Le maréchal du Maine du Bourg entra à Wissembourg le 1er juillet, accompagné de plusieurs escouades de carabiniers royaux. Vieux militaire un peu raide mais brave homme, il était le gouverneur de l'Alsace depuis plus de dix ans et entretenait avec Stanislas une franche amitié. On le connaissait bien à Wissembourg, où il venait régulièrement, toutefois, aujourd'hui, c'était pour venir chercher celle qu'il avait vue grandir dans la demeure de son ami. Je me présentai à lui avec Bréville dès son arrivée, puis nous eûmes tous les trois en aparté une conférence jusqu'à fort tard au sujet des dispositions à prendre pour le voyage de la princesse. Le départ était fixé au lendemain.

22

Dans la semi-obscurité du petit matin, la princesse Marie, en robe de voyage et châle sur la tête, grimpa sur le marchepied d'une lourde berline. Elle était suivie d'une dame de compagnie. Elle fit un rapide geste de la main en direction de ses parents restés sur le perron de leur demeure, puis elle disparut dans la cabine. Devant sa voiture, une escouade de carabiniers piaffait, tandis que, derrière, trois carrosses s'alignaient, séparés les uns des autres par d'autres carabiniers royaux. Quelques privilégiés les occupaient, des dames surtout, ainsi qu'un médecin et des domestiques. Enfin, en queue avait pris place la berline du maréchal du Maine du Bourg, accompagnée par deux escouades qui fermaient la marche de ce cortège de cent toises de long.

Nous avions décidé la veille que pour des raisons de sûreté la princesse voyagerait d'une seule traite en direction de la cité de Brumath, à cinq lieues de Strasbourg, pour entrer officiellement le lendemain dans cette ville. Cela faisait un solide trajet à accomplir en une seule journée, plus de dix lieues, cependant, en partant tôt et en arrivant dans la soirée, le périple était réalisable, d'autant que la saison permettait de rouler plus longuement, le soleil se couchant tard. Nous avions également convenu que les parents de Marie partiraient le jour d'après afin de ne pas surcharger une expédition déjà assez difficile à protéger. Pour ma part, je grimpai à cheval et me fixai d'arpenter régulièrement le convoi afin de surveiller la bonne tenue des dispositions prises. Cela eut au passage pour conséquence d'exaspérer le capitaine des carabiniers qui tordit le nez quand le maréchal lui intima d'obtempérer à mes instructions. Pensez, un abbé donnant des ordres à un militaire, la chose pouvait heurter, même si ce fut souvent le cas dans l'histoire de ce pays. J'ajoute enfin que j'avais demandé à Étienne et Frantz, escortés de mes quatre sbires, de marcher eux aussi à cheval en direction de Brumath, en se tenant néanmoins à un quart de lieue en deçà de nous.

Malgré l'heure matinale, le départ de notre imposant défilé ne passa pas inaperçu à Wissembourg, dont nous passâmes les portes entourés d'une petite foule qui criait joyeusement ses bons vœux à la princesse. Les premières lieues furent avalées dans la douce fraîcheur d'une journée qui s'annonçait chaude. Les paysans nous regardaient passer, éberlués de toute cette pompe et se demandant qui pouvait bien renfermer ces carrosses. Dans certains villages, quelques badauds mieux informés soupçonnèrent en revanche qu'il y avait dans ce cortège la future reine. On l'acclama plusieurs fois. Nous marchions d'un bon train et le premier relais, à Soultz, fut atteint vers 10 heures et demie. Les chevaux des berlines y furent changés prestement. Avant de repartir, les occupants des voitures firent quelques pas, beaucoup en profitant pour aller se soulager de besoins naturels. La princesse, elle, ne sortit pas de sa berline. J'avais constaté lors de cette première étape que les carabiniers se laissaient parfois distancer par les voitures et que le cortège s'en étirait d'autant. Profitant de l'arrêt, je demandai au capitaine qu'il veillât à ce que ses cavaliers serrassent de près les carrosses. Il en conçut un vif agacement et éperonna son cheval sans daigner répondre à ma requête. Le voyage reprit ensuite sans autres événements que ceux qui avaient émaillé son début. Dans les gros bourgs, le petit peuple se massait maintenant de plus en plus pour nous regarder passer et lancer des vivats. À la mi-journée – il devait être 1 heure –, nous atteignîmes un nouveau relais à l'entrée de Surbourg, trois lieues avant Haguenau. Les gens du relais se mirent à dételer les bêtes de chaque voiture. Il y avait peu de monde autour de nous et, comme il faisait chaud, presque tous les occupants des voitures descendirent, tandis que des domestiques ouvrirent des malles où des collations avaient été prévues. On en distribua. Le carrosse de la princesse était toujours en tête, isolé entre deux escouades de carabiniers qui avaient eux aussi mis pied à terre. La portière de la princesse s'ouvrit puis elle sortit, la tête couverte d'un large chapeau muni d'une voilette qui lui dissimulait le visage. Sa dame de compagnie l'accompagnait. Je l'observais de loin mais, alors que nous étions là depuis une vingtaine de minutes, un attroupement se forma à une centaine de pas du cortège. Une bonne cinquantaine de personnes, des hommes et des femmes, des enfants aussi, commencèrent à crier des vivats. Ils se tenaient à bonne distance, cependant quatre ou cinq larrons parmi eux se piquèrent tout à coup de s'avancer au milieu des carabiniers en direction des carrosses. Les soldats les repoussèrent vivement. Une bousculade s'ensuivit, tandis qu'une demi-douzaine de bougres vinrent aussitôt à leur rescousse. Une grosse rixe ne tarda plus. Des bouteilles furent lancées sur des cavaliers de l'escorte. Ces gens-là ne goûtent guère ces plaisanteries et, remontés sur leurs chevaux en hâte, ils sortirent le sabre pour en taper du plat tout autour d'eux. On hurla au meurtre, la panique fut complète. Je m'étais tenu tout du long à proximité des heurts, les carrosses étant dans mon dos, sous la garde d'autres cavaliers, croyais-je. À tort. Lorsque je me retournai, je m'aperçus que les voitures, toujours sans chevaux, n'étaient plus escortées de personne, à part trois ou quatre domestiques qui badaient ce qui se passait. Les cavaliers étaient venus participer à la bastonnade. Une sourde intuition s'empara alors de moi. Je me frayai un chemin à travers la cohue jusqu'au carrosse de la princesse. Je regardai à l'intérieur, le cœur battant. La cabine était vide. La portière opposée était ouverte. Je fouillai autour de moi du regard. Rien. Peut-être était-elle sortie pour elle aussi voir ce qui se passait ?

Je cherchai partout, jusqu'à l'intérieur du relais, en vain. J'en ressortais, suant à grosses gouttes, quand on m'annonça que l'on venait de retrouver le valet de portière de la princesse, poignardé. Les jambes me manquèrent et je m'appuyai à un mur, hébété, refusant de réaliser l'évidence. Pendant ce temps, la rixe s'était calmée. La petite foule se retirait en emportant ses blessés. Elle lançait maintenant des imprécations au cortège. Le capitaine des carabiniers vint alors vers moi. Quand je le vis, ma colère explosa. Je m'emportai tant que je crus un moment qu'il allait tirer le sabre. Heureusement, le maréchal apparut. Je m'isolai avec lui dans le relais de poste. Le vieux militaire me regarda d'un œil sombre.

— Il semblerait que nous n'ayons pas eu tort de prendre autant de précautions, dit-il.

— Oui, c'est vrai, murmurai-je presque.

— Votre stratagème a fonctionné, continua le maréchal, il faut maintenant reprendre le voyage jusqu'à Brumath sans rien changer. Je vais faire donner l'ordre de repartir. Le carrosse de la princesse restera en tête.

— Et pour celle qui était dedans ? demandai-je.

— Espérons que Dieu lui vienne en aide. Mais son sacrifice aura sauvé la future reine de France.

Je ne pouvais qu'acquiescer. Quelques minutes plus tard, le cortège repartait en direction de Brumath. Sans moi. À bride abattue, je décidai de rejoindre Frantz, Étienne et mes quatre mercenaires. Dans ma cavalcade, je songeais à celle qui se trouvait entre les mains de ses ravisseurs. Une sourde angoisse m'étreignit. Que se passerait-il lorsqu'ils se rendraient compte qu'ils n'avaient pas entre les mains la princesse Leszczinska, mais la vicomtesse Kriszska ? Et je regrettais d'avoir souscrit à la ruse que m'avait soufflée Hanna.

Oui, je dois maintenant au lecteur des explications. Et qu'il me pardonne de ne pas l'avoir éclairé plus tôt sur ce point, la sécurité de la princesse en dépendait. Bref, lors de mon conciliabule la veille avec du Maine du Bourg, je lui expliquai que dans la situation présente nous prendrions des risques en exposant trop la princesse. Son cortège constituait une cible dont nous ne pouvions garantir la pleine sécurité. Il fallait donc, défendais-je, qu'elle voyageât dans une quasi-clandestinité. Le maréchal argua alors que cela était impossible pour une future reine de France et qu'elle devait faire une arrivée protocolaire à Strasbourg. C'est là que la suggestion que m'avait faite Hanna trouva à se faire entendre. Il s'agissait de laisser croire que la princesse avait embarqué dans le cortège officiel en la remplaçant par un double, en quelque sorte, tandis qu'une heure après le départ des carrosses deux autres prendraient la direction de Brumath par des chemins secondaires, sous la garde d'un peloton de carabiniers, commandé par Bréville. À l'intérieur de ces voitures prendraient place la princesse Marie, bien sûr, et ses parents, dont le départ prétendument prévu pour le lendemain était un leurre. Après de longues discussions, le maréchal souscrivit finalement à ce plan car tout le monde devait se retrouver à Brumath, d'où la princesse entrerait en grande pompe à Strasbourg sous la garde supplémentaire d'un autre régiment qui l'attendait là-bas. C'était donc Hanna qui avait imaginé ce stratagème trois soirs avant et qui m'avait convaincu de le proposer. Je n'avais pas bataillé pour m'y opposer car elle en avait déjà discuté avec Stanislas et sa fille, qui l'avaient estimé bon. Et au vrai, il l'était. Tellement qu'il venait de faire son œuvre. Trop bien, car je m'étais juré, quoi qu'il arrivât en route, de protéger Hanna d'un quelconque ennemi. J'avais échoué. Mais il n'était peut-être pas encore trop tard pour tenir mon serment.

En quelques minutes, je rejoignis Frantz et Étienne et mes mauvais garçons, à qui j'expliquai tout. Il fallait vite prendre un parti. Je spéculais que ceux qui s'étaient emparés d'Hanna et de celle qui jouait sa dame de compagnie – puisqu'elle avait aussi disparu – n'avaient pas pour premier objectif de lui ôter la vie, car ils auraient accompli ce forfait au moment de la rixe. Non, ils l'avaient enlevée, songeant sûrement à en tirer quelque chose, peut-être tout simplement afin de prouver à d'éventuels commanditaires que la mission avait été menée à bien. Quoi qu'il en soit, ces gens devaient se dire aussi qu'ils allaient avoir dans l'instant à leurs trousses beaucoup de monde. Dans ce genre de cas, mon expérience du faubourg, confirmée par l'avis des vauriens à mon service, me disait que les ravisseurs s'étaient ménagé un refuge non loin d'ici dans une cachette sûre avant de profiter de la nuit pour filer plus loin. Ce n'était qu'une hypothèse, cependant je m'y raccrochai en priant presque Dieu qu'elle ne fût point trop mauvaise – voyez comme le désespoir m'étreignait. Restait que je n'avais aucune idée de l'endroit où elle se trouvait. La seule solution pour tenter de le découvrir était de revenir rapidement sur les lieux de l'enlèvement. Tout ceci venait de se dérouler moins d'une heure et demie plus tôt, la piste était encore fraîche. À la tête de ma petite troupe, je fonçai vers Surbourg.

Nous nous arrêtâmes d'abord au fameux relais de poste où je ne pris pas de gants pour poser quelques questions au patron, lui promettant la geôle s'il n'y répondait pas. Dans un mauvais français, le bougre se montra à peine coopératif. Je voulais en premier lieu savoir s'il avait récemment repéré des gens inconnus dans la région. Il hésita un instant, parut réfléchir, puis finit par admettre que la veille, une dizaine de cavaliers avaient fait halte quelques heures avant de repartir. Il ignorait s'ils étaient encore dans le coin. Je lui demandai aussi si, lors de la rixe, il avait remarqué quelque chose, mais il répondit par la négative. À ce propos, je l'interrogeai au sujet des fauteurs de troubles, ceux qui avaient tenté de se faufiler au milieu des carabiniers. Les connaissait-il ? Cette fois, il tergiversa un petit moment, arguant encore qu'il n'avait rien vu de précis, et je dus le menacer de le laisser entre les mains de mes sbires pour qu'il recouvrît la mémoire. Il m'indiqua deux noms et me dit où ils habitaient dans le village. Enfin, je le pressai de me prêter un garçon du relais afin qu'il me servît de guide. Son choix tomba sur un petit bonhomme d'à peine douze ans à la tignasse rousse, nommé

Hans, dont il me certifia qu'il connaissait les environs comme sa poche. Le gamin m'amena aussitôt au logis du premier de ceux que m'avait dénoncés son patron.

La maison se nichait dans une impasse qui jouxtait l'église du village. Lorsque la porte s'ouvrit, un homme d'une quarantaine d'années, un pansement sur la tête, roula des yeux ronds et n'eut pas le temps d'ouvrir la bouche que nous le poussions déjà à l'intérieur, où une bonne femme et deux mioches commencèrent à brailler. Trois paires de pistolets tenues par Saint-Gilles, Chambon et Santerre les convièrent au silence. Je m'isolai avec l'homme, en compagnie de Grand Cœur, Frantz et Étienne, qui l'assit de force. Grand Cœur sortit de sa poche une dague qu'il promena en ricanant sous le nez du pauvre bougre. De mon côté, j'extrayais d'une bourse deux pièces d'or que je tendis à notre prisonnier. Le choix était simple, demandai-je à Frantz de traduire : ou bien il satisfaisait à mes interrogations et gagnait cette gratification, ou alors il laisserait une veuve et deux orphelins derrière lui. La méthode eut du bon. À la question de savoir pourquoi il s'était permis de fendre l'escorte de carabiniers avec ses compagnons, provoquant ainsi la bousculade, il répliqua qu'on l'avait payé pour cela. Trois hommes l'avaient recruté la veille, lui et quatre autres, pour se faufiler jusqu'aux carrosses afin d'acclamer la princesse. Il jura également qu'il n'avait pas imaginé la réaction que son geste provoquerait. Il me parut sincère, d'autant qu'il n'est pas rare à notre époque qu'on appointe une claque sur le chemin des puissants. J'exigeai ensuite qu'il me décrivît ceux qui l'avaient engagé. Il évoqua de suite un colosse, ainsi qu'un autre dont l'accent lui laissait à penser qu'il n'était pas allemand, peut-être flamand. Le troisième avait une large balafre sur le front.

L'église de Surbourg sonnait 4 heures lorsque nous ressortîmes de la maison. J'étais stupéfait, et mon esprit hésitait encore à s'avouer l'identité de ceux qui détenaient probablement Hanna. Pourtant, l'évidence était là. J'en frémissais. Et ces infâmes ne balanceraient pas à se débarrasser d'elle quand ils découvriraient qu'ils avaient été joués. Je pouvais toutefois compter sur le courage d'Hanna, qui, j'en étais certain, donnerait le change autant qu'elle le pourrait. Mais plus que jamais, je devais vite prendre une décision quant à la direction dans laquelle la chercher.

Depuis Surbourg, quatre ou cinq chemins s'offraient à ma course. J'écartai celui menant à Haguenau, trop risqué pour des fugitifs. Restaient d'autres possibilités pour lesquelles le jeune Hans s'avéra fort utile. Mon idée était que la fuite des ravisseurs d'Hanna ne pouvait que s'être forcément signalée à ceux qui habitaient en bordure des routes que nous nous mîmes à explorer. Il y avait là un pari, je le concède, cependant le lecteur est désormais au courant de ma manière d'agir. Nous nous lançâmes donc dans une cavalcade effrénée au milieu de forêts de sapins, de hautes collines rocheuses, sur des voies parfois taillées dans la pierre. À chaque fois, nous rencontrions des habitants qui nous disaient n'avoir rien vu, et nous faisions alors demi-tour pour tenter notre chance sur une autre piste. D'allers en retours, le soir arriva sans que rien ne me donnât d'espoir. La fatigue et le découragement m'envahirent mais, comme le marin perdu qui ne peut abdiquer son désir d'apercevoir enfin une terre, je poussai encore plus avant, l'angoisse au ventre que le naufrage ne soit l'issue. Enfin, il était 9 heures du soir quand, sur un ultime chemin qu'avait indiqué Hans, nous abordâmes une jeune femme et ses enfants qui ramassaient du bois. Aucun découvreur de continent ne fut alors aussi heureux de ce que je l'entendis nous dire. Oui, elle avait bien vu en début d'après-midi une douzaine de cavaliers. Elle s'en était étonnée car presque personne ne passait jamais par là. Encore moins avec un chariot bâché. Ma fatigue s'estompa aussitôt. Je cogitais que ces gens avaient plus de six heures d'avance sur nous et que, s'ils n'avaient pas arrêté de marcher, ils devaient maintenant se trouver à près de dix lieues de nous. À moins qu'ils n'aient choisi de ne pas s'exposer au grand jour sur une telle distance, persuadés qu'une armée les traquait. Je demandai à la femme où menait le chemin sur lequel nous étions. Elle m'expliqua qu'il était cerné de forêts et de prairies rocailleuses sur des dizaines de lieues, passant même en quelques endroits à flanc de falaise, et serpentait ainsi abruptement vers le nord où il rejoignait la grande route qui menait à Kaiserslautern. Avant, il n'y avait pas de village ni d'habitations, rien, juste les ruines d'un château accroché sur un éperon rocheux, à une lieue d'ici. Le genre d'endroit idéal, me dis-je, pour attendre que le soleil se couche et reprendre sa route en toute discrétion. Oui, c'est ce que j'aurais fait à leur place. La nuit n'allait d'ailleurs plus tarder et, après avoir renvoyé le jeune Hans vers Surbourg, je piquai des deux en direction du fameux château. Une heure plus tard, dans une semi-obscurité, la silhouette massive des vestiges d'un donjon nous apparut au détour d'un lacet du chemin. Le château était à moins d'un quart de lieue. Nous mîmes silencieusement pied à terre et j'envoyai Santerre en éclaireur. Quelques minutes plus tard, il revenait. Ses dents blanches faisaient un trait de lumière dans la nuit. Hilare, il me chuchota que ceux que nous chassions étaient là et semblaient s'apprêter à lever le camp.

23

Santerre s'était hissé sur un aplomb rocheux en face des ruines. Depuis son perchoir, il avait dénombré treize hommes auxquels s'ajoutaient deux autres qui paraissaient monter la garde devant le chariot. C'était beaucoup face à nous, mais nous pouvions cependant compter sur l'avantage de la surprise. Santerre expliqua également qu'il ne restait du château que des moignons de murs et que tout ce petit monde se tenait dans une espèce de cour jonchée de pierres, juste au pied du donjon. L'endroit était un cul-de-sac et ils y étaient venus par un chemin encaissé entre deux falaises. La cachette était bonne, toutefois il leur faudrait repartir par là.

J'échangeai brièvement avec mes hommes. Nous fûmes d'accord sur le fait qu'il fallait agir promptement. Nous étions donc sept, toutefois je puis affirmer que notre petite phalange avait l'expérience de cent dans l'art de l'embuscade. D'abord, je commandai à Étienne de garder les chevaux dans une clairière voisine. Ensuite, en contournant les ruines, nous nous avançâmes avec mille précautions à travers les sapins jusqu'à rejoindre l'entrée du long défilé rocheux qui conduisait au donjon. Au même moment, nous entendîmes du bruit en provenance de cette direction. Les ravisseurs se mettaient certainement en route, pensai-je. Nous eûmes juste le temps de nous disposer comme nous l'avions résolu. Santerre, tireur émérite, se posta en compagnie de Frantz sur un rocher avec les trois mousquets de ses camarades en plus du sien ainsi que deux pistolets. Grand Cœur et Chambon, eux, se placèrent à trente pas de là, derrière un talus bordant le chemin, tandis que Saint-Gilles et moi nous nous tapîmes de l'autre côté, dans un fossé peu profond. Nous avions chacun une paire de pistolets et notre épée. Une moitié de lune éclairait la scène. Bientôt, les parois des falaises résonnèrent du pas des chevaux sur les cailloux ainsi que du brinquebalement d'un chariot. La tête du convoi n'allait plus tarder à émerger. En serrant la crosse de mon pistolet, je songeais à Hanna. Était-elle là ? Encore vivante ? Et puis ces hommes étaient-ils bien ceux que je traquais ? Oui, maintenant m'apparaissait qu'une méprise était, après tout, possible. L'apparition de la haute silhouette d'un cavalier interrompit mes conjectures. Je m'écrasai un peu plus dans l'herbe du fossé. Cinq cavaliers suivaient le premier, puis, menée par deux hommes, la charrette déboucha également des remparts de pierre. C'est alors que je bondis en hurlant un « Halte-là ! » que les falaises se renvoyèrent. Le convoi se figea aussitôt, la charrette bloquant le reste de la troupe dans l'étroit défilé, comme je l'avais escompté. Au même moment, les silhouettes de mes hommes se découvrirent de leurs cachettes, leurs pistolets et mousquets braqués sur les cavaliers de l'avant du convoi.

— Jetez vos armes à terre ! criai-je à ces derniers.

Pour toute réponse, je reçus un coup de pistolet dont la balle siffla à mes oreilles, tandis que le cavalier de tête rugit quelque chose en allemand ou en polonais, je ne saurais dire. Je répliquai d'un « Feu ! » bien français qui déclencha une salve de mes hommes. Deux de nos adversaires s'effondrèrent, mais, en gens habitués au combat, leurs compagnons mirent promptement pied à terre, se postèrent derrière leurs montures, puis ripostèrent de plusieurs décharges de pistolet, ce qui nous força à nous abriter. Pendant ce temps, les conducteurs de la charrette tentaient de faire avancer leurs bêtes pour libérer le passage à leurs camarades coincés derrière eux. Depuis son rocher, Santerre engagea alors un feu de mousqueterie, abattant le premier qui s'aventura à vouloir passer. J'en profitai pour m'élancer hors de mon fossé et courir vers la charrette en compagnie de Saint-Gilles. Deux éclairs illuminèrent la nuit devant nous. À nouveau, je sentis une belle passer non loin de moi, mais qui trouva à se loger ailleurs car un cri suivi d'un bruit de chute me firent comprendre que Saint-Gilles était touché. Je continuai ma course en déchargeant mon pistolet vers les occupants de la banquette de la charrette. L'un des deux s'affaissa. L'autre sauta dans ma direction, son épée à la main. Dans un assaut, tout va très vite et je ne pus arrêter ma course si bien que je me heurtai à lui dans mon élan. Nous tombâmes tous les deux sur le cul, presque face à face. Et comme la lumière de la lune nous révélait à chacun nos visages, elle dévoila également notre stupeur. Là, au milieu des cris et du combat, le fameux Ayala et moi nous regardions, ahuris de cette rencontre. La chose était cocasse, avouez-le, toutefois nous ne prîmes pas le temps de la savourer. Ayala, le premier, se releva et fondit sur moi en tentant de m'embrocher pour fêter ces retrouvailles. J'esquivai d'une volte avant de me remettre sur mes jambes à mon tour. Ayala semblait maintenant possédé, et l'on sait quel mauvais conseiller est le diable en certaines circonstances. Tout à sa rage, l'Espagnol brouillonna des frappes d'estoc, ce dont je profitai pour me placer dans une position que m'avait enseignée un vieux bretteur. Face à un déluge de pointes, elle permettait la riposte par un coup de taille sur le bras. La botte fonctionna : je touchai Ayala au niveau du poignet. Son arme tomba, et j'achevai notre conversation en lui plongeant mon épée dans le ventre jusqu'à la garde. Je l'y laissai d'ailleurs pour m'emparer de la sienne, puis je sautai sur la banquette. Pendant ce temps, le feu de Santerre continuait, méthodique, empêchant quiconque de sortir du défilé, Frantz rechargeant avec célérité les mousquets. De leur côté, Grand Cœur et Chambon avaient vidé leurs pistolets. Épée en main, ils se trouvaient maintenant aux prises avec quatre hommes, et l'obscurité leur était une alliée pour contenir leurs attaques.

D'un coup d'épée, je déchirai la bâche de la charrette.

— Hanna ! appelai-je.

À l'intérieur, deux formes blotties sur le sol se redressèrent. Dans l'obscurité, je distinguai le visage d'Hanna. Il me sembla qu'il s'éclairait d'un sourire. Je ne pris pas le temps de lui rendre. Je me retournai pour saisir les rênes de l'attelage et je lançai la charrette sur le chemin. Derrière nous, une nouvelle terrible déflagration éclata, qui provoqua des hennissements furieux de bêtes blessées. Le carnage, dont les mousquets de Santerre venaient d'être la cause, immobilisa ceux qui auraient pu nous poursuivre. La carriole sautait maintenant en tous sens sur les pierres du chemin, tandis qu'en haut d'une butte j'aperçus Grand Cœur affairé à batailler avec un adversaire à l'immense silhouette. Je ne vis pas Chambon. La nuit nous engloutit ensuite.

Je conduisis la charrette en aveugle durant presque un quart de lieue et, si une bonne étoile n'avait éclairé notre route, nous aurions versé dans un ravin ou sur une muraille. Rien de cela n'arriva. Je parvins à maintenir la voiture sur ses roues en même temps que j'encourageais les bêtes, que le vacarme du combat avait déjà passablement effrayées, ce qui leur était sûrement un motif à forcer le train. Bref, il ne nous fallut pas longtemps avant de rejoindre l'endroit où Étienne gardait nos chevaux. J'arrêtai la charrette en me retournant pour scruter l'obscurité. Personne ne nous avait suivis. Une détonation se fit toutefois encore entendre. J'en avais distingué deux autres durant notre fuite. Au château, le combat continuait. Pourtant, je ne me préoccupai pas de l'issue de la lutte et je pressai Hanna de sortir de la charrette puis je grimpai sur un cheval où je la pris en croupe. J'ordonnai à Étienne de faire de même avec celle qui avait joué la dame de compagnie de la princesse. Et sans nous retourner, nous nous engouffrâmes au milieu d'une forêt de sapins avec le seul souci de tenir notre cap droit devant, vers le sud, autant que faire se pouvait en pleine nuit.

Quelques-uns parmi vous s'étonnent peut-être de mon peu de tourment pour ce qu'il allait advenir de mes hommes restés sur le champ de bataille. Si c'est le cas, je veux les rassurer en leur signalant que les mercenaires ne gardent jamais rancune à leurs commanditaires de les abandonner en mauvaise posture quand ils sont grassement payés pour courir ce risque. Bien sûr, je leur souhaitais de se tirer au mieux de l'aventure, toutefois reconnaissez que dans ma situation il m'eût été difficile de faire quelque chose pour eux. Et puis je savais que ce genre de lascar, s'il ne meurt pas sur place, trouve toujours de la ressource pour décamper. Non, le seul qui eût pu me donner des scrupules à le planter là, si je n'avais eu à penser à plus grave, c'était Frantz, qui après tout m'avait loyalement suivi dans cette équipée sans y être obligé. C'est vrai, cependant il y a dans chaque histoire des victimes innocentes, même si à ce chapitre je n'étais pas certain que mon cocher n'eût pas de vieux forfaits sur la conscience. Lui et les autres étaient donc dans la main de Dieu, s'Il existe, et s'Il voulait bien s'intéresser à ces gaillards.

La promenade nocturne à cheval dans une forêt inconnue est un exercice que je conseille pour fortifier l'âme. À chaque pas, une ombre, une branche qui effleure, un souffle ou le cri d'un oiseau surpris de la présence d'intrus, vient vous glacer le sang. En outre, la forêt dans laquelle nous avancions était si épaisse que le ciel se dérobait le plus souvent à la vue. Nous trottâmes ainsi près d'une heure jusqu'à une partie un peu déboisée qu'il serait abusif de nommer clairière. Au contraire, des troncs d'arbres couchés sur le sol y ralentirent notre marche avant que nous ne nous engouffrions à nouveau sous les sapins. Mais alors que nous venions de les atteindre, des bruits se firent entendre derrière nous. Peut-être était-ce une grosse bête débusquée par notre passage, espérai-je. Je tendis l'oreille. Le bruit cessa d'abord, puis reprit et se rapprocha. Bientôt, le piétinement d'un animal se fit plus net. Je fis signe à Étienne de descendre de cheval avec sa passagère, tandis que je faisais de même avec Hanna. Nous nous tapîmes derrière un gros arbre. Hanna se pressa contre moi. Tout du long de notre fuite, je l'avais sentie dans mon dos, ses bras enserrant ma taille, et je puis dire que je savourai cette étreinte jusqu'à presque en oublier les circonstances qui me la valaient. Mais pour l'instant, il me fallait être bien éveillé car la silhouette d'un cavalier se dessina bientôt de l'autre côté de l'espèce de fausse clairière. Étienne avait encore ses pistolets et j'en récupérai un pour mettre en joue l'inconnu. Il ne pouvait s'agir que de l'un de nos ennemis. Je le laissai s'avancer entre les troncs d'arbres abattus, mais bientôt il immobilisa sa monture pour en descendre. Je me frottai les yeux. Le cavalier semblait s'être dédoublé. Un second resta sur le cheval, tandis que le premier était maintenant à pied. D'un geste, j'indiquai à Étienne de le mettre en joue avec son arme. Je songeai cependant que les détonations allaient immanquablement alerter d'autres poursuivants. Que faire ? Je pris le parti d'attendre. Étienne avait une épée et, si nous nous débrouillions bien, nous pourrions régler cela sans trop de vacarme. Oui, peut-être. Je m'apprêtais donc à bondir sur l'homme à pied dès qu'il serait à ma portée, quand j'entendis une voix lancer d'un accent guttural :

— Étienne ? C'est toi ?

Je reconnus Frantz. Je n'eus pas le temps de répondre qu'Étienne répliquait déjà d'un ton joyeux :

— Ben, j'veux qu'c'est *mezière*[1] !

Et les deux se tombèrent dans les bras. Derrière, sur le cheval, apparut Grand Cœur, une jambe ensanglantée.

Nous ne restâmes pas longtemps sur place. Si Frantz et Grand Cœur nous avaient rejoints, d'autres pouvaient le faire. Nous reprîmes notre marche à l'abri de la forêt. En chemin, Frantz et Grand Cœur nous racontèrent à voix basse ce qui s'était passé après notre départ du château. On se souvient que j'avais vu Grand Cœur aux prises avec un adversaire d'une taille remarquable. C'était lui qui l'avait blessé à la jambe après une lutte

1. Moi.

acharnée, expliqua Grand Cœur. Évidemment, je soupçonnai aussitôt qu'il s'agissait du fameux Marek. Bref, Grand Cœur, la cuisse traversée, n'avait dû son salut qu'à une chute dans un profond fossé rempli de buissons. Dans l'obscurité, personne ne s'était donné la peine de venir l'y chercher. Quant à Chambon, Grand Cœur nous annonça qu'il l'avait vu tomber d'un coup de feu en pleine poitrine. De son côté, Frantz décrivit la fin de Santerre qui, une fois qu'il n'y eut plus de poudre pour recharger les mousquets, se jeta comme un diable sur les assaillants. À un contre quatre ou cinq, sa charge eut une issue logique. Frantz, lui, décampa en sens inverse, nous avoua-t-il. Personne ne lui en voulut, car il n'y a pas de honte à refuser le suicide. Revenu à la clairière où se tenaient les chevaux, il n'en trouva qu'un seul qu'il enfourcha au même moment que Grand Cœur arrivait en claudiquant. Ensemble, ils firent un choix identique au nôtre, et ils prirent la direction du sud, ce qui les avait ramenés à nous.

Après deux heures de marche, nous atteignîmes un sentier forestier un peu mieux qu'étroit : notre train s'en améliora. Bientôt, nous quittâmes de plus en plus souvent les sous-bois pour traverser au galop de grandes prairies. Il devait être presque 3 heures du matin quand nous nous accordâmes une heure de repos dans une grange abandonnée. Les bêtes étaient exténuées, surtout que chacune portait deux personnes. Durant cette pause, j'interrogeai enfin Hanna, curieux de savoir si elle avait été démasquée par ses ravisseurs, et comment on les avait enlevées.

— Lorsqu'il y a eu l'attroupement au relais de Surbourg, m'expliqua-t-elle, nous sommes remontées dans la voiture, mais à peine mon valet en avait-il fermé la portière que celle d'en face s'est ouverte. Un homme est apparu, qui nous a expliqué que pour notre sécurité il fallait tout de suite nous réfugier dans le relais. C'était un ordre du maréchal. J'ai hésité, mais j'ai finalement cédé à ses instances. Nous sommes descendues. Aussitôt, une demi-douzaine d'individus nous ont entourées pour nous pousser vers une charrette bâchée. Il n'y avait plus de soldats autour de nous. Mon valet a voulu s'interposer mais un colosse l'a poignardé. Nous avons alors crié, cependant le brouhaha de la rixe a dû couvrir nos voix. Ensuite, enfermées dans la charrette, nous n'avons plus rien vu jusqu'à cet endroit cerné de forêts où vous nous avez trouvées. À aucun moment on ne nous a parlé, et je crois bien que ces gens avaient le sentiment de détenir la véritable princesse. Toutefois, si vous n'étiez pas arrivé, je crains qu'ils n'aient pas tardé à percer notre ruse. Et là...

Je l'interrompis en l'engageant à prendre un peu de repos car nous n'étions pas encore sortis d'affaire. Elle acquiesça et s'allongea sans façon dans un coin de la grange. Je l'observai, pensant que si elle n'était pas reine, elle en possédait le caractère.

Je n'avais aucune idée exacte de l'endroit où nous nous trouvions, cependant, en n'ayant jamais dérogé de notre cap vers le sud, j'estimais que nous ne devions plus être trop loin de la route de Haguenau. Lorsque nous nous remîmes en selle – et en croupe –, mon hypothèse se vérifia dans la demi-heure. Enfin, à 5 heures du matin, nous arrivions devant un relais de poste à l'entrée de Haguenau. J'ordonnai au patron d'aller chercher un médecin pour Grand Cœur, tandis que Hanna et sa compagne gagnèrent une chambre. Frantz, Étienne et moi, nous veillâmes à tour de rôle dans la grande salle du relais jusqu'à 8 heures du matin. Deux heures plus tard encore, Frantz avait déniché une voiture de louage qui nous conduisit dans la journée à Strasbourg.

Un peu plus tôt, la princesse Marie et ses parents y avaient été accueillis en grande pompe sous les vivats de la foule.

24

L'entrée de la future reine de France dans leur ville remplit les Strasbourgeois de fierté, d'autant que plus personne n'ignorait que son mariage par procuration avec Louis se déroulerait ici. Le cortège venait de Brumath, où la princesse Marie et ses parents s'étaient rendus la veille sous la bonne garde de Bréville. Oui, grâce à la ruse que nous avions imaginée, leur voyage incognito depuis Wissembourg s'était déroulé sans encombre sous la garde de Bréville et de carabiniers en civil, tandis que nous subissions l'attaque de Van Bruyn et de ses sbires. À chaque relais de poste, on expliquait aux curieux qu'il s'agissait d'un prince allemand et de son épouse, ainsi que de l'une de leurs jeunes dames de compagnie. Enfin, ils étaient arrivés à Brumath presque en même temps que le convoi officiel. La nuit se passa, puis Marie reprit sa place dans son véritable carrosse, entourée désormais par un régiment entier jusqu'à Strasbourg. Là, après l'accueil solennel des autorités de la ville, on la logea avec son père et sa mère chez la comtesse d'Andlau, dans un magnifique hôtel autour duquel on multiplia les piquets de garde.

À peine débarqué de notre voiture, j'allai aux nouvelles, et l'on m'indiqua le lieu où se trouvaient Stanislas et sa famille. J'en informai Hanna, qui voulut aussitôt les rejoindre. La chose était normale, mais mon ventre se serra qu'elle ne balançât pas un instant entre moi et son service auprès de la princesse, son amie.

Depuis que je l'avais libérée, elle m'avait plusieurs fois remercié, m'étreignant même dans ses bras à la première halte que nous avions faite durant la fuite. Ensuite, après les quelques heures de repos à Haguenau, nous avions échangé d'une manière plus froide, car nous n'étions pas seuls dans la voiture qui nous amenait à Strasbourg. Du moins, c'était ainsi que je me l'expliquais. Il y eut bien quelques regards entre nous, mais rien de plus et c'est un peu transi, je l'avoue, que je l'accompagnai vers l'hôtel d'Andlau, avec celle qui avait joué sa dame de compagnie. Là-bas, le hasard voulut que nous rencontrions du Maine du Bourg et Bréville qui sortaient justement de l'hôtel. Le maréchal se montra très chaleureux et se félicita de l'issue heureuse de notre aventure. Il donna aussitôt des ordres pour que l'on menât les deux femmes auprès de la princesse. Je restai planté là, mais le brave Bréville tomba à point nommé pour me changer les idées. Il m'assaillit de questions sur ce qui venait de se passer et, comme il ne savait pas encore où résider à Strasbourg, nous convînmes de prendre deux logements dans la même auberge. Nous passâmes la soirée ensemble, et je pus à nouveau me rendre compte combien le chevalier était le meilleur des hommes.

Dès mon arrivée à Strasbourg, j'avais envoyé à Fleury un rapport détaillé sur mes récentes aventures. En l'écrivant, je songeais que ma mission touchait à sa fin. Je pensais à Hanna, aussi. Peut-être n'y aurait-il jamais rien de plus entre nous. Il n'avait manqué qu'une occasion de me déclarer, regrettai-je. Cela arrive souvent, et beaucoup de destins amoureux se sont faits ou défaits ainsi. Mais la réponse de Son Excellence à mon courrier moins de quatre jours plus tard me tira de ma mélancolie. Jugez-en. J'étais officiellement chargé de collaborer avec les autorités locales à l'organisation du mariage par procuration. En fait, Fleury m'ordonnait de continuer par ce moyen ma très discrète mission de surveillance. Et désormais, je pouvais me rendre quand je le souhaitais à l'hôtel d'Andlau. Je jubilais, car qu'espère de mieux un cœur épris que de se voir ainsi obligé de monter la garde près de celle qu'il convoite ? D'ailleurs, je ne tardai pas à la croiser lors de ma première visite à l'hôtel. Je la trouvai radieuse. Elle se montra ravie de me revoir, et nous profitâmes des jardins de la maison pour converser un peu, comme lors de nos douces promenades de Wissembourg. Le fil n'était peut-être pas rompu entre nous, pensai-je lorsqu'elle me donna son bras. Et comme nous cheminions au milieu des bosquets, nous reparlâmes de l'équipée dont elle avait été l'héroïne. Hanna n'en conservait aucune peur, toutefois je me permis de lui confier que je souhaitais qu'elle ne se mette plus en danger. Elle s'arrêta alors pour me toiser d'un air moqueur.

— Croyez-vous, monsieur l'abbé, que, parce que vous m'avez sauvée, je vous doive désormais obéissance ? s'amusa-t-elle.

— Oh, certes non, mais je ne serai peut-être pas toujours là pour assurer votre sauvegarde... répliquai-je.

— Ah ? Vous comptez nous quitter prochainement ? s'inquiéta-t-elle.

— Je ne m'appartiens pas, et si l'on me rappelle à Versailles, je devrai obéir, expliquai-je.

— Je vois... fit-elle d'un air pensif.

— Se pourrait-il que cela vous attriste ? demandai-je.

— On ne voit jamais partir ses amis les plus chers sans peine.

— Je serais de ceux-là ? Il m'avait pourtant semblé que je pouvais disparaître de votre vue sans trop de regrets, dis-je d'un léger ton de reproche.

— Vous me croiriez ingrate ?

— Non, mais j'avais peut-être cru mériter moins de froideur à certains moments, osai-je alors.

Hanna plongea ses yeux dans les miens. Son regard était plus vert que jamais

— Je suis sincèrement attristée de vous avoir causé ce dépit, m'assura-t-elle, et si mon dévouement à ma maîtresse ne voulait que je m'oubliasse, je vous aurais témoigné de meilleures preuves de mon attachement, autant que de ma reconnaissance.

Il me sembla que son regard se troublait.

— Oh, mais il n'était pas dans mon intention de vous faire des reproches, m'excusai-je, et vous m'avez déjà concédé suffisamment pour que je m'en trouve le plus heureux des hommes.

Hanna sourit. Nous reprîmes notre promenade dans les allées du jardin, mais sans plus rien dire désormais. De retour à notre point de départ, Hanna lâcha mon bras puis se planta devant moi.

— J'ai l'impression, monsieur l'abbé, que vous appréciez la compagnie des femmes, lança-t-elle dans un sourire.

Je restai interloqué.

— Eh bien… je ne nie pas que mon sacerdoce m'a procuré maintes occasions d'éprouver leurs mérites, répondis-je d'un air embarrassé.

— Oui, vous connaissez assurément celles de Versailles, reprit Hanna, cependant vous ignorez encore tout des Polonaises, je le crois.

— Ah ? Et vous accepteriez de m'enseigner leurs qualités ? badinai-je.

— Méfiez-vous, il se peut qu'il n'y ait que des défauts à découvrir, répliqua-t-elle du même ton. Votre roi s'en rendra peut-être bientôt compte.

Et nous éclatâmes de rire comme des enfants.

Le jour suivant, lors de notre promenade, je m'enhardis cette fois à inviter Hanna à une représentation de théâtre. Elle accepta. J'allai la chercher à l'heure convenue avec mon carrosse. Nous n'arrivâmes jamais à la salle de spectacle. Dans l'intimité de la cabine, Hanna venait de m'en concéder assez pour que nous décidions de nous priver des trois actes de la pièce afin d'en arriver tout de suite au dénouement. Frantz nous déposa devant une maison située à quelques pas de la cathédrale où j'avais loué la veille un bel appartement en prévision de la suite de mon séjour à Strasbourg.

Le lecteur le sait déjà trop, je suis ce que les fâcheux se plaisent à dénoncer comme un libertin. Je ne le conteste pas, toutefois apprenez que c'est en vertu de cela qu'un débauché sait reconnaître la vraie passion lorsqu'il l'éprouve. Les prudes, avec leurs amours tièdes, ne le comprendront jamais, eux qui prennent un feu de paille pour un brasier. Bref, j'en fais le serment, la chaleur de nos transports cette nuit-là ne nous fut inspirée que par un noble sentiment partagé. Et que ceux qui veuillent n'y voir que du stupre aillent à confesse, mon sacerdoce m'ayant démontré que ce sont les chastes qui ont souvent les pensées les plus impures.

À la fin de la seconde semaine de juillet, on publia partout dans le royaume que le mariage par procuration du roi et de la princesse Leszczinska aurait lieu le 15 août suivant, à Strasbourg. Depuis que nous nous étions donnés l'un à l'autre, Hanna s'échappait dès qu'elle le pouvait de son service auprès de la princesse pour me retrouver dans mon appartement, d'où nous nous arrachions toujours avec peine quelques heures plus tard. Parfois, rarement, elle pouvait passer une nuit avec moi. Il est vrai que ma mission m'engageait également à ne pas m'absenter trop longtemps de l'hôtel d'Andlau. J'y figurais chaque jour dans les salons, le roi Stanislas, sa femme et la princesse n'ignorant pas combien j'avais déjà été utile à leur sûreté. Le fidèle Misiak avait également trouvé là-bas une place, ainsi que deux femmes de compagnie de l'épouse de Stanislas. De l'ancienne cour de Wissembourg, c'était tout. Désormais, autour de la future reine et de sa famille, outre la magnifique comtesse d'Andlau et ses proches, se pressaient quotidiennement d'éminents gentilshommes, des envoyés de Versailles, des prélats et une quantité rare de princes allemands trop heureux de profiter de l'opportunité de présenter leurs hommages. Par ailleurs, son nouveau statut de futur beau-père du roi de France avait rendu ses ambitions à Stanislas. Il n'avait pas abdiqué son rêve de remonter un jour sur le trône de Pologne et il recevait déjà quelques nobles de son pays. J'avais donc fort à faire pour veiller sur la princesse, d'autant qu'elle se permettait maintenant de nombreuses sorties, au spectacle ou pour des bonnes œuvres. Grand Cœur n'étant pas encore remis sur pied, je ne disposais plus de personne d'aguerri pour me prêter main-forte si nécessaire. Heureusement que Bréville avait à sa disposition des soldats de son régiment, si bien qu'en plus des escortes officielles diligentées par le gouverneur du Maine du Bourg, nous assurions toujours, Bréville ou moi, une protection secrète de la promise de Sa Majesté. Après les précédents épisodes, on imagine bien que notre vigilance embrassait tout ce qui eût pu représenter un péril, tout en prenant mille précautions afin de ne pas nous faire remarquer. Nous inspectâmes ainsi presque clandestinement de fond en comble l'hôtel d'Andlau, depuis les cuisines jusqu'aux écuries en passant par les étages nobles. J'avais aussi demandé au maréchal du Maine du Bourg que l'on fît embaucher parmi les domestiques deux ou trois mouches, gens détestables mais utiles. De la même manière, nous étions convenus avec le maréchal que sa police contrôlerait régulièrement les auberges de la ville afin d'y recenser les nouveaux arrivants. De plus, j'avais donné le signalement du fameux Marek ainsi que celui de Van Bruyn, mais je n'espérais pas grand-chose de ce côté-là. Après ce qu'il venait de se passer, je les imaginais mal se montrer au grand jour à Strasbourg. D'ailleurs, en avaient-ils encore l'intention ? Leurs commanditaires savaient que, dorénavant, la moindre action contre la princesse ne manquerait pas d'avoir de graves conséquences diplomatiques. Elle n'était plus une fiancée de contrebande, mais une presque reine. Et il fallait que ceux qui se seraient mis en tête d'ourdir un complot contre elle fussent bien fanatiques.

Dans ma garde, je pouvais également compter sur la présence d'Hanna, elle qui avait démontré combien son dévouement valait une armée. Elle avait conservé sa grande intimité avec Marie, et elle me communiquait toujours de précieux renseignements lors de nos rendez-vous. À ce propos, je dois préciser que nous devions déployer des trésors de discrétion pour ne pas ébruiter notre liaison. Oh, pas seulement parce que dans nos provinces l'on est moins habitué qu'à Versailles aux amours des prêtres, mais parce qu'à cause de cela Hanna n'aurait pu garder sa place.

Une des dames de compagnie de la princesse, son amie de surcroît, éprise d'un jeune abbé, voilà qui aurait nourri le fiel de la coterie des dévots. Et à la veille d'un mariage chrétien, c'est une faute que de s'aliéner les faveurs du ciel.

25

Au début de la dernière semaine de juillet, je pus mesurer combien la présence d'Hanna auprès de la princesse m'était précieuse. Car figurez-vous qu'elle m'annonça un soir qu'une prestigieuse dame de la cour de Versailles venait d'arriver incognito à l'hôtel d'Andlau. Hanna n'avait pu qu'entrevoir la mystérieuse visiteuse, mais suffisamment pour se rendre compte qu'elle était d'une grande beauté. Elle logeait dans une aile de l'hôtel, à côté des appartements de Stanislas, et, pour l'heure, la princesse Marie n'avait pas voulu lui en dire plus sur son identité. La chose avait surpris Hanna, et elle songea qu'il devait s'agir d'une volonté de la fameuse dame, car Marie n'était pas d'ordinaire d'une nature dissimulée. Je me mis donc en devoir d'élucider cette énigme, ma mission – et ma curiosité – me le dictait.

Le lendemain, je me rendis à l'hôtel d'Andlau aux aurores et m'installai en faction dans un salon proche de celui où Stanislas avait désormais l'habitude de recevoir ceux qui le sollicitaient. Personne ne s'étonna de ma présence. Il faut dire que l'hôtel avait vu sa marche bouleversée depuis l'arrivée de la princesse, et la comtesse d'Andlau ne se formalisait pas que sa maison ne lui appartînt plus, pour ainsi dire. Je restai là deux bonnes heures, m'occupant à savourer un charmant petit ouvrage de M. de Montesquieu, *Le Temple de Gnide*, dont je conseille la sensuelle licence. Bref, n'y voyez pas de méchant sous-entendu de ma part, cependant j'en avais à peine achevé la lecture que je crus voir passer devant les doubles portes du salon la silhouette de Mme de Prie. Mon livre m'en tomba des mains. Je me levai pour passer la tête dans le salon voisin, et le mirage devint réalité. La marquise était là, assise dans un fauteuil, conversant avec deux gentilshommes que je ne connaissais pas. Elle m'aperçut. Gêné, je la saluai en me retirant. Les portes du salon se refermèrent ensuite.

Le lecteur imagine sûrement ma surprise, lui qui vient peut-être également de s'étonner. Et je ne perdis pas une seconde pour prévenir Son Excellence dans un courrier, bien qu'il fût peut-être déjà au courant. J'en profitai aussi pour avertir Hanna de ma découverte. Elle m'informa en retour que Mme de Prie s'était déjà entretenue avec la princesse Marie et qu'elle devait la revoir, ainsi que Stanislas. La chose pouvait se concevoir si l'on veut bien se souvenir de l'éminente position de la marquise à la Cour. Et l'on pourra même arguer que tout ceci ne concernait désormais plus la mission d'un obscur petit abbé. Toutefois, quand je vous dirai que quelques heures plus tard, au cours de l'après-midi, je fus invité par l'un des deux gentilshommes que j'avais aperçus à côté de la marquise à m'entretenir avec elle dans le salon de musique de l'hôtel, on admettra que je n'étais pas encore redevenu insignifiant à certains yeux. Je me souvenais aussi que j'avais précédemment joué un rôle auprès de Mlle de Vermandois qui pouvait me valoir une sévère rancune de la maîtresse du duc de Bourbon. Bref, je me risquai dans le salon de musique comme d'autres pénètrent dans la cage d'un fauve.

Mme de Prie, comme lors de notre première rencontre, s'essayait à tirer quelques accords d'un clavecin. Lorsqu'elle me vit, elle délaissa le clavier pour se diriger lentement vers un canapé. Elle était vêtue d'une remarquable robe jaune vif à motifs de dentelles d'argent dont la perfection déclassait toutes les toilettes qu'on pouvait voir à l'hôtel d'Andlau. Une reine n'en aurait pas porté de moins belle.

— Je croyais votre mission achevée, monsieur l'abbé, commença-t-elle en s'asseyant sur le canapé. Je suis surprise de vous trouver ici.

— Mon maître a pensé que je pouvais encore être utile, je crois, répondis-je.

Le beau visage de la marquise se durcit.

— Ah ? Et à qui donc ? demanda-t-elle, les lèvres pincées. À sa personne, peut-être, car je ne vois pas d'autre raison pour que l'un de ses collaborateurs s'attarde dans les parages.

À un assaut si frontal d'une si dangereuse femme, il est toujours malaisé de se défendre. Il fallait pourtant que je le tente.

— Son Excellence n'a d'autres intérêts que ceux de Sa Majesté, comme nous tous, lançai-je. Et il a souhaité que je puisse apporter mon modeste concours au grand événement qui se prépare.

— Je vous crois plutôt un espion et un intrigant, lâcha-t-elle d'un ton de glace.

— Je suis désolé de l'opinion que vous semblez avoir de moi, madame, ripostai-je. Je ne sais à quelle source vous la puisez, et croyez bien que je puis fournir des preuves de ma loyauté.

— Ne jouez pas les jésuites avec moi, s'agaça-t-elle. Oui, vous êtes fidèle à votre maître, M. de Fréjus, mais je ne méconnais pas que vous savez être un instrument moins scrupuleux envers d'autres serviteurs de Sa Majesté.

— Je crains que l'on ne vous abuse, madame...

— Taisez-vous ! s'emporta alors Mme de Prie.

Je songeai aussitôt à tourner les talons, mais une petite voix souffla à mon esprit de n'en rien faire. Depuis le temps que je fréquentais ce monde, j'avais déjà éprouvé cette tactique des puissants dont les colères brusques envers un subalterne sont souvent les préambules à autre chose. Un peu comme le canon s'abat sur le champ de bataille avant que l'infanterie ne donne. J'attendis donc la suite sans rien rétorquer. Elle ne tarda pas.

— J'ai dans l'idée, monsieur l'abbé, reprit la marquise d'un ton moins acerbe, que vous ne mesurez pas le rôle que l'on vous fait jouer.

Elle se leva et marcha jusqu'à une fenêtre qui donnait sur la rue.

— Nous sommes à la veille de grands bouleversements, poursuivit-elle tout en regardant au-dehors. Sa Majesté sera bientôt mariée, peut-être même, nous le souhaitons, sera-t-il bientôt père, et le jeune homme fera place à l'homme. Bref, ceux qui voudraient encore le tenir sous leur coupe au privilège qu'ils en furent les précepteurs de l'enfance en seront pour leurs frais. La princesse Leszczinska, comme son père, ne pense d'ailleurs pas autrement, et ils s'en remettent à moi sur ce point, comme sur beaucoup d'autres. Comprenez-vous ?

Je restais silencieux, ce qui l'engagea à se retourner. Elle me scruta de haut en bas avant de continuer :

— Ne doutez pas que d'ici peu de temps il me sera aisé d'obtenir des disgrâces définitives. Cependant, je me suis laissé dire que l'on vous apprécie ici pour des services dont j'ai également eu des échos. Il serait alors dommage de gâcher cette estime par un entêtement à rester la créature de gens qui déplaisent déjà.

Le message était clair, mais si Mme de Prie me laissait lire dans ses cartes, ce n'était pas pour rien. Ce genre de joueur n'accorde de chance à son adversaire que contre un gain plus important encore. Je décidai de ne pas contrarier son jeu. Il est des aubaines qu'il faut savoir saisir.

— J'ai, madame, un aveu à vous faire, dis-je.

L'œil de la marquise brilla.

— Je vous écoute, répondit-elle.

— Il se trouve que, depuis quelque temps déjà, ma position ne satisfait plus à ma conscience, assurai-je. Cette gêne me hante, et j'en ai d'autant plus de soulagement à entendre ce que vous me confiez. En outre, j'éprouve une vive gratitude envers ceux dont vous rappelez qu'ils veulent bien me faire l'honneur de me porter de l'intérêt. Et croyez bien, madame, qu'il n'entrera jamais dans mes projets de les décevoir. Pour cela, je n'ai ni le désir ni le goût d'attacher mon avenir à une personne qui pourrait y porter ombrage.

Le visage de la marquise s'éclaira d'une expression presque amicale.

— Vous êtes un homme intelligent, monsieur l'abbé. Cette qualité, ajoutée à ce que je sais déjà de vous, vous ouvrira une belle carrière à condition de ne pas vous tromper de protecteur. En l'occurrence, je vous offre les meilleurs : le roi et la reine.

Je baissais respectueusement la tête en signe d'obéissance.

— Lorsque nous serons de retour à Versailles, ajouta-t-elle, je vous donnerai mes instructions. D'ici là, ne soyez pas zélé dans votre service auprès de M. de Fréjus, vous savez désormais que cela est une faute qui ne se pardonnera pas.

Et la marquise retourna à son clavecin où elle reprit ses gammes, tandis que je me retirais.

Mme de Prie repartit deux jours plus tard. Sa présence à Strasbourg avait fini par s'ébruiter, et j'en avais d'ailleurs avisé le brave Bréville, sans toutefois lui signaler mon entretien avec elle. Je n'en révélai pas non plus le fond à Hanna.

La nuit du mercredi 1er août, un nouveau visiteur arriva à Strasbourg. J'en fus cette fois informé au matin chez moi par un domestique que le lecteur a déjà rencontré : le fameux Bérard, le valet de pied de Fleury. Qu'on imagine ma stupéfaction. Oui, il venait m'avertir que Son Excellence m'attendait dans le palais de l'évêque de la ville, le cardinal de Rohan, où il logeait. Je m'habillai promptement pour l'y rejoindre. Fleury me reçut dans un salon qui avait l'avantage d'ouvrir sur un vaste jardin ombragé. Il faisait très chaud, et Son Excellence semblait en souffrir. Je lui trouvai la mine fatiguée. Il m'expliqua en préambule que mon courrier sur la venue de Mme de Prie l'avait incité à anticiper sa venue qui devait à l'origine avoir lieu une semaine plus tard, en prévision du mariage du 15 août.

— À mon âge, se plaignit-il en s'épongeant la nuque d'un mouchoir, ce genre de voyage n'a rien d'un agrément. Nos routes sont décidément exécrables et il faudrait à ce pays un vrai gouvernement pour y remédier. Au lieu de cela, on ne se préoccupe à Versailles que du choix des dames qui composeront la maison de la reine. À ce propos, vous imaginez bien que la marquise de Prie en veut toute sa part. Elle n'est pas venue ici pour rien. Et il serait amusant de l'observer à ce rôle de bonne marraine qu'elle se pique de jouer auprès de la princesse si l'on ne savait tout ce qu'elle compte en retirer. De ce qu'il me revient déjà, Marie et Stanislas sont sous le charme. Et il ne m'étonnerait pas qu'elle en profite pour saper mes positions.

— C'est le cas, intervins-je.

Fleury me regarda d'un drôle d'air.

— Vous êtes au courant de quelque chose ? demanda-t-il en se saisissant d'une carafe d'eau pour s'en verser un verre.

— Oui. Elle a souhaité me voir lors de son séjour à l'hôtel d'Andlau, répliquai-je.

Fleury reposa sèchement la carafe.

— Et vous avez accepté ? gronda-t-il.

— Oui. Elle s'est d'abord montrée très remontée contre moi, puis elle m'a fait valoir le danger de rester à vos côtés alors que je pourrais assurer mon avenir en la servant, car elle affirme disposer de la confiance de la future reine.

Fleury écarquilla les yeux, et j'y perçus pour la première fois comme une crainte. Il vida son verre d'eau, s'en versa un autre, puis marmonna quelque chose que je ne compris pas avant de lâcher :

— Cette intrigante est capable de tout, mais si vous m'en parlez c'est que vous n'avez pas accepté, j'imagine.

— Il y a des propositions qui se refusent plus difficilement que d'autres, répliquai-je.

La main de Fleury se crispa sur son verre.

— Je suis un nain dans ce grand jeu, continuai-je, toutefois Mme de Prie n'est pas de celles qui négligent les détails. Le bon horloger sait que la plus belle mécanique est toujours à la merci du grain de sable. À ce titre, j'ai un prix à ses yeux. Et elle veut donc m'acquérir à sa cause, quitte à me faire un mauvais sort ensuite.

Fleury ne lâchait plus mon regard. Il répliqua :

— Certes, Mme de Prie sait sa grammaire politique : il y a toujours moins de publicité ou de représailles à redouter lorsque l'on se débarrasse d'un collaborateur plutôt que d'un ennemi. Cela vaut d'ailleurs aussi pour vous en cet instant.

Je souris à cette menace sans voile.

— Vous souvenez-vous, Votre Excellence, de ce que vous confiait le cardinal Dubois à mon sujet ? demandai-je.

— Rappelez-le donc.

— Qu'il se flattait de posséder en moi un homme discret et loyal. Eh bien, je vous prouve ce jour qu'il était d'une grande clairvoyance. Car c'est toujours en conscience que je choisis mes chaînes et celles de Votre Excellence me conviennent à merveille.

Fleury vida alors d'un trait son verre d'eau et, sans plus de commentaires sur notre échange, il me fit un tableau de la situation. Tout Versailles attendait la future reine. Les uns, d'une bienveillante impatience, les autres, d'une trépignante malveillance. Pour autant, tout le monde guignait une place dans la maison de la reine. Mme de Prie s'affairait pour tirer les ficelles des nominations, voulant contrôler tout jusqu'au registre des finances de la reine. Toutefois, pour l'heure, elle devait encore en rabattre pour ne pas se mettre la Cour à dos. Le duc et elle faisaient également savoir partout qu'ils étaient heureux du choix de la princesse Leszczinska. Cependant, précisa Fleury, il ne fallait jamais oublier que Mme de Prie avait pour religion de toujours garder plusieurs fers au feu. Par ailleurs, Son Excellence conservait un doute quant à savoir si le duc avait vraiment fait le deuil de la candidature de Mlle de Sens, sa sœur.

Cependant, hors de Versailles, d'autres dangers rôdaient toujours, m'avertit-il aussi. Madrid restait inconsolable de l'affront reçu, tandis que les Russes, avec leurs alliés polonais, multipliaient les preuves de leur mécontentement. Bref, on pouvait s'attendre à tout, ces gens-là n'ayant pas pour habitude de brider leurs mœurs brutales. J'en savais quelque chose. Enfin, après ce long exposé, Son Excellence m'expliqua une autre des raisons de sa venue.

— Je viens rencontrer Stanislas avec des arguments que Mme de Prie n'a pas. Le roi, quoi qu'elle veuille bien en dire, me porte toujours suffisamment de considération pour qu'il m'ait chargé d'un joli cadeau à son futur beau-père : une pension annuelle digne d'un prince et la jouissance du château de Chambord. Voici des arguments qui aident à rendre aimable, je crois.

Notre entretien s'acheva ensuite sur l'ordre de poursuivre ma mission jusqu'au jour du mariage, au moins. Son Excellence, lui, avait décidé de retourner à Versailles, sa présence le 15 août n'étant pas nécessaire, argua-t-il. Je comprenais mal, cependant il aurait été vain de vouloir pénétrer les méandres de son esprit. Fleury ajouta toutefois que, sur le chemin du retour, il ferait un détour par Lunéville afin de consoler le duc de Lorraine de n'avoir pu trouver un royaume à sa fille. Mais alors que je me retirais, il m'interpella une dernière fois :

— Vous êtes un homme surprenant, savez-vous ? J'en connais peu qui n'auraient succombé à de telles avances de la marquise.

— Pourtant, il y en a au moins un autre qui y survit, répliquai-je.

— Le duc de Bourbon ? demanda Fleury.

— Oh non, lui est ferré. Je voulais parler de Votre Excellence.

— Ah, cela nous fait un point commun, c'est vrai, me lança-t-il alors dans un éclat de rire que je ne lui avais jamais entendu depuis que j'étais à son service.

26

Hanna était inquiète. La visite de Mme de Prie lui avait donné un avant-goût de ce que serait désormais la suite de ses relations avec la princesse Marie. Elle s'était trouvée mise à l'écart et avait même ressenti de la défiance de la part de la marquise, alors qu'elle l'avait seulement croisée. Elle ignorait combien Mme de Prie était prompte à se méfier de celles dont la beauté et l'intelligence pouvaient lui voler une parcelle de lumière. Je la rassurai et, pour la distraire, je lui confiai mon stratagème afin d'endormir l'animosité de Mme de Prie à mon égard. Mais Hanna estima que ma ruse pouvait me valoir pire encore lorsqu'elle se rendrait compte que je l'avais jouée. Ce n'était pas faux, mais la table de jeu n'est pas un plateau d'échecs : on y pense un seul coup à l'avance. Et puis, expliquai-je à Hanna, j'avais dans l'idée que Fleury avait dans sa manche un plan pour museler la marquise. Du moins je l'espérais, maintenant que j'avais définitivement lié mon parti au sien.

Le lendemain du départ de Son Excellence, les préparatifs du mariage s'activèrent avec l'arrivée à Strasbourg du duc d'Antin et du marquis de Beauvau, ambassadeurs officiels du roi auprès de Stanislas. Ils entrèrent en ville au milieu d'un cortège prestigieux. Escortés de carabiniers royaux et de gardes suisses, des dizaines de carrosses paradèrent, dans lesquels avaient pris place de nombreux gentilshommes de la cour des ambassadeurs, mais aussi le duc d'Épernon et ses courtisans, ainsi que l'évêque de Langres. Tout ce monde était accompagné de valets et de laquais en livrée multicolore. Bref, le Grand Turc ne se serait pas déplacé avec une suite moins exagérée. Mais par ce surcroît de faste, on avait peut-être imaginé faire oublier la modestie de la dynastie de Stanislas aux yeux de l'Europe. D'ailleurs, le jour suivant, le bon peuple de Strasbourg put à nouveau profiter du spectacle. Le 4 août, en effet, les ambassadeurs firent en grande pompe la demande solennelle de la main de Marie à Stanislas. Oui, en ce pays, c'est souvent l'étiquette qui règne plus que le roi. Bref, le duc d'Antin et le marquis de Beauvau en tenue d'apparat se transportèrent au palais du gouverneur, où Stanislas les attendait avec sa femme et sa fille sous un dais de velours cramoisi. Il faisait beau, et la foule s'était massée aux abords. Avec Bréville, j'étais installé à quelques pas du dais, derrière une espèce de portique dressé pour l'occasion. De là, je vis les ambassadeurs s'avancer pour présenter leurs hommages et ceux du roi de France à Stanislas et à sa fille. Évidemment, l'ex-roi de Pologne répondit favorablement à la demande officielle. Marie prit même la parole à haute voix pour déclarer :

— Je prie le Seigneur pour que je fasse le bonheur du roi comme il fait le mien et que son choix produise la prospérité du royaume et réponde aux vœux de ses sujets.

Que le lecteur me pardonne d'avoir alors songé que j'étais aussi un peu la cause de ce bonheur. Le soir, un souper et un bal furent donnés par le duc d'Antin, où Stanislas et Marie se rendirent. Hanna aussi, que la princesse avait voulue près d'elle, bien que le protocole tentât de l'en empêcher. Moi-même, j'eus le plus grand mal à m'y faire admettre et je compris qu'il allait désormais devenir très difficile de mener ma mission. Heureusement, ce soir-là, la princesse et son père ne s'attardèrent pas et rentrèrent tôt. Je retrouvai ensuite Hanna chez moi. Tous deux, nous nous consolâmes avec passion de l'ingratitude de l'étiquette.

Voilà un moment que je ne vous ai pas entretenu de mes deux loustics, Frantz et Étienne. Ils avaient pris leurs quartiers dans un petit appartement situé au-dessus du mien et, aux heures libres de leur service, ils se trouvaient plutôt bien sur les bords du Rhin. Frantz retrouvait là beaucoup de son pays, tandis qu'Étienne, qui traînait plus souvent qu'à son tour dans les bouges, avait eu tôt fait d'en repérer les meilleurs, du moins à sa balance personnelle. Il y amenait souvent son ami Frantz, mais il s'y attardait aussi parfois seul. Il y buvait, jouait et rencontrait tout ce que ces endroits charrient d'existences décavées. Mais un soir, le 11 août exactement, après sa virée, il déboula chez moi. Par chance, j'étais là, et seul.

— M'sieur Baptiste, m'interpella-t-il d'un air affolé, figurez-vous qu'j'étais dans une *piolle* près du fleuve en train d'*pitancher*[1] leur *pivois savonné*[2] *d'icicaille*[3], quand, qui qu'c'est qu'j'vois ? L'*grand glier*[4] qui nous cherche noise d'puis la Pologne avec sa *gance*[5].

— Quoi ? m'exclamai-je. De qui parles-tu ? De Marek ?

— Ben, *gy*[6], c'lui qu'j'ai vu à Rawicz et pis qui vous a j'té dans une *caruche*... J'peux pas m'tromper, c'te charogne, on l'repère de loin...

— Bon Dieu ! Que faisait-il ? Était-il seul ?

— Ben, j'sais pas trop dire, y avait *gourdement*[7] d'monde dans c'te *piolle*, et j'ai ben tenté de l'*mouchaillier*[8], mais il a disparu avec deux autres lascars sans qu'j'*entrave*[9] comment...

Je demandai alors à Étienne qu'il m'indique l'endroit exact où il avait vu Marek, puis, malgré l'heure tardive, je me rendis

1. Boire.
2. Vin blanc.
3. D'ici.
4. Diable.
5. Clique.
6. Oui.
7. Beaucoup.
8. L'épier.
9. Comprenne.

aussitôt chez Bréville à qui j'expliquai la chose. Celui-ci était en plein conciliabule avec d'autres officiers de son régiment car le duc d'Orléans devait officiellement faire son entrée le lendemain dans la ville. Il m'écouta, cependant je sentis que son attention était captivée par les préparatifs de l'arrivée de son maître. Il me rassura toutefois en me disant que désormais la princesse ne courait plus de dangers car, avec l'approche des festivités, il n'y avait jamais eu autant de soldats autour d'elle. Par ailleurs, ajouta-t-il, le protocole isolait maintenant suffisamment la future reine pour qu'on se tranquillisât. Le brave chevalier n'avait pas tort, mais je lui répliquai que l'histoire compte beaucoup de souverains que ni leurs gardes ni l'étiquette n'avaient préservés du poignard de leurs ennemis. Et en rentrant chez moi, je songeai qu'au moins, Étienne n'ayant pas été repéré, j'avais un petit avantage : je savais qu'ils étaient là, tandis qu'eux ne se doutaient peut-être pas avoir été découverts.

Le 12 août, le duc d'Orléans fut accueilli dans des transports de joie que la meilleure claque du Théâtre-Français serait bien en mal d'égaler. La ville était pavoisée, et la liesse dura jusqu'au soir, où les illuminations éclairèrent la nuit comme on ne l'avait jamais vue à Strasbourg. Les festivités se poursuivirent le lendemain encore, tandis que le 14 août, après que le duc d'Orléans eut remis sa procuration royale au cardinal de Rohan, chargé du mariage, on prononça les fiançailles de la princesse Marie et de Sa Majesté le roi de France. Le canon tonna pour saluer l'événement. Le soir, le duc d'Orléans donna un gigantesque souper. Au milieu d'une foule de gentilshommes et de belles dames, on y trouvait Stanislas, le duc d'Antin, le marquis de Beauvau, le duc d'Épernon, le cardinal de Rohan, des évêques à brassée, nombre de princes ou ducs allemands invités, et dont les filles avaient parfois été refusées. Une nouvelle canonnade nocturne sanctifia l'allégresse générale. La princesse Marie dut certainement l'entendre, elle qui se tenait en retraite depuis la veille au proche couvent Sainte-Barbe. Là, j'étais tranquille, sa sécurité y était assurée. Et puis cela me laissait Hanna pour moi seul : nous passâmes ces deux nuits-là ensemble. Nous étions un peu anxieux de l'avenir. Hanna devait suivre la future reine car celle-ci avait réussi à lui obtenir une petite place parmi les dames du palais, et le départ était prévu le surlendemain du mariage, au matin. Le cortège irait lentement, d'étape en étape, jusqu'à Fontainebleau, où une nouvelle bénédiction nuptiale était prévue, cette fois avec le roi en personne. Quelques jours plus tard, la reine se rendrait enfin à Versailles. Là, une autre *gance* l'attendait, comme aurait dit Étienne. Mais pour l'heure, il restait encore à consacrer le mariage par procuration.

Le 15 août, au petit matin, la ville se réveilla au son de l'artillerie des remparts qui tonnait à nouveau pour saluer ce jour exceptionnel. La cérémonie devait avoir lieu vers midi dans la cathédrale. Je m'étais levé aux aurores afin de me rendre sur place pour inspecter les lieux. J'y retrouvai Bréville. Déjà, des troupes appartenant aux gardes du corps et aux cent-suisses se tenaient en faction sur le parvis. Nous nous fîmes reconnaître de leur chef, puis nous entrâmes dans la cathédrale encore vide. Au milieu du chœur, un dais était suspendu, tandis que, sur les côtés, des tribunes en gradins avaient été montées pour les invités. Nous visitâmes deux heures durant l'endroit, explorant chaque chapelle, chaque confessionnal, et tous les recoins sombres dont regorgent nos églises. À l'issue, nous nous postâmes près d'une entrée latérale de la cathédrale, depuis laquelle nous pourrions rejoindre un balcon de pierre. Bientôt, les invités arrivèrent, ainsi que les membres du clergé et le cardinal de Rohan. J'aperçus aussi Hanna et Misiak, venus ensemble. Ils allaient assister à l'incroyable événement dont l'obscure petite princesse qu'ils avaient vue grandir était l'héroïne.

À presque midi, un détachement de gardes du corps fit son apparition sur la place. Derrière, le duc d'Orléans, accompagné de la princesse et de sa famille, ainsi que d'une foule de suivants, s'approcha des portes de la cathédrale. Le cardinal les accueillit au son des orgues et des trompettes avant de conduire la princesse

Marie sous le dais, face à l'autel. Elle était vêtue d'une somptueuse robe de drap d'argent, incrustée de diamants. Je grimpai aussitôt à mon balcon avec Bréville. Placés comme nous l'étions, nous ne perdîmes rien de la cérémonie, et le lecteur sera sûrement curieux que je la détaille un peu. Tout d'abord, la princesse se mit à genoux pour prier, tandis que la rumeur des tribunes ressemblait à celle du public d'une salle de spectacle en attente du lever de rideau. Le brouhaha ne cessa qu'au moment où elle se releva pour aller vers l'autel. Le duc d'Orléans l'y rejoignit et se plaça à sa droite. Devant eux, le cardinal de Rohan s'avança également et entama un discours dont je n'entendis rien, comme la plupart des spectateurs. À l'issue de son propos, il s'adressa au duc d'Orléans qui saisit un anneau qu'on lui présenta sur un coussin pourpre, puis le passa au doigt de la princesse. Aussitôt, deux gardes de la manche, dans leur magnifique cotte d'armes brodée de fil d'or, vinrent se placer de chaque côté de Marie avec leur hallebarde. La rumeur reprit alors sur les estrades car seuls les souverains jouissent de cette escorte solennelle. Le silence se fit ensuite à nouveau quand le cardinal commença la messe. Je la suivais d'une oreille distraite, préférant avec Bréville scruter les environs. Depuis notre perchoir, nous embrassions le chœur ainsi que la nef. J'avais pris soin de m'équiper d'une petite lunette de marine avec laquelle je passais discrètement en revue les rangées d'invités. Je cherchais certaines méchantes figures, mais rien ne me parut suspect.

La messe dite, le cardinal de Rohan donna sa bénédiction à la princesse, puis on en passa aux formalités des signatures. La chose dura longtemps, car on avait convié une dizaine de personnes à parapher l'acte de célébration du mariage, en plus de Marie et du duc d'Orléans. Enfin, après d'autres bavardages dont je vous passe la description, un *Te Deum* annonça que la cérémonie s'achevait. Et Marie, donnant la main au duc d'Orléans, sortit sous les vivats de la foule. Avec Bréville, nous redescendîmes à toute allure, mais, arrivés en bas, la cohue nous empêcha de voir autre chose qu'un carrosse à huit chevaux qui quittait le parvis, escorté de suisses et de gardes du corps. La France avait une reine.

27

Il était maintenant 2 heures de l'après-midi et, alors que la reine Marie avait pris la direction du palais du gouverneur pour un banquet puis la suite de ses nouvelles obligations, je restais encore quelques instants sur le parvis de la cathédrale, pensif. Un sentiment bizarre m'habitait. À l'évidence, ma mission s'achevait là. Celle que j'avais été chargé de protéger n'avait plus besoin de mes services, cependant le soupçon qu'il y eût quelque part non loin de nous des individus mal disposés à son égard me troublait. Je n'aime pas qu'une affaire reste en suspens. D'autant que ma nature de garçon du faubourg me soufflait que la canaille ne se rassemble jamais pour rien. Bref, même si cela pouvait sembler inutile, je décidai de partir flâner dans les rues de Strasbourg, comme ça, en amateur de mauvaises rencontres, pendant que Bréville, lui, rejoignait des officiers des gardes du corps pour fêter l'événement. Je déambulai ainsi une heure au milieu de la foule. Sur plusieurs places de la ville, on avait installé aux frais du gouverneur des fontaines qui distribuaient du vin, et je vous laisse à penser qu'elles n'attirèrent pas des buveurs d'eau. On criait, on chantait, en français et surtout en allemand, tandis que chacun se félicitait du grand feu d'artifice qui allait être tiré le soir après une décharge générale de mousqueterie depuis les remparts.

Sur les coups de 3 heures, j'interrompis ma quête sans avoir rien croisé d'autre que des trognes avinées, trois ou quatre bagarres, et essuyé les œillades d'une demi-douzaine de donzelles qui semblaient également se chercher un mari en ce jour particulier. À ce propos, si je puis dire, je ne vous ai pas averti qu'à l'issue de la cérémonie Hanna s'était elle aussi rendue au palais du gouverneur pour se mettre sous les ordres de Mlle de Clermont, désignée officiellement la veille surintendante de la maison de la reine. Et le lecteur qui l'ignore sera intéressé d'apprendre qu'il s'agissait d'une autre des sœurs du duc de Bourbon, mais que ses amours et son récent veuvage rendaient impropre aux ambitions de son frère. En revanche, elle était suffisamment soumise à ses intérêts pour que cette fonction fût une bonne prise pour le clan du duc, et pour Mme de Prie en particulier. D'ailleurs, la marquise était également arrivée à l'aube pour rejoindre le palais du gouverneur afin d'y attendre Marie après les noces, comme le stipulait l'étiquette s'appliquant aux dizaines de dames de la maison de la reine. Elle s'en voulait désormais la plus influente.

Ma promenade m'avait ramené près du palais du gouverneur, où se tenait une grande foule avide d'apercevoir la nouvelle reine. Ici aussi, une fontaine de vin avait été dressée, qui aimantait les gosiers. Tout le monde attendait le moment où la reine allait ressortir pour se diriger à nouveau vers la cathédrale afin d'assister aux vêpres qui devaient avoir lieu à 6 heures. J'étais connu au palais et je me frayai un chemin au milieu de la cohue pour y pénétrer. Les gardes me laissèrent entrer. À l'intérieur, le banquet était terminé et la reine se reposait dans ses appartements, me prévint-on. J'avais d'abord eu dans l'idée de voir Hanna, toutefois l'agitation qui régnait dans le palais me dissuada bientôt de la chercher. Et puis les gardes suisses mettaient désormais un soin jaloux à empêcher l'accès à certains salons. Bref, je n'insistai pas. Je me piquai alors de me poster à une grande fenêtre qui donnait sur la place, d'où je me mis à regarder dehors. Je le jure au lecteur, je n'avais rien dans l'esprit. Non, je contemplais la multitude, désœuvré, l'œil distrait, sans but, quand tout à coup ma cervelle sonna l'alarme. Dans cette mer humaine, mon attention s'était accrochée à quelque chose, ou plutôt à quelqu'un, puis je l'avais perdu. Avais-je rêvé ? Je fouillais maintenant consciencieusement la foule du regard, tout à ma recherche. J'avais conservé dans ma poche ma lunette de marine, et je m'en aidai. Je la braquai en divers points de la place, en vain. J'allais même la replier lorsqu'une grande silhouette se détacha dans la lentille. Oui, c'était bien lui : Marek !

Je me trouvais au premier étage et gagnai en hâte les escaliers pour les dévaler jusqu'à la porte du palais. Les soldats s'écartèrent devant ma course. En un instant, je fus dehors. J'avais entrevu Marek non loin de la fontaine de vin, située presque au centre de la place. De là où j'étais maintenant, je ne le distinguais plus, et je fendis la foule en gardant le sommet de la fontaine pour cap. Ma marche était toutefois ralentie par la presse des badauds. Tellement que je fus obligé de jouer des coudes. Des insultes fusèrent autour de moi, en allemand et en français. Pas à pas, lentement, je me rapprochai de l'endroit où se tenait Marek, sans pour autant encore le voir et inquiet de ne pas me cogner le nez avec lui. Enfin, à vingt pas à peu près, j'aperçus brièvement la figure du colosse qui émergeait au-dessus des autres têtes. Je me tassai aussitôt sur moi-même, tout en le contournant au large pour mieux l'observer. Je le perdis de vue puis le retrouvai plusieurs fois dans le flot mouvant de l'assistance. Tout à coup, j'eus l'impression qu'il s'adressait à un autre homme qui s'avançait vers lui. Celui-ci était de dos et j'entrepris d'un peu obliquer sur ma droite afin d'en discerner le profil. La masse des gens entravait toujours ma route, jusqu'à m'entraîner parfois à l'opposé de mon but. Enfin, au bout de quelques minutes d'efforts, je réussis à me placer dans une meilleure position. J'avais pour paravent quatre gaillards avinés qui gesticulaient en braillant je ne sais quoi dans leur dialecte. C'est alors que, dans une trouée de la foule, le visage du complice de Marek se dévoila tout à fait à moi. Van Bruyn était là, guettant la façade du palais du gouverneur. J'eus peur d'être découvert : je me retournai promptement. Je restai ainsi un moment mais, quand je voulus risquer à nouveau mon regard vers Van Bruyn et Marek, ils avaient disparu. Je me frayai aussitôt un passage entre les quatre ivrognes devant moi, tout en scrutant fiévreusement alentour. J'enrageais déjà de les avoir laissés filer quand je finis par repérer la haute silhouette de Marek à l'extrémité de la place. Décidément, ce bougre était mieux qu'une étoile dans un ciel sans lune. Je fonçai tête baissée dans sa direction. Sans ménagement, je poussai tout ce qui se présentait devant moi, tandis que mon cœur battait à tout rompre. J'arrivai de la sorte suffisamment vite au bout de la place pour apercevoir Van Bruyn et Marek qui venaient de s'engager dans la Grand-Rue, elle aussi encombrée de beaucoup de monde.

Mes maîtres du faubourg m'ont enseigné dans ma jeunesse l'art difficile de pister discrètement mon prochain. Je ne tardai pas à m'en remémorer les cours et j'eus soudainement l'inspiration de saisir le bras d'une jeune passante, en l'enjôlant comme on le fait dans les fêtes. La pêche était bonne car la fille ne se heurta pas de mes manières, au contraire, et je pus m'avancer avec elle d'un air des plus naturels. Je suivis ainsi à distance Van Bruyn et Marek jusqu'au coin d'une rue plus petite dans laquelle ils s'engouffrèrent. J'accélérai le pas, ma peu farouche donzelle toujours au bras. La rue où était entré mon gibier recélait moins d'agitation, mais l'on n'y voyait plus ni Van Bruyn ni Marek. Non loin de nous, je remarquai une petite carriole fermée attelée d'un cheval. Devant elle, un homme, épée à la ceinture, semblait monter la garde. Et tout occupé à faire la conversation à ma conquête, je m'enhardis jusqu'à passer à côté de lui. Ce bougre avait la mine cousine de celles des sbires de Marek. Bref, il ne m'en fallut pas plus pour conclure que ce dernier et Van Bruyn ne devaient pas être loin, sûrement dans l'une des maisons voisines.

Prendre congé de la jeune femme qui avait bien voulu m'accompagner se fit aussi lestement que notre rencontre. Et je l'abandonnai en lui lâchant tout simplement le bras pour filer à toute allure chez moi. C'était à deux pas. Là, j'y ordonnai à Étienne d'aller avertir Grand Cœur – rétabli depuis deux semaines, je l'avais gardé sous la main – et également Bréville afin qu'ils viennent me rejoindre dans la fameuse ruelle dont je lui décrivis l'emplacement. Ce fut d'ailleurs à cet instant que je réalisai qu'elle se situait à la croisée du chemin que devrait emprunter le carrosse de la reine pour se rendre aux vêpres. Et je frémis d'imaginer les raisons de la présence de Van Bruyn et sa bande à cet endroit exactement. Mais peut-être était-ce un hasard. Quoi qu'il en soit, avant d'y repartir, je pris deux dagues et une épée car il me restait beaucoup à solder avec ces bougres. Le brave Frantz ne voulut pas me laisser y aller seul et se joignit à moi, armé d'un pistolet. Il était maintenant presque 5 heures de l'après-midi.

De retour sur les lieux, nous nous en approchâmes avec précaution. Il y avait toujours autant de monde qui foulait le pavé, et les balcons des maisons commençaient à se garnir de spectateurs en prévision du défilé du cortège de la reine dans une petite heure. Je passai bientôt la tête à l'angle de la ruelle. La carriole était encore là, mais deux hommes la gardaient désormais. À part eux, il y avait peu de passants, le flot se concentrant là où nous étions. Grand Cœur arriva à ce moment. Je lui expliquai de quoi il retournait, et il se réjouit de pouvoir reprendre sa conversation avec ces messieurs. Restait que j'ignorais encore dans quelle maison se trouvait le gros de la bande. Plus pour longtemps car, alors que je scrutais à nouveau la ruelle, l'un des hommes leva tout à coup la tête vers l'étage d'une maison. Je suivis son regard et là, à une fenêtre ouverte, Van Bruyn se tenait penché. Il échangea quelques mots avec son sbire, puis il disparut derrière un rideau. Cette fois, je connaissais sa tanière, il ne manquait plus qu'un plan pour l'en débusquer. Nous n'étions que trois, toutefois cela suffisait déjà face aux deux hommes de la charrette, nous verrions ensuite. Et puis vous connaissez désormais ma rustique stratégie, surtout quand l'urgence tenaille. Car je sentais instinctivement qu'il fallait agir vite, ne pas tergiverser.

Bref, nous nous distribuâmes les rôles en un clin d'œil avec Grand Cœur, tandis que je lui en fournis l'indispensable accessoire : une dague. Frantz, lui, couvrirait nos arrières. Quelques secondes plus tard, nous avancions tous trois en direction de la charrette d'un pas volontairement mal assuré, contrefaisant des hommes avinés. Nous parlions fort, avec de grands gestes, et les deux sbires eurent à peine un regard vers nous tant nous ressemblions à beaucoup d'autres ce jour. Mal leur en prit. À peine fûmes-nous à leur hauteur que Grand Cœur et moi sautâmes chacun sur notre homme, dague à la main. Il n'y eut pas un cri et nous soutînmes les deux corps comme de braves ivrognes qui préserveraient leurs camarades ivres d'une mauvaise chute. Des passants nous dépassèrent d'ailleurs sans se préoccuper de la scène. Je demandai alors à Frantz de nous aider à charger les deux cadavres dans la carriole. Mais en soulevant la ridelle, ce que l'on découvrit nous glaça d'effroi. Une quinzaine de tonnelets de poudre d'artillerie étaient rangés en deux étages, et l'un d'eux se trouvait relié à une longue mèche qui arrivait jusqu'à la ridelle. Il y avait là de quoi faire un affreux feu d'artifice, réalisai-je. Je n'eus pas le temps d'en imaginer plus, car un complice venait tout à coup de sortir de la maison où j'avais aperçu Van Bruyn. Il cria. Et ce fut cette fois Marek qui apparut à la fenêtre, alerté par le tapage. En me voyant, le colosse hurla lui aussi quelque chose. Je n'attendis pas la suite. J'intimai à Frantz de prendre les rênes de la carriole pour filer aussi loin qu'il le pourrait. Le brave cocher s'exécuta et la charrette manqua renverser au passage notre mouchard, tandis qu'à la fenêtre Marek disparut dans un rugissement. Juste après, il jaillit comme un diable de la maison, accompagné de trois hommes, épée à la main. Van Bruyn n'en était pas.

Qu'on se figure la scène : six hommes armés, quatre contre deux, se défiaient dans une ruelle voisine d'une voie où la foule se pressait. On comprendra qu'il ne fallut pas longtemps avant que notre débat n'attire des spectateurs. Cela ne sembla pas intimider Marek et ses hommes qui se lancèrent sauvagement sur nous. Le colosse me fit d'ailleurs les honneurs de sa rage en compagnie d'un de ses compagnons, pendant que les deux autres s'attaquaient à Grand Cœur. Lui comme moi avions une dague dans une main et une épée dans l'autre, ce qui dans ce genre de combat, sans rendre la lutte égale, oblige les assaillants à plus de prudence. Car si se défendre à un contre deux n'est pas aisé, attaquer à deux contre un demande de la concorde, au risque de se gêner mutuellement. Face à un adversaire coriace, la chose peut rapidement s'avérer fatale. C'est ce qui arriva après seulement quelques assauts à l'un des deux antagonistes de Grand Cœur. Ce dernier avait adroitement esquivé leur double charge d'une volte sur lui-même tandis qu'il assenait un violent coup de dague d'un ample moulinet. La figure n'était pas académique, mais elle transperça la gorge de l'un de ses adversaires. De mon côté, j'avais affaire à plus d'expérience de la part de Marek et de son collègue. L'un après l'autre, ils me harcelaient de brutaux coups de taille et de pointe, que je ne pouvais que parer tout en reculant. Bientôt, je fus même acculé contre une porte, ce qui, vous diront tous les duellistes, est souvent le préambule à une triste issue. Heureusement, le complice de Marek crut ma fin déjà actée et, en voulant retirer la gloire de m'épingler le premier au bois de la porte, il s'avança d'un pas de trop. J'en profitai pour lui piquer le haut de l'épaule, ce qui le ramena à plus de modestie. Il s'effaça derrière Marek, qui lança, lui, une série d'attaques mieux bâties. Ce bougre alliait à une force en rapport avec sa carrure une vraie science de l'escrime. Je ne suis pas médiocre moi non plus en la matière, néanmoins je ne suis pas un maître. Et il fallait que je trouvasse vite une botte afin de m'extraire de ce cul-de-sac. Mon instinct du faubourg me souffla alors une mauvaise manière : je lançai ma dague au visage de Marek. Nous étions assez proches pour qu'il ne pût l'éviter. Par chance pour lui, il n'en reçut que le manche sur le nez, ce qui le fit cependant tituber. J'en profitai pour me sortir de la nasse. De son côté, Grand

Cœur poursuivait ses échanges avec son adversaire, sans arriver à prendre le dessus. Quant à moi, je me remis en garde face à Marek qui, bien qu'il saignât abondamment par une narine, ne s'en trouva pas moins décidé. Son complice revint même lui prêter main-forte après qu'il eut digéré mon coup d'aiguillon à l'épaule. Bref, je me retrouvai à nouveau à deux contre un, toutefois je n'avais plus que mon épée pour faire front. Elle ne suffit pas à me défendre du coup qui me frappa soudainement à la jambe après une détonation. Je m'effondrai, terrassé d'une vive douleur, mais je gardai connaissance. À une fenêtre, j'entrevis Van Bruyn, un pistolet encore fumant à la main. Marek et son compagnon en profitèrent alors pour s'avancer lentement en me pointant de leurs épées tendues. À ce moment, je ne vis pas ma vie défiler, non, j'eus seulement en tête le visage d'Hanna, j'en fais le serment. Et à la seconde détonation qui éclata, je fermai les yeux. Lorsque je les rouvris, la grande carcasse de Marek gisait sur le pavé, atrocement déchiquetée, ainsi que celle de son compère. Devant moi, Bréville, tout sourire, tenait ses terribles tromblons.

— Décidément, monsieur l'abbé, dit-il, j'ai l'impression que je suis votre ange gardien...

Je n'eus pas la force de lui répondre et je m'évanouis.

Le carrosse de la reine passa non loin du théâtre du combat moins de vingt minutes plus tard. Elle se rendait aux vêpres. La foule l'acclama, tandis que l'on me transportait chez moi, où Bréville fit venir un médecin militaire. La balle de Van Bruyn m'avait atteint au milieu de la cuisse, mais par chance sa trajectoire n'avait qu'effleuré l'os, emportant beaucoup de chair de part en part. La plaie était toutefois très vilaine, et le docteur ne garantit pas qu'il pourrait sauver ma jambe. Il posa un bandage, en précisant que les prochaines heures seraient décisives. Je restai inconscient jusqu'à tard dans la soirée, où je crus voir en songe le beau visage d'Hanna au-dessus de moi. Je sentis alors une de ses larmes tomber sur ma joue. Non, ce n'était pas un rêve, réalisai-je. J'étais réveillé. Derrière elle, j'aperçus également Frantz, ainsi que le brave Étienne, qui portait une soupe fumante. Cela tombait bien, j'avais faim, ce qui rassura tout le monde.

Au matin, le médecin revint. Il estima cette fois que je conserverais ma jambe si je me tenais tranquille une huitaine de jours. Bréville me rendit également visite. Il me raconta qu'après qu'Étienne l'eut prévenu de me rejoindre il avait pris deux hommes et ses tromblons puis avait accouru le plus vite possible. Je lui demandai aussi ce qu'il était advenu de Van Bruyn. Il m'expliqua alors que, sur les indications de Grand Cœur, il avait fouillé la maison où il se terrait, cependant il n'y avait trouvé personne. L'endroit possédait une sortie par un jardin, et Van Bruyn l'avait certainement utilisé pour s'enfuir. En revanche, un autre membre de la bande n'avait pu se sauver, celui dont Grand Cœur avait fini par venir à bout lors du combat. Blessé légèrement, l'homme s'avéra curieusement être un Français, il s'appelait Legris, et on l'avait jeté dans une geôle du palais du gouverneur afin de l'interroger sur les projets de la bande. À ce propos, Bréville me confia que la poudre découverte dans la carriole provenait de l'arsenal de la ville. C'était étrange, et une enquête allait être menée.

Le lendemain, la reine quitta le palais du gouverneur dans un imposant cortège afin de rejoindre le roi à Fontainebleau. Hanna avait quant à elle obtenu de rester encore quelques jours à Strasbourg. J'étais bien sûr la cause de ce retard. Elle s'installa chez moi et me délivra ses bons soins jusqu'à mon complet rétablissement, que je ne hâtais pas. Une seule chose me contraria durant ma convalescence : Legris, le complice de Van Bruyn, avait été retrouvé pendu dans sa geôle la veille du jour prévu pour son interrogatoire.

28

Le 27 août, j'embarquai dans ma voiture avec Hanna et, sous la conduite de Frantz et d'Étienne, nous prîmes la route de Versailles. Ma jambe allait mieux, cependant je marchais encore avec difficulté. Nous ne pressâmes pas le train, et ce lent cheminement reste l'un de mes plus chers souvenirs. J'en souhaite autant à beaucoup de jeunes mariés. Enfin, le 11 septembre, nous arrivâmes à Versailles. La reine Marie était revenue de Fontainebleau, où son union avec Sa Majesté avait été confirmée par une nouvelle bénédiction nuptiale. Ensuite, les époux avaient encore passé trois nuits à Fontainebleau dont le roi s'avoua en privé fort content. Et de l'avis de tous, le couple royal semblait comblé. Hanna put d'ailleurs bientôt le constater lorsqu'elle retrouva la reine, son amie. Mais elle découvrit également qu'elle ne partagerait plus jamais avec elle l'intimité de Wissembourg. Marie n'appartenait plus qu'à Versailles.

Pour ma part, je me présentai chez Son Excellence. Il me fit un bel accueil, s'enquit de ma santé et, bien que je lui eusse déjà envoyé plusieurs courriers lors de ma convalescence, il me demanda de le lui raconter à nouveau tout ce qui était arrivé. Il consigna certains détails puis m'indiqua qu'il voulait que je fusse là le lendemain matin car il devait recevoir les ducs de Bourbon et d'Orléans, ainsi que le maréchal de Villars.

Le jour dit, je rejoignis Son Excellence dans son cabinet au moment où se présentaient le duc de Bourbon et Mme de Prie. Elle n'avait pas été conviée, cependant Fleury ne fit aucune remarque. La marquise me considéra d'un air froid, mais à plusieurs de ses regards je crus comprendre qu'elle souhaitait me montrer qu'elle se souvenait de ma promesse de la servir. Oui, il est vrai qu'elle pensait m'avoir gagné à sa cause. Le maréchal de Villars, puis le duc d'Orléans arrivèrent ensuite. Ce dernier m'adressa un très cordial salut et s'enquit également de ma santé. Cela offrit à Fleury l'occasion d'évoquer les raisons de son invitation. Il rappela que l'heureux dénouement, dont tout le monde se félicitait, avait manqué n'avoir jamais lieu sans mon intervention, ce qui, selon lui, devait inciter à la prudence. Il ajouta :

— Nous avons étouffé l'affaire de Strasbourg car rien ne sert de faire de la publicité à nos ennemis, mais il faut se tenir sur nos gardes et se prémunir d'autres dangers à venir.

— Nous savons ce que le royaume doit au zèle de M. l'abbé Baptiste, déclara alors le duc de Bourbon en me souriant, et il est sage de rappeler combien la sécurité de la famille royale nous importe. Toutefois, les innombrables témoignages d'affection autant que la multitude de vœux qui ont été formulés en faveur du roi et de la reine engagent également à ne point entretenir trop d'alarmes.

Mme de Prie acquiesça.

— Je crois, Votre Altesse, répliqua Fleury d'un ton grave, qu'il faut au contraire se garder de trop de confiance. La chose est grave car nous n'avons pas affaire là à des ennemis ordinaires. Des forces obscures sont à l'œuvre.

— De qui voulez-vous parler ? demanda le duc d'Orléans.

— Je ne saurais dire, je m'interroge, répondit Son Excellence. Et Sa Majesté aussi...

— Faut-il craindre l'Espagne ? la Russie ? s'inquiéta le maréchal de Villars, tandis que le duc de Bourbon échangeait des regards avec Mme de Prie.

— Je vous le répète, je ne sais, affirma Fleury. D'autres encore, plus proches de nous, peuvent peut-être avoir intérêt à barrer la route à la reine. Et nous aurions eu une piste si ce Français complice de la bande de Strasbourg n'avait pas eu la malheureuse idée de se pendre.

— Allons, monsieur de Fréjus, s'agaça alors le duc de Bourbon, laissons leurs secrets aux morts et enterrons les complots avec eux. On ne peut vivre dans la crainte, un roi de France moins encore.

— La reine me confiait justement hier sa sérénité, enchérit Mme de Prie, et combien elle goûtait la bienveillance de tous à son égard. Vous ne voudriez pas lui faire peur, monsieur de Fréjus ?

La menace était perfide. Le duc d'Orléans intervint :

— Il me semble, de ce que j'en ai découvert, qu'il n'est pas dans la nature de Sa Majesté la reine de s'effrayer de fantômes. Mais je trouve pour ma part que nous devons prendre en compte ce dont nous alerte M. de Fréjus.

— Soit, mon cousin, se renfrogna le duc de Bourbon, faisons de Versailles une caserne. Montons la garde…

Et la conversation roula ensuite sur les modalités d'un renforcement de la sécurité autour du roi et de la reine dans ce moulin qu'était le château. Tout du long, je me tenais en retrait, notant les interventions des uns et des autres, comme me l'avait demandé Son Excellence. Mme de Prie lorgna plusieurs fois mon travail. À l'issue de cette conférence, chacun prit congé en promettant de se revoir régulièrement à ce sujet. Mme de Prie me lança un dernier regard avant de se retirer. Je restai seul avec Fleury. Les fenêtres de son cabinet donnaient sur les jardins du château. Il en ouvrit une. En cette fin d'été, le temps était encore beau et le chant des oiseaux emplit la pièce. Son Excellence scruta longuement l'horizon, puis se retourna vers moi.

— Vous rappelez-vous, me dit-il, notre premier entretien voilà un peu plus d'un an maintenant ?

— Bien sûr, Votre Excellence, répondis-je.

— À l'époque, je ne cache pas avoir eu quelques doutes sur vous, cependant au cours de cette année, vous les avez tous dissipés. J'ai besoin d'hommes tels que vous près de moi. Oh, pas en tant que secrétaire particulier, non, car vos talents ne sont pas de ceux que l'on relègue derrière un pupitre. Bref, j'ai cherché à vous trouver un poste officiel, mais je n'en ai pas trouvé d'autre que celui de conseiller. Cela a l'avantage de vous donner une position à la Cour, autant que de vous rendre légitime dans les dossiers d'un genre un peu particulier que je vous confierai. Qu'en pensez-vous ?

— Votre confiance m'honore, répliquai-je aussitôt sans hésiter, et je me réjouis de poursuivre mon service auprès de Votre Excellence. Puis-je savoir en quoi consistera ma charge ?

Fleury s'approcha de moi.

— Pour l'heure, je vous demanderai peu de choses. Profitez-en, car à l'avenir il n'en sera pas toujours ainsi, ajouta-t-il d'un air énigmatique.

Et il m'invita à m'asseoir dans un fauteuil, tandis qu'il alla jusqu'à un secrétaire dont il ouvrit un tiroir fermé à clé. Il en sortit une enveloppe sale et froissée. Il revint ensuite se placer en face de moi, sur un canapé, l'enveloppe posée à côté de lui.

— Qu'avez-vous retiré de notre entretien de tout à l'heure avec MM. les ducs, le maréchal et la marquise ? me demanda-t-il.

Je voulus alors prendre les notes que j'avais prises lors de l'entrevue, mais Son Excellence m'arrêta d'un geste de la main.

— Laissez cette paperasse, dit-il, parlez franchement.

— Eh bien, d'autant que je peux en juger, j'ai le sentiment que vos craintes dérangent férocement Son Altesse le duc de Bourbon ainsi que Mme de Prie.

— Oui, férocement, c'est le mot. Ils s'en cachent d'autant moins que les voici devenus les meilleurs amis de la reine depuis son mariage. Mme de Prie la cajole à chaque instant et, de ce qui me revient, la reine s'en remet de plus en plus souvent à ses conseils. Bien sûr, elle y donne toujours le beau rôle au duc. Voyez, monsieur l'abbé, comme ces gens sont des caméléons.

Fleury s'interrompit et lorgna l'enveloppe.

— Pourtant, reprit-il, si je ne tenais Son Altesse le duc et Mme la marquise pour des esprits loyaux, je pourrais m'aventurer dans des chemins plus sinueux. J'y rencontrerais alors moins de vertus, plus de calculs, et peut-être même, ici ou là, quelques empreintes mal effacées de forfaiture.

Il saisit l'enveloppe et en sortit un papier plié en quatre.

— J'ai ici une lettre de change de mille livres, signée d'un certain Montfort, en faveur d'un dénommé Legris.

— Legris ? Comme celui de Strasbourg ? m'étonnai-je.

— Le même. On a trouvé cette lettre sur lui, dans une de ses bottes. Le gouverneur du Maine du Bourg est un vieil ami et il a pris sur lui de me transmettre le document, sachant le soin que nous avons eu à protéger la reine. Il a pensé, ce cher homme, que cela pourrait être utile.

— Certainement, m'enthousiasmai-je, car ces mille livres sont sûrement le prix de l'engagement de ce mercenaire. Il faut maintenant trouver qui est ce Montfort.

— Je le sais déjà, répliqua alors Fleury dans un sourire.

J'écarquillai les yeux. Son Excellence s'amusa quelques secondes de ma surprise, puis il reprit :

— Il s'agit du premier commis auprès de M. Joseph Pâris-Duverney.

— Le financier ? demandai-je.

Fleury replaça la lettre dans l'enveloppe avant de répondre :

— C'est cela, celui qui est aussi l'ami de Mme de Prie et de Son Altesse le duc de Bourbon.

— Voilà qui est bien étrange… Mais comment… bredouillai-je.

Et je me figeai, saisi d'effroi.

— Oh, ne me faites pas dire ce que je ne peux pas même imaginer, lança Fleury. Il n'y a là aucune preuve de quoi que ce soit. Et quels motifs à tout cela ? Il faudrait être bien méchant pour se figurer qu'un prince du sang et sa maîtresse ourdissent de longue main une machination afin de s'assurer du choix de la prétendante. Être malveillant pour suggérer qu'ils puissent être la source de toutes les indiscrétions qui ont éventé nos choix durant cette année. Ou bien, faire preuve de félonie de sous-entendre qu'ils auraient été tentés d'attiser la rancœur de nos ennemis. Enfin, comment nommer ceux qui oseraient spéculer sur le fait que la disparition subite de la princesse n'aurait laissé, dans l'urgence, que le choix de Mlle de Sens ? Car personne n'aurait alors pu s'y opposer. Mais non, ce sont là des chimères qu'il faut chasser de nos esprits.

Et tandis que je restais abasourdi de sa démonstration, Son Excellence alla replacer l'enveloppe dans le secrétaire.

— Cette lettre ne sera jamais que l'instrument d'un cruel hasard, continua-t-il. L'affaire n'ira pas plus loin. D'ailleurs, vous qui fréquentez les coulisses de ce grand théâtre du pouvoir, vous savez combien les acteurs savent s'y glisser promptement dans de nouveaux habits. Pour le texte, il sera celui que leur ambition leur souffle. Et la pièce se jouera. Toutefois, qu'ils prennent garde, le public est volage. Il se pourrait que le royal spectateur ne se lasse bientôt de leur comédie. Et qu'il réclame de nouvelles têtes. Alors nous verrons ce qu'il sera bon de faire.

Fleury retourna à la fenêtre pour observer les jardins. Il s'attarda là un long instant, semblant presque avoir oublié ma présence. Enfin, il se retourna vers moi.

— Monsieur l'abbé, je crois que Mme de Prie ne va pas tarder à souhaiter vous voir. N'oubliez pas qu'elle vous pense désormais dans son camp.

— Il me semble en effet qu'elle s'est tout à l'heure employée à me le signifier.

— Eh bien, allez, ne la décevez pas, monsieur l'espion, dit-il dans un sourire. Enfin, pas tout de suite…

Épilogue

Versailles, le 27 décembre 1727.

Je n'achèverai pas ce récit sans en détailler un peu l'épilogue au lecteur qui a bien voulu cheminer avec moi jusqu'ici. Tout d'abord, en août dernier, sachez que la reine a donné naissance à des jumelles, prénommées Louise-Élisabeth et Anne-Henriette. Elles se portent à merveille, la reine aussi, et le roi a conçu de cette double naissance une légitime fierté. Les époux s'entendent à merveille, Marie serait d'ailleurs déjà à nouveau grosse, m'a confié Hanna.

Oui, Hanna est encore à Versailles, bien que l'air de ce pays ne l'enchante guère. D'ailleurs, elle doit quitter la Cour dans les prochaines semaines pour retourner en Pologne où un heureux parti l'attend. C'est la reine qui le lui a procuré. Elle sera désormais duchesse. En suis-je peiné ? Oui, certainement, cependant l'honnêteté me commande de vous avertir que ma relation avec Hanna s'est rafraîchie, au point que nous ne nous voyons que rarement. Je l'ai aimée sincèrement, elle aussi, je crois, toutefois nos rapports clandestins, par la force des choses – je suis abbé, je vous le rappelle –, ont eu raison de la passion. Mais lorsqu'elle quittera Versailles, nous aurons certainement bien des regrets elle et moi.

Heureusement, ma nouvelle position auprès de mon maître m'a depuis quelque temps garanti de nouvelles conquêtes. Car le conseiller du cardinal Fleury est aujourd'hui un homme très courtisé à Versailles. En effet, Son Excellence est devenue Son Éminence, mais surtout c'est désormais lui le chef du gouvernement, le premier des ministres. Par quel miracle, direz-vous ? Eh bien, par la grâce du seul Dieu qui règne sur Versailles, le roi. Et Fleury ne s'était pas trompé lorsqu'il prédisait que le duc de Bourbon finirait par lasser Sa Majesté. Oh, bien sûr, Son Éminence n'est pas pour rien dans la disgrâce du duc, toutefois je puis témoigner que la lutte fut âpre. Brève, aussi.

Dès le mois de septembre 1725, le duc avait cru pouvoir se débarrasser de mon maître en profitant de sa nouvelle amitié avec la reine pour le calomnier auprès d'elle. Mal lui en prit, car le roi ne tomba pas dans le piège qu'on lui tendait. Il tança la reine de se laisser ainsi influencer et avertit le duc. Une nouvelle incartade au mois de juin suivant lui fut fatale. Il exaspéra tant Sa Majesté que, sur l'heure, le roi ordonna qu'il quittât Versailles pour se retirer dans son château de Chantilly, avec interdiction de reparaître à la Cour. Pour ceux qui se vouent à vivre dans l'orbite du roi, la mort est une sentence plus douce. C'est aussi l'avis de Mme de Prie. Et l'exil auquel on l'obligea en même temps que le duc a emporté son unique raison de vivre.

Elle était l'âme damnée du duc, elle qui tirait toutes les ficelles de ses manigances, et sa chute n'en fut que plus bruyante. Elle supplia qu'on l'épargne, mais le roi ne voulut là encore rien entendre. Il avait suffisamment de preuves de ses intrigues, et j'avoue d'ailleurs avoir mis la main à la défaite de la marquise par mon double jeu. Elle fut donc reléguée en son château normand de Courbépine. C'est là qu'elle est morte voilà deux mois, à l'âge de vingt-neuf ans. Certains disent de chagrin, d'autres murmurent qu'elle a hâté sa fin.

Paix à son âme, quoique je doute fort qu'il y ait un au-delà où les comptes se soldent.

Ne faites jamais crédit au Ciel. C'est un abbé qui vous prévient.

www.deboree.com
livres@centrefrance.com

Imprimé en France par CPI
en septembre 2022
N° d'impression : 2067321
Dépôt légal : octobre 2022
ISBN : 978-2-8129-2767-6
ISSN : 2497-8876